場邊文學

三邊文學之一

—徐訏文集—

散文卷

導言　徬徨覺醒：徐訏的文學道路

陳智德

「個人的苦悶不安，徬徨無依之感，正如在大海狂濤中的小舟。」[1]

——徐訏〈新個性主義文藝與大眾文藝〉

在二十世紀四、五十年代之交，度過戰亂，再處身國共內戰意識形態對立夾縫之間的作家，應自覺到一個時代的轉折在等候著，尤其在當時主流的左翼文壇以外，被視為「自由主義作家」或「小資產階級作家」的一群，包括沈從文、蕭乾、梁實秋、張愛玲、徐訏等等，一整代人在政治旋渦以至個人處境的去與留之間徘徊，最終作出各種自願或不由自主的抉擇。

1 徐訏〈新個性主義文藝與大眾文藝〉，收錄於《現代中國文學過眼錄》，台北：時報文化，一九九一。

一九四六年八月，徐訏結束接近兩年間《掃蕩報》駐美特派員的工作，從美國返回中國，直至一九五〇年中離開上海奔赴香港，在這接近四年的歲月中，他雖然沒有寫出像《鬼戀》和《風蕭蕭》這樣轟動一時的作品，卻是他整理和再版個人著作的豐收期，他首先把《風蕭蕭》交給由劉以鬯及其兄長新近創辦起來的懷正文化社出版，據劉以鬯回憶，該書出版後，「相當暢銷，不足一年，（從一九四六年十月一日到一九四七年九月一日），印了三版」[2]，其後再由懷正文化社或夜窗書屋初版或再版了《阿剌伯海的女神》（一九四六年初版）、《烟圈》（一九四六年初版）、《蛇衣集》（一九四八年初版）、《幻覺》（一九四八年初版）、《四十詩綜》（一九四八年初版）、《兄弟》（一九四七年再版）、《母親的肖像》（一九四七年再版）、《生與死》（一九四七年再版）、《春韮集》（一九四七年再版）、《一家》（一九四七年再版）、《海外的鱗爪》（一九四七年再版）、《舊神》（一九四七年再版）、《成人的童話》（一九四七年再版）、《西流集》（一九四七年再版）、潮來的時候（一九四八年再版）、《黃浦江頭的夜月》（一九四八年再版）、《吉布賽的誘惑》（一九四九再版）、《婚事》（一九四九年再版）[3]，粗略統計從一九四六年至一九四九年這三年間，徐訏在上海出版和再版的著作達三十多種，成果

2 劉以鬯〈憶徐訏〉，收錄於《徐訏紀念文集》，香港：香港浸會學院中國語文學會，一九八一。

3 以上各書之初版及再版年份資料是據賈植芳、俞元桂主編《中國現代文學總書目》、北京圖書館編《民國時期總書目，一九一一－一九四九》。

可算豐盛。

《風蕭蕭》早於一九四三年在重慶《掃蕩報》連載時已深受讀者歡迎，一九四六年首次結集成單行本出版，沈寂的回憶提及當時讀者對這書的期待：「這部長篇在內地早已是暢銷一時的名著，可是淪陷區的讀者還是難得一見，也是早已企盼的文學作品」[4]，當劉以鬯及其兄長創辦懷正文化社，就以《風蕭蕭》為首部出版物，十分重視這書，該社創辦時發給同業的信上，即頗為詳細地介紹《風蕭蕭》，作為重點出版物。徐訏有一段時期寄住在懷正文化社的宿舍，與社內職員及其他作家過從甚密，直至一九四八年間，國共內戰愈轉劇烈，幣值急跌，金融陷於崩潰，不單懷正文化社結束業務，其他出版社也無法生存，徐訏這階段整理和再版個人著作的工作，無法避免遭遇現實上的挫折。

然而更內在的打擊是一九四八至四九年間，主流左翼文論對被視為「自由主義作家」或「小資產階級作家」的批判，一九四八年三月，郭沫若在香港出版的《大眾文藝叢刊》第一輯發表〈斥反動文藝〉，把他心目中的「反動作家」分為「紅黃藍白黑」五種逐一批判，點名批評了沈從文、蕭乾和朱光潛。該刊同期另有邵荃麟〈對於當前文藝運動的意見——檢討‧批判‧和今後的方向〉一文重申對知識份子更嚴厲的要求，包括「思想改造」。雖然徐訏不像沈從文般受到即時的打擊，但也逐漸意識到主流文壇已難以容納他，如沈寂所言：「自後，上海一些左傾的報紙開始對他批評。他無動於衷，直至解放，輿論對他公開指責。稱《風蕭蕭》歌頌特務。他也不辯論，知道自己不可能再在上海逗留，上海也不會再允許他曾從事一輩子的寫作，就捨別妻女，

[4] 沈寂〈百年人生風雨路——記徐訏〉，收錄於《徐訏先生誕辰100週年紀念文選》，上海：上海社會科學院出版社，二〇〇八。

離開上海到香港。」[5]一九四九年五月二十七日，解放軍攻克上海，中共成立新的上海市人民政府，徐訏仍留在上海，差不多一年後，終於不得不結束這階段的工作，在不自願的情況下離開，從此一去不返。

二

一九五〇年的五、六月間，徐訏離開上海來到香港。由於內地政局的變化，其時香港聚集了大批從內地到港的作家，他們最初都以香港為暫居地，但隨著兩岸局勢進一步變化，他們大部份最終定居香港。另一方面，美蘇兩大陣營冷戰局勢下的意識形態對壘，造就五十年代香港文化刊物興盛的局面，內地作家亦得以繼續在香港發表作品。徐訏的寫作以小說和新詩為主，來港後亦寫作了大量雜文和文藝評論，五十年代中期，他以「東方既白」為筆名，在香港《祖國月刊》及台灣《自由中國》等雜誌發表〈從毛澤東的沁園春說起〉、〈新個性主義文藝與大眾文藝〉、〈在陰黯矛盾中演變的大陸文藝〉等評論文章，部份收錄於《在文藝思想與文化政策中》、《回到個人主義與自由主義》及《現代中國文學過眼錄》等書中。

徐訏在這系列文章中，回顧也提出左翼文論的不足，特別對左翼文論的「黨性」提出質疑，也不同意左翼文論要求知識份子作思想改造。這系列文章在某程度上，可說回應了一九四八、四九年間中國大陸左翼文論的泛政治化觀點，更重要的，是徐訏在多篇文章中，以自由主義文藝的

5 沈寂〈百年人生風雨路——記徐訏〉，收錄於《徐訏先生誕辰100週年紀念文選》，上海：上海社會科學院出版社，二〇〇八。

觀念為基礎，提出「新個性主義文藝」作為他所期許的文學理念，他說：「新個性主義文藝必須在文藝絕對自由中提倡，要作家看重自己的工作，對自己的人格尊嚴有覺醒而不願為任何力量做奴隸的意識中生長。」[6]徐訏文藝生命的本質是小說家、詩人，理論鋪陳本不是他強項，然而經歷時代的洗禮，他也竭力整理各種思想，最終仍見頗為完整而具體地，提出獨立的文學理念，尤其把這系列文章放諸冷戰時期左右翼意識形態對立、作家的獨立尊嚴飽受侵蝕的時代，更見徐訏提出的「新個性主義文藝」所倡導的獨立、自主和覺醒的可貴，以及其得來不易。

《現代中國文學過眼錄》一書除了選錄五十年代中期發表的文藝評論，包括《在文藝思想與文化政策中》和《回到個人主義與自由主義》二書中的文章，也收錄一輯相信是他七十年代寫成的回顧五四運動以來新文學發展的文章，集中在思想方面提出討論，題為「現代中國文學的課題」，多篇文章的論述重心，正如王宏志所論，是「否定政治對文學的干預」[7]，而當中表面上是「非政治」的文學史論述，「實質上具備了非常重大的政治意義：它們否定了大陸的文學史論述」[8]，徐訏所針對的是五十年代至文革期間中國大陸所出版的文學史當中的泛政治論述，動輒以「反動」、「唯心」、「毒草」、「逆流」等字眼來形容不符合政治要求的作家；所以王宏志最後提出《現代中國文學過眼錄》一書的「非政治論述」，實際上「包括了多麼強烈的政治含義」。這政治含義，其實也就是徐訏對時代主潮的回應，以「新個性主義文藝」所倡導的獨立、

6 徐訏〈新個性主義文藝與大眾文藝〉，收錄於《現代中國文學過眼錄》，台北：時報文化，一九九一。

7 王宏志〈心造的幻影——談徐訏的《現代中國文學的課題》〉，收錄於《歷史的偶然：從香港看中國現代文學史》，香港：牛津大學出版社，一九九七。

8 同前註。

自主和覺醒，抗衡時代主潮對作家的矮化和宰制。

《現代中國文學過眼錄》一書顯出徐訏獨立的知識份子品格，然而正由於徐訏對政治和文藝的清醒，使他不願附和於任何潮流和風尚，難免於孤寂苦悶，亦使我們從另一角度了解徐訏文學作品中常常流露的落寞之情，並不僅是一種文人性質的愁思，而更由於他的清醒和拒絕附和。一九五七年，徐訏在香港《祖國月刊》發表〈自由主義與文藝的自由〉一文，除了文藝評論上的觀點，文中亦表達了一點個人感受：「個人的苦悶不安，徬徨無依之感，正如在大海狂濤中的小舟。」[9]放諸五十年代的文化環境而觀，這不單是一種「個人的苦悶」，更是五十年代一輩南來香港者的集體處境，一種時代的苦悶。

三

徐訏到香港後繼續創作，從五十至七十年代末，他在香港的《星島日報》、《星島週報》、《祖國月刊》、《今日世界》、《文藝新潮》、《熱風》、《筆端》、《七藝》、《新生晚報》、《明報月刊》等刊物發表大量作品，包括新詩、小說、散文隨筆和評論，並先後結集為單行本，著者如《江湖行》、《盲戀》、《時與光》、《悲慘的世紀》等。香港時期的徐訏也有多部小說改編為電影，包括《風蕭蕭》（屠光啟導演、編劇，香港：邵氏公司，一九五四）、《傳統》（唐煌導演、徐訏編劇，香港：亞洲影業有限公司，一九五五）、《痴心井》（唐煌導演、

9 徐訏〈自由主義與文藝的自由〉，收錄於《個人的覺醒與民主自由》，台北：傳記文學出版社，一九七九。

王植波編劇，香港：邵氏公司，一九五五）、《鬼戀》（屠光啟導演、編劇，香港：麗都影片公司，一九五六）、《盲戀》（易文導演、徐訏編劇，香港：新華影業公司，一九五六）、《後門》（李翰祥導演、王月汀編劇，香港：邵氏公司，一九六〇）、《江湖行》（張曾澤導演、倪匡編劇，香港：邵氏公司，一九七三）、《人約黃昏》（改編自《鬼戀》，陳逸飛導演、王仲儒編劇，香港：思遠影業公司，一九九六）等。

徐訏早期作品富浪漫傳奇色彩，善於刻劃人物心理，如〈鬼戀〉、〈吉布賽的誘惑〉、〈精神病患者的悲歌〉等，五十年代以後的香港時期作品，部份延續上海時期風格，如《江湖行》、《後門》、《盲戀》，貫徹他早年的風格，另一部份作品則表達歷經離散的南來者的鄉愁和文化差異，如小說《過客》、詩集《時間的去處》和《原野的呼聲》等。

從徐訏香港時期的作品不難讀出，徐訏的苦悶除了性格上的孤高，更在於內地文化特質的堅守，拒絕被「香港化」。在《鳥語》、《過客》和《癡心井》等小說的南來者角色眼中，香港不單是一塊異質的土地，也是一片理想的墓場、一切失意的觸媒。一九五〇年的《鳥語》以「失語」道出一個流落香港的上海文化人的「雙重失落」，而在《癡心井》的終末則提出香港作為上海的重像，形似卻已毫無意義。徐訏拒絕被「香港化」的心志更具體見於一九五八年的《過客》，自我關閉的王逸心以選擇性的「失語」保存他的上海性，一種不見容於當世的孤高，既使他與現實格格不入，卻是他保存自我不失的唯一途徑。[10]

徐訏寫於一九五三年的〈原野的理想〉一詩，寫青年時代對理想的追尋，以及五十年代從上

10 參陳智德《解體我城：香港文學1950-2005》，香港：花千樹出版有限公司，二〇〇九。

海「流落」到香港後的理想幻滅之感：

多年來我各處漂泊，
唯願把血汗化為愛情，
遍灑在貧瘠的大地，
孕育出燦爛的生命。

但如今我流落在污穢的鬧市，
陽光裡飛揚著灰塵，
垃圾混合著純潔的泥土，
花不再鮮豔，草不再青。

海水裡漂浮著死屍，
山谷中蕩漾著酒肉的臭腥，
潺潺的溪流都是怨艾，
多少的鳥語也不帶歡欣。

茶座上是庸俗的笑語，

市上傳聞著漲落的黃金，
戲院裡都是低級的影片，
街頭擁擠著廉價的愛情。

此地已無原野的理想，
醉城裡我為何獨醒，
三更後萬家的燈火已滅，
何人在留意月兒的光明。

「原野的理想」代表過去在內地的文化價值，在作者如今流落的「污穢的鬧市」中完全落空，面對的不單是現實上的困局，更是觀念上的困局。這首詩不單純是一種個人抒情，更哀悼一代人的理想失落，筆調沉重。〈原野的理想〉一詩寫於一九五三年，其時徐訏從上海到香港三年，由於上海和香港的文化差距，使他無法適應，但正如同時代大量從內地到香港的人一樣，他從暫居而最終定居香港，終生未再踏足家鄉。

四

司馬長風在《中國新文學史》中指徐訏的詩「與新月派極為接近」，並以此而得到司馬長風的正面評價，[11]徐訏早年的詩歌，包括結集為《四十詩綜》的五部詩集，形式大多是四句一節，隔句押韻，一九五八年出版的《時間的去處》，收錄他移居香港後的詩作，形式上變化不大，仍然大多是四句一節，隔句押韻，大概延續新月派的格律化形式，使徐訏能與消逝的歲月多一分聯繫，該形式與他所懷念的故鄉，同樣作為記憶的一部份，而不忍割捨。

在形式以外，《時間的去處》更可觀的，是詩集中〈原野的理想〉、〈記憶裡的過去〉、〈時間的去處〉等詩流露對香港的厭倦、對理想的幻滅、對時局的憤怒，很能代表五十年代一輩南來者的心境，當中的關鍵在於徐訏寫出時空錯置的矛盾。對現實疏離，形同放棄，皆因被投放於錯誤的時空，卻造就出《時間的去處》這樣近乎形而上地談論著厭倦和幻滅的詩集。

六七十年代以後，徐訏的詩歌形式部份仍舊，卻有更多轉用自由詩的形式，不再四句一節，隔句押韻，這是否表示他從懷鄉的情結走出？相比他早年作品，徐訏六七十年代以後的詩作更精細地表現哲思，如《原野的理想》中的〈久坐〉、〈等待〉和〈觀望中的迷失〉、〈變幻中的蛻變〉等詩，嘗試思考超越的課題，亦由此引向詩歌本身所造就的超越。另一種哲思，則思考社會和時局的幻變，《原野的理想》中的〈小島〉、〈擁擠著的群像〉以及一九七九年以「任子楚」

[11] 司馬長風《中國新文學史（下卷）》，香港：昭明出版社，一九七八。

為筆名發表的〈無題的問句〉，時而抽離、時而質問，以至向自我的內在挖掘，尋求回應外在世界的方向，尋求時代的真象，因清醒而絕望，卻不放棄掙扎，最終引向的也是詩歌本身所造就的超越。

最後，我想再次引用徐訏在《現代中國文學過眼錄》中的一段：「新個性主義文藝必須在文藝絕對自由中提倡，要作家看重自己的工作，對自己的人格尊嚴有覺醒而不願為任何力量做奴隸的意識中生長。」[12]時代的轉折教徐訏身不由己地流離，歷經苦思、掙扎和持續的創作，最終以倡導獨立自主和覺醒的呼聲，回應也抗衡時代主潮對作家的矮化和宰制，可說從時代的轉折中尋回自主的位置，其所達致的超越，與〈變幻中的蛻變〉、〈小島〉、〈無題的問句〉等詩歌的高度同等。

＊陳智德：筆名陳滅，一九六九年香港出生，台灣東海大學中文系畢業，香港嶺南大學哲學碩士及博士，現任香港教育學院文學及文化學系助理教授，著有《解體我城：香港文學1950-2005》、《地文誌——追憶香港地方與文學》、《抗世詩話》以及詩集《市場，去死吧》、《低保真》等。

12 徐訏〈新個性主義文藝與大眾文藝〉，收錄於《現代中國文學過眼錄》，台北：時報文化，一九九一。

目次

《三邊文學》序

這本集子是雜湊的集子，無以為名，名之曰「三邊文學」，因為集分三編，每編一名，第一編曰「場邊文學」，第二編曰「門邊文學」，第三編曰「街邊文學」。

一

自從科舉廢止以來，已經有半世紀以上的時間，可是科舉頭腦似乎始終留在我們「文學家」的靈魂裡。科舉時代，大家寫八股文，寫好八股文，中了進士、狀元去做官，這在想做官的人原未可厚非，但他往往以為天下文章已盡於八股文，場闈以外的文章，認為都是引車賣漿之流的俚語俗言，不值一顧。

現在許多大學裡或研究院裡一些學生，也就除不了這套頭巾。他以為天下文章，不在大學英文系中文系中，也一定在美國大學的寫作專修班裡，覺得自己生來就有一身絕技，才能進門入堂，留學上國。忽聽校外也有文學，不免大為驚異，初則抓手挖耳，再則將信將疑，最後則叱之為偏門左道，魔經邪說。從此天下太平，文學定於一尊。

這二者都認為文學為高高在上之物。錦繡文才，豈能流落平常人家。字字璣珠，必賴帝皇或上國品題。他們因此要把文學說成高超神祕，好像文學是不染一點泥土氣息，或煙火姻緣的東西。

這種意識形態，前者可說是遺老，後者則是遺少。以前帝皇考選才子，欽定狀元、探花。現在老闆選認才幹，專送留美進修。形式不一，性質相同。被選者揚揚得意，原是人之常情，但以為主子選「才」，其「才」乃唯「我」所有，此「才」必是與生俱來，與世無涉。這就有點可笑了。

因為，事實上，文學起源於民間，生根於生活。文學家創作的泉源是生活，一個作家有生活才能寫作，死了就不能寫作。這是說，生活原是人的心智的來源，沒有生活就沒心智，正如沒有營養，就沒有生命。可是遺老遺少們不承認這一點，他們認為「文學」才能是天生的，與生活無涉，如說依賴生活，顯然是寫實主義的舊調。

可是我竟認為「寫實」、「象徵」、「表現」、「印象」……不過是表現的方法與方向的名詞，這與文學的源泉是生活是毫無關係的。

近幾十年來，藝術上文藝上流派很多，如意象派、達達主義、惡魔派、未來派、現代派，在小說上有意識流，有反小說的小說，在戲劇上有荒謬劇，有迷幻藥文學藝術……趨勢所及，似乎都是遠離生活的姿態，可是按之實際，正是反映真實人生的另一面。從忠於自己觀察力的繪畫，走到忠於畫幅的繪畫，從忠於客觀世界的小說，到忠於內心流動變幻的小說，從邏輯的推理的世界，到紛亂無意義的現實，都是隨著時代的發展以及科學注釋的變易的自然趨勢。這些文藝上的表現只是多方面的不同角度不同層次的現實的表現，這也正是人間的，而不是非人間的。最想逃避現實的思想與情感，正是對現實最有反應的思想與情感。

我是一個凡人，所說明的是凡人的意見。文藝上千紅萬紫的花果，正是人間的千變萬化的人與人生，其創作動機與意義，都是根植於生活的泥土之中，藝術之可貴，就在它出於淤泥而不污。藝術家是人，是必須呼吸空氣，吃糧食，穿衣服，追求異性的人。他一定是他的父母所生，有一個隨時病倒隨時死去的肉體，而他是在人類生活中生長的人，所以他的作品永遠逃不出他的生活。

但這些話竟是場闈文學家所不願聽也不願接受的，因為它揭穿了他們的「狀元」、「探花」的紙面具。他們只有把文學說成神祕高貴，高不可攀，才顯得自己的異乎常人。現在聽到文學是與人間的生活在一起，並不是雲端的亭台樓閣，這自然是有損於他們的尊嚴與面子，自不免詫異慌張痛恨起來。這沒有別的，這只是因為欽定的「高超」、「華貴」與自認神祕的都被拆穿，仙骨照成骷髏，廟堂變成了市廛，拍胸捻鬚的天才，還原成母親或母牛的奶汁，而奶汁不過是「性生活」的現實。

本來場外的人很多，有的遠在階下，以為場闈之中都是英豪，高調必有根據，文藝豈敢亂碰。而我偏在場邊，看清楚闈中慌張恚恨面紅耳赤的嘴臉，不免寫了些閑文雜學，因此名之為《場邊文學》。

二

世上好像有不少「文學入門」的書，我年輕時因為要入文學之門，也讀了不少，但似乎越讀越在門外。多年以後，才恍然大悟，原來根本上天下並無「文學之門」。「門」是有的，但不是文學之門，而是文字之門，是技術之門。

這不但是文學。一切藝術都是如此，老師能教的是技術與形式，是表現的方法。藝術則是從感受而來，感受是從生活而來，我們要表達感受，就要通過媒介——文字、聲音、顏色、線條與通過我們的技術——寫實，象徵，暗示，解剖……

這些工具，這些技術，都有門可入。而藝術則是無門之門，是四通八達的原野，是到處是路的海洋，只要有誠意有勇氣有愛好有興趣，它怎麼摸也就摸進去了。

但是我看到成撮的人搭起牌樓，高掛文學藝術招牌。為首者，頭戴博士帽子，腰纏文學字典，打鑼敲鼓高呼：「欲進文學之門，『沿此路過』。」

於是我又看到一群年輕人在那些門口排隊：他們想進文學之門。

「你有讀過《文學入門》麼？」

「讀過。」

「是不是讀我所編的？」

「不是吧。」

「那麼買一本去讀去，十二元八角，學生八折優待。」

於是我看見果然有人「入門」了。

兩年後，有不少書出來。

有名的兩本，一本是：《莎士比亞悲劇中所借用的中文、意文、法文、丹麥文、荷蘭文的研究》，另一本是：《紅樓夢裡林黛玉的眼淚的分量與曹雪芹的文學天才》。這兩書的作者馬上成「文學家」，分任中西文學協會正副會長。

這也就是所謂「門內文學」。

而我偏在門邊，也竟有在門外的人以為我從門內出來。他們要同我談談文學，我說：

「我能談的恐怕只是門邊文學。」

「門邊是不是旁門左道的意思？」

「也許是的。因為我看不見文學的『正』門『右』道。」

「那麼你就談談門邊文學吧。」

因此，我的第二編，稱之為《門邊文學》。

三

魯迅曾經說他的雜感文集是深夜街頭擺著的小攤，所有的無非是幾個小釘，幾塊瓦礫。但他希望並相信有些人會從中尋出合於他用的東西。我這裡收集的文章，自稱為《街邊文學》，自有仿效先賢之嫌疑。實則我的街邊文學的意思並不是如此。

我想文學中最高貴的當然是廟堂文學。第一等的廟堂文學是嵌在廟堂的高牆厚壁上的石碑文學，有的是對於先聖先賢的讚美，有的是先帝先皇的傳略、先烈先傑的紀載，有的對於列祖列宗的表揚。第二等廟堂文學是壽屏壽幛掛在中堂上供人欣賞的，或者是碑文墓銘，雖是石刻在山野之間，但拓本則傳流於名人之手。

低於廟堂文學的是客廳文學，那如有錢人周遊世界以後，回來寫了卅四國遊記，裡面有各地風光的紀錄，各地實業的考察，還有許多照相圖片，包括他在好萊塢與艷星一同照的，在英國皇宮前與御林軍在一起照的，在希臘與前甘尼地夫人握手的，……精印精裝，出版後放在客廳裡，任人翻閱，以收美譽。

客廳文學以外，則是課堂文學。內容雖常東抄西襲，外表則是富麗堂皇，名人題簽，同事寫序，上獻已故祖宗，下傳入門弟子，或標大學講義，或標博士論文。印刷費來自基金會津貼，派作課本，買主年年難卻。

課堂文學以次，則是沙龍文學，「沙龍」雖似「客廳」，但新舊大小有別。沙龍中往還都是文學家、詩人，電影導演、明星，以及大家閨秀、小家碧玉……大家都會點洋文，嘰嘰一室，喳喳有聲。這裡的文學則印成書本，或刊在文學刊物上，一本出來，互相饋贈，你說我是Henry James第二，我說你是T. S. Elliot再世。咖啡一杯，香煙一支，天才橫溢，笑容滿面。

沙龍文學之外，則是書店文學，這些作者，無黨無派，自寫自印，求知己的顧客，尋讀者於陌生。

最低等則街邊文學，那是文章刊在報屁股上，報紙冷落地躺在街邊的攤上。有人買了一張報紙，在等情人的路角，翻了一翻，既不覺痛，也不覺癢；有人看看新聞，讀讀「馬經」，視「大作」於無睹，覺「廢話」之多餘。還有人專讀武打與愛情小說，覺得雜感短文，不外是破銅爛鐵，決不會是高爐煉鋼之結晶或女媧補天的餘滴。而我竟也身躋街頭，耳染目濡，有時不免東寫西寫，現在集在一起，故名之曰《街邊文學》。

談巴甫洛夫的交替反射之研究——巴甫洛夫生忌百二十年祭

今年是俄國生理學家巴甫洛夫（Ivan Petrovich Pavlov 1849—1936）生忌一百二十年，中國人說起來正是兩個甲子，可說是一個重要紀念年。我不是研究巴甫洛夫的專家，讀他的書也是多年前的事，但他的心理學方面的研究與所建立的學說，影響我對於「人」的了解很大，所以寫這篇小文聊充紀念。

巴甫洛夫於一八四九年九月十四日生於雷生（Ryazan），在教會學校裡讀了四年後，轉而研究自然科學，又轉入列寧格勒聖彼得堡大學習醫。一八八三年醫學畢業後，到德國從兩位大生理學家魯威格（Karl F. W. Ludwig）與海登涵（Rudolf Heidenhain）研究生理學。兩年後回到聖彼得堡，於一八八九年任軍醫學院藥物學講席。

一八九一年他在新的實驗醫學研究所生理實驗室創立手術部。一八九五年他任軍事醫學學院的生理學教授。

巴甫洛夫對於血循環與腺在消化上功能的研究馳名於生理學界，一九四年以消化的生理學獲得諾貝爾獎金。但是他影響於學術界最大的則是他的對於狗與其他動物的實驗，以二十五年的時間發明所謂「交替反射」（或譯作制約反射，conditioned reflex也稱為conditional reflex）開闢了以後半世紀來心理學的研究的新途徑。

他的關於血循環的著作初發表於一八七八年，關於消化生理的研究發表於一八九七年，初在俄國，以後在德國、法國、英國。

他於一九二〇年後專從事於交替反射的研究，足足有二十五年。以後他的興趣轉入人類變態心理的研究與治療。一九二八年起，他專心於將他研究所得關於交替反射的學理應用於心理病的治療。他於一九三六年二月二十七日死於列寧格勒。他死後，他的研究影響了全世界心理學的學說，因而擴展到較高級的人類的神經活動的研究。

巴甫洛夫所建立的交替反射的學說，完全由於他的對於動物，特別是狗的實驗而來。他的對於狗的實驗，在外行人看起來是再簡單不過的事，明達如蕭伯納，似也不甚了解他的研究的價值，在蕭的《黑女尋神記》的作品中，對他有很幽默的譏笑。

我現在簡單地介紹一下巴甫洛夫對於狗的唾液的實驗。

他把一隻狗單獨的放在一個房內，他自己在另外一間房間內觀察狗，但不為狗所見到，並可以從特別設計的儀器上數狗的唾液的分泌。

先是，他用一種音樂節拍器（metronome）發聲，那隻被試驗的狗向這聲音來源注意，但並無反應。但多少次以後，這隻狗對這聲音就再也不注意，因為它已經習慣了。

這個聲音雖是一種刺激，但不發生關係，故可稱為中立刺激（neutral stimulus）。

現在我們用點食物來餵狗（它是已經有好幾個鐘頭沒有吃東西了）。這食物，心理學上稱之為非交替刺激（unconditioned stimulus），因為不用「交替」，狗就自然地會流唾液了。

接著我們進行交替程序，即是我們在中立刺激（音樂節拍聲）發生後，用少量食物來餵狗。這樣試驗十幾次後，一種新的現象就發生了。那就是音樂節拍器一響，不給他食物，狗也會流唾液。如果再多試幾次，最後，單獨的中立刺激可以使狗產生等量的唾液，這我們說所謂交替反射已經建立了。

巴甫洛夫這個細致的科學的實驗，在人類日常生活中也正是常有的事。如學校裡鳴鐘就跑去吃飯，習慣了聽到鳴鐘也就以為是吃飯了，我們叫做「上當」。而在肚子餓的時候，每逢鳴鐘，還是自願跑去「上當」。這雖有淺深粗細之分，但原則上是一樣的。可是我們且不要像蕭伯納的《黑女尋神記》的黑女，去笑巴甫洛夫，以為如此簡單的事實，何必要有廿五年工夫去實驗。須知科學不光是要證明與確定事實，而是要建立原理。

巴甫洛夫在進一步的研究中，作了「否定歸納」（negative induction）的實驗，下面是否定歸納的實驗的一個例子。

一隻狗現在已經是被音樂節拍器交替了。於是我們用另一個中立刺激如鈴聲來同時刺激狗，並且每次以食物隨之餵狗。如此者幾次後，鈴聲（不伴食物）可得到的反應是四滴唾液（這就是說，這交替反應建立還不十分堅固）。這時，我們再以音樂節拍器伴著食物刺激狗。只要一次，以後再用鈴聲，而狗對鈴聲就沒有唾液的反應了。

這就是說，一個較強的正面的交替刺激（conditional stimulus）禁止了較弱的交替反射。這也就是說，狗腦中某一部分的動作因另一部分的動作而停止。

巴甫洛夫的實驗，產生了許多有趣的發展。

由於建立的交替刺激，如音樂節拍器，可以完全不用食物而交替到另一個中立刺激如一種燈光。這即是說用燈光與音樂節拍器同時刺激狗（不伴食物），多次以後，燈光也可以獲得狗唾液的反應。這我們稱之為第二個交替刺激。這樣下去，也可以建立第三個交替刺激。這些刺激可以變化無窮。

還有一種特別的使狗產生一種線索反射（trace reflex），即我們每隔一小時給狗吃點東西，以後時候到了它自然會流唾液。如果我伴以鈴聲，再將鈴聲與食物的時間距離拉長。這就是說，於鈴聲刺激後隔些時候如四分鐘，給它食物，以後把食物取消，狗也會在鈴聲響後隔四分鐘流唾液。

還有更進一步的發現，叫做刺激普遍化（stimulus generalization）。

譬如說，我們用很快的節拍如十六分之一音樂節拍器的聲音建立了狗的反射；現在用四分以一拍的聲音，與八分之一拍的聲音刺激狗，狗是不是會反應呢？如果狗所交替的是聲音，則應當都有反應。如果狗所交替是十六分之一拍聲音，那麼對別的聲音就不會有反應。巴甫洛夫的實驗發現狗的反應是有普遍化的趨勢，即對正確的節拍它反應很多（多量的唾液），對於其他的不同的節拍有較少的反應（少量的唾液）。

巴甫洛夫用拍狗的大腿的刺激建立了狗的交替反射，以後試以拍它的身體各部分求狗的反應普遍化情形，得下表的結論：

狗體的部分	唾液分泌量
後腿	三十三滴
大腿	五十三滴
骨盤	四十五滴
軀體中部	三十九滴
肩	二十三滴
前腿	二十一滴
前腳	十九滴

這就是說，對於狗相仿的同類的刺激有相對的成比例的反應。

上面所介紹的那些實驗中的反應，巴甫洛夫稱之為興奮（excitation）。這就是說，感官接受了一種刺激，如眼之於光，耳之於聲，觸覺之於拍擊，神經上就產生一種興奮，這興奮由神經原傳達到中樞神經，到腦皮而與他種神經接觸，同樣產生了神經興奮。這是神經學上的課題，我們這裡不必細述。我們只要知道神經在連鎖傳導後，神經的狀態是有了變化，這是有許多實驗證明過的。這變化主要是在神經與神經的交接點，叫做synapses，這交接點等於是電流的轉接站，每當神經衝動在一定的方向通過後，就留下了一種影響，可使同樣的神經衝動在同一方向中通過時較易。

這個學說，推翻過去心理學的許多假定。雖然以後有新的心理學的學派加以修正，但動物以及人類的學習歷程與習慣的養成則都是基於這個事實。要詳細說明這知識與習慣的養成在神經系上的變化並不是如此簡單，這裡自亦不必細述。這裡應了解的是巴甫洛夫學說中所謂興奮的意義。

巴甫洛夫在興奮的學說下發現許多重要的事實，但進一步，他又發現了與興奮相反的阻抑（inhibition）的事實。

巴甫洛夫發現所謂「阻抑」有兩種，一種是外界的阻抑，一種是內在的阻抑。外界的阻抑是很容易找到的事實。在實驗中，任何較強的外來的刺激都可以使交替反射中斷，內在的阻抑則不甚明顯，而且種類甚多。

現在我們假定我們已經用蜂音器建立了一個交替反射，使狗流唾液。接著再繼續用蜂音器刺激狗，多次以後，如果一直不給狗以食物，則唾液的分泌慢慢減少，一直到了完全沒有。這叫做實驗的消滅（experimentally extinguished）。這時，照說蜂音器已經變成中立刺激，同沒有建立交替反射時是一樣了。但是事實上並不，這只是一種「阻抑」作用。

因為，如果隔了一天，並不給以食物，再用蜂音來刺激時狗又會有流唾液的反應。如此再試下去，這反應減少，最後以至消滅。但隔了一些時候，又會恢復。總之，這交替反射建立以後，可以消滅多次，而仍能恢復。這現象，叫做復原現象。

由這個事實，巴甫洛夫發現了一個原則。如果把「興奮」與「阻抑」定出一個單位，則「消滅」現象之出現，正是「興奮」量等於「阻抑」量的交點上。可是到了第二天，沒有給狗新的訓練，仍會產生正面的反應，這就是指明那時的「興奮」單位又超過了「阻抑」單位。換句話說，「阻抑」的消散比「興奮」的消散為快。

進一步，巴甫洛夫又發現「解除阻抑」的事實。我們在上面談過「興奮」，可以用外界的刺激將它打斷。但如果我們用「阻抑」清除了「興奮」，恰到了實驗的「消滅」階段，這時我們外界的刺激襲來，則正好解除了「內的阻抑」，興奮就此復起，正面的反應（如流唾液）馬上就出現了。

我們說到過「興奮」現象在神經的變化，「阻抑」現象，也正有許多神經學專家用顯微鏡，直接的或間接的在作解剖與研究，但還沒有太切實的收獲。不過巴甫洛夫的發現，則是一個客觀的事實，神經中因何產生這種現象，則是神經學的責任了。

阻抑現象中還有一種叫「差別阻抑」（differential inhibition），這是一種在相仿的刺激中定出一個差別，上面談到刺激的普遍化，即是相仿而不同的刺激可以產生輕重不同的反應。如我們圓形的交替刺激，使狗流唾液；現在我們再以橢圓形刺激狗，則狗將視其圓度的正確度，而有輕重不同的反應。但如果我們必在正圓形刺激狗時餵以食物而在橢圓形刺激時絕不餵以食物，這樣，它對於橢圓形的反應就「阻抑」了。即是說，它對橢圓形的刺激就不再流唾液。這個發現，使我們可以測驗出狗對於刺激差別的辨別能力，如逐漸試以不同的近圓的橢圓形而看其反應，直到一個交點——他的辨別力的極度。即：雖非正圓形而它也以為是正圓形的限度。同樣的，我們也可以光或聲音以及別種刺激，來作為測驗其視覺或其他感官的辨別能力。

由這一發現，進一步，巴甫洛夫又發現了一個反常的現象。就是當兩種刺激的交點接近之時，即狗在無法辨別兩種不同刺激的不同之時，這隻被實驗的狗忽然不安起來，它狂吠，它不願安定，它對實驗者有敵意，它失去了已建立的交替反射，它不願回實驗室，它不願吃東西，甚至離開實驗室後仍是如此，有時且失去了「性」的能力。

這是狗的精神崩潰的現象，是很接近所謂「實驗的神經病」。巴甫洛夫的解釋是腦皮上的興奮潛力與阻止潛力在無法辨別的刺激下的衝突。這當然只是一種假定，但以後，許多醫生與科學家以巴甫洛夫的實驗觀察人的神經病，也正是暗相符合，則是事實。

所謂「實驗的神經病」，乃是巴甫洛夫創制出來的東西。他實驗一種強力可致痛的刺激——對狗會產生保衛機動停止分泌與消化機能的一種刺激。如較強的電擊。這當然有明顯的「阻抑」作用。如果以此作為交替刺激以求狗的流唾液反應，則這個刺激起了「阻抑」作用，同時又起了「興奮」作用，這就發生了衝突，產生了一種神經病，這就叫「實驗的神經病」。

此外還有許多不同的「阻抑」。

一種叫做交替阻抑（conditioned inhibition）。上面談到過，交替反射的刺激可以再進而交替到另一種新的交替刺激。這個交替是由第一個刺激同新刺激同時刺激，多次以後而形成的。但每次交替之間，必須有一個間隔幾秒鐘的時間，如果不間隔，或間隔時間不足，則新刺激就產生了阻抑作用，這個巴甫洛夫稱之為交替阻抑。

一種叫做稽遲阻抑（inhibition of delay）。上面談到過一種交替反射可稽遲幾分鐘，即在交替刺激後隔幾分鐘才反應。這稽遲的間隔很顯然即是阻抑作用。因為，如果我們用「解除阻抑」的方法，則被試驗的狗馬上會有正面的反應。

還有一種是加強法的阻抑（inhibition with reinforcement）。這是一種很特殊的現象。即如果一隻狗已經被建立了一種交替反射，如以鈴聲獲得狗的流唾液的反應。以後如再在鈴聲刺激它時，餵以食物，繼續數百次，則狗忽然會失去了這個交替反射，即對單獨的鈴聲反無流唾液的反應了。這個現象，巴甫洛夫認為動物的大腦皮上在交替反射的影響下，總有回向阻抑的狀態的傾向，雖然有時候很遲緩。

巴甫洛夫這些實驗的結果，說起來好像很簡單，可是他費了二十五年的時間，以後許多科學家，設計了許多相仿的實驗，（當然不是唾液的計算）來試驗人。所得的結果與巴甫洛夫的結論很相符。這就打開了心理學神祕的門，引起了許多新的理論。於是對人的看法也換了新的方向。

巴甫洛夫在得到這些結論後，他又發現一個事實。那是在他所作實驗的數以千計的狗中，似可分為兩種不同的類別。一類是易於養成交替反射，但難於「消滅」；一類是難於養成交替反射，但易於「消滅」。巴甫洛夫認為這是狗的神經系統中內在組織有不同。平均來說，狗的興奮與阻抑應當是平衡的，但有些狗的「興奮」強於「阻抑」，有些狗則「阻抑」強於「興奮」。前者就是易於養成交替反射而難於「消滅」的狗，後來則是難於養成交替反射而易於「消滅」

的狗。

巴甫洛夫晚年對神經變態發生興趣，因此常到精神病院去研究，他發現病人中竟也有兩種分別，他覺得正可以用「興奮」與「阻抑」來說明。於是他與一位法國心理分析家合作，把病人分作兩大類，一類是歇斯底里的——（hysteries）。這些病人性格戲劇化，缺乏道德自制，對兩性事情有明顯興趣，對別人的社會有偏好，極端的病症多是半身麻痺視覺聽覺失靈，健忘或遺忘過去某一部分。另一種可稱為戴斯迷克（dysthymic）。這種病人，行為上不愛與人來往、害羞、感情強烈易於不安與消沉，抑鬱自苦。他們雖無失去視覺聽覺的現象，但不安與消沉往往更苦於歇斯底里者的病狀。這兩種病人自有不同的天地，但也並非每人都可如此劃分，許多病人都是兩種混合著，或多或少的兼有兩種。巴甫洛夫這個發現，使他相信「興奮」與「阻抑」平衡的學說可以用在這裡，即歇斯底里的是「阻抑」多於「興奮」，戴斯迷克的是「興奮」多於「阻抑」。所以前者是難於建立交替反射而易於「消滅」，後者是易於建立而難於「消滅」。巴甫洛夫本人並沒有把他的假定作實驗的證明，但以後學者曾有不少的實驗證明他的假定是正確的。

以後有了榮格（C. G. Jung）學說，把人分為外向與內向兩類。他指出外向的人常有歇斯底里的病症，而內向的人則易於患戴斯迷克的病症。因此外向的人正是「阻抑」多於「興奮」，內向的人正是「興奮」多於「阻抑」，用巴甫洛夫的理論來推理，則是外向的人難於建立交替反射而易於「消滅」，內向的人則易於建立而難於「消滅」。這個事實，也有許多實驗證明是可靠的。

巴甫洛夫以前有不少人想到生理學上找心理現象的科學根據，如普利斯特里（Joseph Priestley）研究氧氣與呼吸的關係，如魏伯（Ernst Weber）的感覺實驗，他的運動覺與感覺辨域的理論，至今仍為人所重視，繆拉（Heinrick Muller）研究眼球肌肉與空間知覺的關係，Freiedrich Beneke 以神經系統之線索說明經驗之保留……雖各有部分的成就，但都不能與巴甫洛夫的交替反應的研究對心理學貢獻相較。

巴甫洛夫對於交替反射的研究，完全是生理學的，他不注意心理學的理論，所以當一九二九年國際心理學會請他出席時，他說他懷疑一般心理學家對他的意見會感到興趣，一直到晚年，他同心理學家們才有較密切的往還。

以後他的學說被心理學家接受，在美國出現了專以交替反射為主要理論的學派，「行為主義」。行為主義可說是根據巴甫洛夫的學說建立的一個心理學的體系。巴甫洛夫實是一個建立了生理學與心理學間的橋梁的大工程師。他使以後的心理學，無不在生理的基礎上詮釋並證明心理現象的來源，就是反對行為主義的人，理論上也不得不因巴甫洛夫研究的事實而有所修正。

而最大的影響，則是對於「人」有新的認識與了解。

我們人類對於自己一直看得很特殊，到了達爾文進化論出來，認為人不過是人猿進化來的哺乳類動物的一種，人就開始了解自己在宇宙的地位。但人們仍相信人與動物的不同，是因為我們有一個動物所沒有的靈魂或精神或心靈。

因此一般心理學界都是二元論，就是人有一個屬於物質的肉體，還有一個屬於精神的心靈。這心靈與肉體的關係，像是司機與汽車的關係。

巴甫洛夫以後的心理學，漸漸地進步為一元論。這就是說，人是一個完整的機體，是離不開生活的一種存在。

這並不是說，所有心理學家都否認「靈魂」的存在。許多心理學家仍有宗教的信仰，但靈魂是宗教或形而上學的問題，不是心理學研究的對象。靈魂無從研究，也不必研究。放於我們前面的是一個「肉體」，它是產生心理現象的機體，表現我們心理現象的，則是我們的「行為」。這才是實實在在可研究的東西。

於是，人被認識為一部從進化從遺傳而得一個機體，這機體是構造成有接受刺激而反應的機能。

它的動力正是生物的動力，它的能，則來自「刺激」，所以它不像汽車，倒像是一個導向火箭。

說人是一個機體，則是很複雜的機體，但在接受刺激而反應的機能來說，我們可以把它分三類：

（一）接受器官（receiving organs）如眼、耳、鼻、皮膚（觸覺）等。（二）反應器官（reacting organs）四肢、內臟、感官周圍的肌肉。（三）聯結器官（connecting organs）即神經系統的各部分，大腦、腦皮、神經細胞，各種神經。

這裡自無法細述這些器官的構造作用，但可以知道一切外界與人發生關係，都要經過接受器官。人一天生存在世上，一天都是在用接受器官與外界聯繫。

外界給人就是刺激，人對刺激必有反應。

耳聞、目睹、鼻嗅、舌味都是反應。

人不但反應外界的刺激，還反應內部的刺激：呼吸、消化、排泄，等等。

肌肉因刺激而伸縮；眼睛可因強光而閉眨；熱有汗腺反應；食有唾腺反應，這些都是最單純的外界的刺激引起人的反應。但人的反應是整個的，並不是局部的。譬如我們對熱，如電熨斗燙了手指，全身震顫，手縮回，呼吸馬上停頓一下。這就可證明刺激雖加於一個手指，而全身起了反應，這就是聯結器官傳達到全身各處。

不但如此，人的反應不光是現場，而且牽連到經驗、意識、思考、想象（看一個人過去的經驗、知識而不同）。譬如對燙了手指這個刺激，由神經系傳導到大腦，馬上可有各種不同的思想與情感上的反應。如想到自己何時插上了這個電熨斗，怎麼又忽然忘了？又想到因為是去聽了那個電話。因而又想到了可能的危險，倘聽了電話後有人來敲門，他可能會去開門，會同來客談天，會忘了電熨斗熱在那裡的一回事。也可能產生遷怒到那個打電話來的人，怎麼早不打晚不打，偏在我燙衣服時來打。還可以一面這樣想，一面趕快拔出電熨斗，去找藥膏來擦燙傷……諸如此類，都是對一個刺激的反應。而一個刺激也馬上引起另一個刺激，如找到藥膏擦上去很痛，想到這藥膏不好，因而想到他朋友介紹他的另一種藥膏……

這就是說生活是不停的一連串的刺激，人生是永無終止的反應。

我們不可能記錄一個人一生所接受的刺激與其反應。但只要觀察一個嬰孩的生長，就他的接受刺激與其反應來說，則是人的接受刺激也就是學習。人在生長中的反應，因生活的經驗，越來越複雜；而這則正是由巴甫洛夫的交替反射律綜錯複雜的一層一層交織上去的。譬如上面舉的燙手指的例子，一個成人可以有這許多反應，如是一個小孩子，他只會哭著去告訴媽媽；如是一個嬰孩，他是顫縮一下歇了一二秒鐘，哭了起來。因此，所謂反應，整個來說，是因人因時因地而不同。同一個刺激，小孩子與大人反應不同，甲乙兩人反應也不同，而且一個人上午與下午反應也不同。

說人接受刺激是一個學習，也即是經驗的獲得，經驗的累積是神經系的溝通，而其獲得則總不出交替反射律的範圍。現代教育心理學上的學習律都是由交替反射律發展出來的理論。這也是一個詮釋中國古語所謂「活到老，學到老」的新義。

但是，作為對於「刺激——反應」機體，反應的不同又是因人因地因時而異的。人的經驗固然是一件事，人的先天性的機能自有其差別。巴甫洛夫的「興奮」與「阻抑」平衡與後來榮格的外向與內向兩型的人，對於交替反射的「建立」與「消滅」難易之不同，則正是心理學上另一課題。後來巴甫洛夫在精神病院對精神病的類型發生了興趣，或者正是他對於這個課題研究的一個開端，可惜他於一九三六年就歸了道山。

現在的心理學，則正是有各國的學者繼著巴甫洛夫的興趣，對所謂個人的遺傳、環境智力等作各種的實驗與各種的詮釋了。

從智能研究之成果談天才的形成

幾個月前，美國一位心理學教授競生博士（Dr. Arthur Jensen）發表了一篇關於智能的論文，引起國內外激烈的批評。

原因是他以為人的智能都是遺傳的，所以一生下來已經有高低。那麼智能高的人應做大事，智能低的人應做卑微的事，似乎是合情合理的。他再進一步，認為整個種族平均的智能往往可高於另一個種族，而白人的智能高於黑人則是確定的事實。

這種說法原是法西斯的老調，很多學者早已叱為不確。簡單的理由似可歸納為幾條：

（一）智能的高下，是個人的差別，同一個家庭裡的孩子，就可有天壤的不同。

（二）遺傳與環境的因素，科學還不能證明孰重孰輕。而所謂智能較低的孩子，他的父母的智能也正是環境所決定。如窮鄉僻野的孩子，其智能無法同進步都市的相比；貧窮污穢農家的子女，其智能無法同書香門第士大夫世家的子女相較，是不待證明就可相信的事實。

（三）種族的智能無法用平均計算，尤其是還有歷史與時代的原因。以古代的埃及、希臘及中國的各種創造看，他們的智能似必遠超於其他種族，何以後來又不然。

（四）以猶太人近代的學術、科學、文學各方面的表現講，似甚高於其他民族，但何以未在政治上有特殊的表現而早能復國？德國以亞利安人高人一等，何以又敗於兩次大戰？

種族的智能如可作為根據，那麼一個種族早就該統治世界；階級的智能如可凌駕一切，革命似不可能發生。

但事實上，人往往被他暫時優越的現實所陶醉：白人因為現在多數占據要津，就以為自己高人一等，中國人不也有很長時期以為中國是天朝，中國以外都是蠻夷之邦麼？

以社會階層來劃分智能高下，這是各國的史實。如西洋的僧侶、貴族、武士之分，中國的士農工商之區別。在婆羅門的教義中，認為婆羅門（世界靈魂）創造了第一個人叫買御（Manu），以後的人都是由買御而來。最高貴優秀的人是僧侶，是由買御的頭所造；次一等是王與武士，是買御的手所造；再次一等是手藝百業，是買御的下肢所造；最低級的階層則是買御的腳所造。這種說法正是相信人是先天地定了高下，而階級即由此而劃分。而先天所決定的正是智能的優劣。

事實上，則是人先定了階級，才產生了這種理論，以之來維護階級的優越地位。

打破人的神話的第一個是達爾文，打破階級神話的是馬克思，打破智能之謎的則是現代的生理學與心理學——這裡有兩個人必須重視，一個是巴甫洛夫，一個是佛洛伊德。

達爾文把人還原到生物進化的結晶，則人類必是生而平等的，因為同是人猿進化而來，何來天生的階級？可是他的生物界優勝劣敗之說，用在人類社會裡就變成統治者一定是「優者」。這在歷史發展上，顯然不是事實。所以他的學說正好說明人類社會的發展規律。這就是唯物史觀中的生產手段與生產關係的辯證的發展。馬克思學說中，帝皇英雄不過是經濟制度的產物，而現在共產黨把「舵手」「統帥」作為創造歷史的因素，則正是馬克思學說的「反動分子」。如果這些統治者都是「優秀」或智能高人一等者，則希持拉、史達林應該即是「智能」「優秀」的了。如果人類有優越「智能」的人只是危害人類，那麼我們就寧願世界上都是笨人，應該限制智能優越的人才。所以在人類社會中，智能的論斷與歷史的要求是不諧和的。到現在，因為生理學與心理學以及精神分析學的進步，對人的智能才有較正確與進步的研究與發現。這幾十年來，這方面的學者們揭發了不少關於人類智能的祕密。

一般說來，根據現在心理學研究的結果，是人因遺傳或生理的關係，的確先天的可有智能的優劣與高低之分。近幾十年來，各國，尤其是美國，對於所謂智能的測驗非常普遍，他們在教育上，甚至就業上，有很多輔助的貢獻。他們的智能測驗種類繁多，我下面且舉出最普通的一些材料，看看到底是怎麼一回事？

關於智能的測驗，十九世紀末已經有許多人努力過，但當時有一個最大的錯誤觀念，即都相信智能是獨立的能力，如文學有文學的智能，數學有數學的智能等，所以那種努力，沒有多大的成就。到了法國心理學家皮南（Alfred Benet），才發現智能不是獨立的性質或能力，而是各種能力的集合體。這個發現，使以後在方法與詮釋上有根本的改變。

皮南經過十五年的研究，並得另一個心理學家西蒙（Theodore Simon）之助，於一八八年，發表他們的研究結果——皮南-西蒙的智能量表（Binet- Simon Scale of Intelligence）引起了世界心理學界的注意，在美國尤為風行，補充發展很多，其中最詳盡而為大家所采用的為「司丹福增訂皮南-西蒙量表」（Stanford Revision and Extension of the Binet-Simon Scale）。這量表包括九十個測驗，以難易深淺為準，最易者為三歲兒童所當及格，最難者則必須優秀的成人才能及格。

我們現在且抄錄三歲兒童所用的測驗題看看：

〇指出鼻、眼、口、髮。能指出三樣算合格。

○指出習見物件的名稱——鑰匙，通用的貨幣，小刀，錶，鉛筆。說出三樣算及格。
○就放在他面前的三幅圖畫中的一幅，指出其中所畫的三件東西。
○說出性別，男孩或女孩。
○說出自己的姓。
○跟隨著讀出含有六、七個音節的句子：如「小狗追貓」。
○跟隨著說三個數目字，三次中說對一次算及格。
以後的問題按著年齡慢慢高深起來，有的是對習見事物變化中求心智，如前後複讀數字，鐘錶中長短針變化，相仿東西——如皮革、羊毛、棉花的異同，再深點，有抽象名詞與事物關係的知識……
這些智能測驗，是以智商來計算。
智商（Intelligence Quotient）簡稱I. Q.，它的公式：
I. Q. =（MA〔智能年齡〕÷ CA〔實足年齡〕）×100
M. A. 就是測驗的量表所得的成績，除以實足年齡。如上下都為10，則智商為1.00（稱為一百），如智能年齡為12，實足年齡為10，則智商為1.20（稱為一百二十），如智能年齡為8，實足年齡為10，則智商為0.80，（稱為八十），因為實用方便，乘以一百，把小數點刪去了。
現在的問題，是這個所謂智能是先天還是後天的呢？
有人說，你的測量表的問題都是後天的事物，這種測驗，同學校考試有什麼分別呢？還不是只能算是一種學習的成績？
但心理學家解釋說，如果年齡相等，其接觸事物之機會與練習的可能性完全相等，則他們優劣之分，自然是天賦的智能的差別。

這個說法，看來是言之成理的，但是，如果真是天賦的差別，那麼三歲時的I. Q.高的人，到十歲時，廿歲時就應該一樣的高了，可是事實並不如此。科學所證明的則有下面的事實：以六歲所測驗的I. Q.，隔了一星期重測驗時，其準確比例是95%，一年後再測驗時，同上次相較，其準確比例是91%，如相隔兩年，其準確比例是87%。大概多隔一年準確性要跌4%，如相隔十年，兩者相較，準確性只有55%，這就是六歲時I. Q.證明是上智的人，十六歲時，可能低於100。

這就是說，智能並不是天賦的東西，而是生活與教育養成的。

但這話也要保留。

因為科學還證明一個事實，是六歲以前的智能測驗，完全不足為準，以後越大越可靠，到了十五、十六歲的智能測驗，則即使隔了二十、三十年，其準確性（同上一次相較）則有92%。這即是說，十六歲測驗為定的I. Q.，到四十六歲來測驗，是很接近的。

這可以看出，智能這個東西，或者是同神經系統的交織成熟有關，是必需有生活的經驗與學習來刺激的。這正如一個人的高矮，六歲以前，長得高的孩子到後來不一定高。但十六歲長得高的孩子可以斷定將來不會是矮子。這也可以用消化能力來比，六歲以前所謂消化力強的人，到成人時不一定消化力強，但十六歲消化力強的人，到成人時不會改變。（這些說法，都有一個假定，即沒有意外的疾病或創傷。）

這個證明就是說，智能這個東西，雖是後天養成，可是先天還有一個可塑性的因素。這正如體格高的人，雖是後天的營養運動有關，但先天（遺傳或其他）一定有一個因素。自然，智能問題比體高的問題要複雜。因為智能是許許多多成分交織成的集合體。

這裡要特別注意的，是智能雖是先天的有一個因子，但絕對是同生活接觸後而發生的。沒有生活，則絕無智能——因為它也是一種吸收消化的機能。其次，智能的表現也離不開生活，而人也絕對無法改善這種天生的「因子」，除了在生活中學習吸收。

因為人類智能是如此複雜，所以我們也很難為它下一個定義。一般的說，智能是：

人所具有的學習，特別是學習微妙的抽象的知識與生活時，靈敏性與準確性，以及控制心智，應付環境，解決問題時的伸縮性、適應性的綜合反應能力。

這個綜合反應能力既是一個綜合體，其中就有知覺、情緒、記憶、想象、推理、辨別……各種成分。因此，智能測驗自然也必須把它分別來測驗，才見準確。

到現在為止，發現主要的可分為七項：

一、語文的能力Verbal Ability（V）
二、語文的流利Verbal Fluency（W）
三、數字的能力Numerical Ability（N）
四、空間的能力Spatial Ability（S）
五、知覺的能力Perceptual Ability（P）
六、記憶力Memory（M）
七、推理力Inductive Reasoning（R）

關於這七項的測驗甚多，這裡不必細述，這裡只舉一、二初級的例子以見所謂測驗是怎麼一回事。

用作測驗的材料都是經驗中來的，也即是後天學得的。但對同年齡同經驗的兒童來分優劣時，其不同的地方就當是先天的因素。也可說是智能所表現的實是對於生活經驗吸引消化與保留的能力。

但這裡面，有一個很大的因素，是機體的成熟問題，這就是說智能的吸收，與機體的成熟大有關係。

這裡且用心理學家從實驗中所記錄的，嬰孩的蠟筆與紙的活動的生長程序為例：（下列各行上方是嬰孩的年齡以月計算。）。（第一表）

嬰孩的年齡，以月計算。

#~1：抓握蠟筆，並不看它。

1~3：抓握蠟筆，玩弄，動作日見複雜，並不注意它。

3~5：開始玩弄蠟筆與紙，同時予以注意，方便時往往雙手握紙。如接近筆時，常拾取之。

6~9：如看見筆即伸手取之，揮舞紙與筆，亂抓亂動。或將筆與紙送至口中，或以蠟筆就紙上塗繪，並不會模仿。

9~12：試驗者將筆在紙上繪寫，偶爾可引起嬰孩注意，將筆端挨到紙上，有時會塗上幾劃，落筆很輕。

12~18：對試驗者繪寫動作能加注意，並能模仿亂畫，有注意筆跡傾向，筆與紙的配合控制力有增加。

18～24：信筆亂寫，較多較好，模仿作組線，對直線曲線，能分別。
24～30：模仿畫直線，能較好地從事繪畫活動。
30～36：能作兩三條線，有意圖地畫十字形，但畫不好。
36～48：能仿畫橫線及正十字形，且能就範本畫圓形。
48～60：就範本摹畫較好的十字形與正方形，畫人物可辨出人形。

這個學習的成就，心理學家認為證明了行為的發展是要靠肌肉與神經的成熟，以及兩者的協調作用。上表所示，只是簡化了日常行為，因為在間隔時間中是有無數的變化與演進的層次的。同時，這些程序，儘管兒童生長稍有遲速之別，而發展的程序都是如此。這點非常重要。人是靠機體吸收經驗，程序完全一樣，但年齡愈大，則發展的速度就愈不相同。同時，有些兒童某種行為發展快，有些兒童另外一種行為發展快，也各各不同，這也就是說，學習和生活經驗的結合也各個不同。

根據很多心理學家的許多測驗與研究，對於智能初步所了解而能肯定的，是個別的人在智能上確有高低之別，但只是量的差別而不是質的差別。而各人的特性則正是各種反應能力組合不同，因此，這些能力的成長往往也參差不齊，有的某一項早發達，有的另一項早發達。

關於複雜與高級的智能，實驗不能直接證明的，也可從基本的研究的結果上作科學的假定，大概可作這樣的推論：

人的智能有天賦的（也可說是遺傳的）成分，這成分是一個因子，它同感覺與肌肉一樣，在出生後，須賴（一）機體的一般成熟，（二）神經聯結的成熟，（三）學習與生活的鍛煉。

關於（一）機體的一般成熟，在智能上講，指的是神經細胞與分泌等。這正如走路，孩子出生後，必須待兩腿的骨骼肌肉生長成熟才能走路。但以走路而論，對研究成熟後才學習，還是學習中促進成熟好，這在「走路」一類肌肉動作中很容易試驗，一般的結論是太早學走路絕對無益。等孩子的骨骼肌肉成熟後，學起來事半功倍。關於（二），在走路的例子中神經聯結的成熟，似與骨骼肌肉成熟很符合的：但在智能的運用中，則這是自動的機能，因而無法控制其不運用，而運用時自必成熟，而成熟時也就自動運用。關於（三），如孩子走路的學習，可以控制，即非到成熟時不給他學習機會；而智能的運用則是自動的，它的學習鍛練是主動的，孩子的觀察思索聯想都是智能的活動。因此，這與（二）是絕對不能分的，即成熟與學習是彼此互相印證的。

這就是說，人的智能在生理的生長之中與生活及學習是無法分的。它的發展與生活密切相結合，要到十五歲才固定有一個高低可測驗。這嚴格地說，所謂智能，實際上是一種能量。這正如體力一樣，我們每一個人都可鍛煉舉重，有的人極限是五百磅，有人是七百磅。這即是說，人的體力，一方面是營養鍛煉而來，另一方面有一先天性生理的極限，這極限是每個人不同，智能也只是這麼回事。舉重的鍛煉當然與年齡（成熟的階段）有關，如二十五歲以後，雖鍛煉也不再會進步，三十歲就退步。智能（反應能力）成熟的極限是十六歲，到四十歲就退步了。

這也就是說，智能所謂先天的因素，或即是神經系統的對生活中的材料吸收消化的能量，正如消化器官有對食物消化的能量一樣，只是一種可塑性。而這可塑性以後在生活中發展，到十六歲慢慢固定在一定的能量上。

這些關於智能的研究與測驗，與所謂天才有什麼關係呢？心理學家以為天才應該是智能特別高的人，他們於是選了I. Q.在170以上的人來測驗，他們發現，以前所謂天才近於瘋子的話毫無根據。

但是這裡所說的天才，似與藝術的天才，文學的天才，軍事的天才或是有出入的。所以心理學家又有特殊能力的測驗。如機械能量、運動能量、社會能量、藝術能量、音樂能量的測驗。現在且舉洗蕭爾（Carl Emile Seashore）的音樂才能測驗的大綱為例，以見一般：

（一）音樂感受力測驗

甲、簡單印象的感覺力

①音調

②強度

③拍子

④廣度

乙、複雜欣賞的感覺力

①韻律

②音色

③調和

④音量

（二）聲樂或器樂運用技能的天賦能量測驗

①音調控制

②強度控制

③拍子控制

④韻律控制

⑤音色控制
⑥音量控制

（三）音樂記憶力與想象力測驗
①音調想象
②動律想象
③創造想象
④記憶範圍
⑤學習能力

（四）音樂智力測驗
①自由聯想力
②音樂反省力

（五）音樂感性測驗
①音樂嗜好
②情緒反應
③情緒自我表現

這裡所列的都是音樂能力範圍的東西，是一種綜合的才能。自然，成為一個音樂家，還要與生活與其他的智能結合。

這種測驗，是很細緻地分析各種性質來測驗，而綜合起來可謂音樂的才能。

不過，這種心理學上的測驗，也只是在輔助教育上發揮功能，它所能預言只是一般就業發展的成就。第一流的人才，政治上、軍事上、企業上的領袖，文藝的、音樂的天才，還是無法用心理測驗來預卜。不用說，人的成功、幸運、機緣、人事關係、情緒穩定程度、體力、自信力、堅忍力等因素很大，同時不用說，心理學還是一種很幼稚的科學，測驗的材料與方法也離完善很遠，所以現在還無法對所謂天才有何預測的可能。

但是，我們知道，天才還是離不開智能；智能是一種複雜的集合體，特殊天才可能是智能以外還有特別的條件，如音樂的天才，似必須另有思想情感意識上的音樂的才能。

我們在實際生活了解天才往往是一種偏向的發展，而同時，天才的發現，有時可能拖延到很晚，還有是天才與興趣與堅韌性又似不可分離。

最難解的地方是天才因素太細密，如軍事學家不一定是名將，政治學家也不同於政治家，理論醫學家與醫生有差別，文學批評家與文學寫作有異殊。其中看來好像只有一點點不同，可是差別很大。還有是天才的綜合體的移轉與單純的能力完全不同，如推理力，對甲問題有推理力的人，對乙問題也一定有推理力。天才則不同，對圍棋有天才的人，對象棋及西洋棋往往沒有天才。

天才既是另一種才能的組合，許多因素我們很難分析。佛洛伊德認為許多詩人、音樂家的作品是性飢渴的呼聲，他分析達文西愛畫聖母像是他從小離開母親的原因。這一派學者分析許多詩人、文學家的心理都有從小被壓抑的情意綜。如果這些分析是對的，那麼這也正是組合中的一個條件。不過這些條件如果在另一組合中往往就毫無作用，或可能成為另一種罪惡的才能。譬如性的壓抑與某種情意綜在另一人身上就變成犯罪的「才能」。這正如胡椒加在某種菜肴裡可有特殊的滋味，加在牛奶裡則變成不能入口；也正如小量的砒霜在某種藥劑中是一種補藥，在開水中就是毒藥一樣。關於這些細微因素的組合，其微妙神祕之處，人們到現在可說知道很少，更不用說是絕無能力控制了。

以文學天才來說，文字的表達能力實是主要的才能。但這當然完全是後天學習來的。可是在文字以外，還有許多因素；有些文學家讀過很多書，有些則似乎沒有什麼學問；有些十四、五歲就見天才橫溢，有些到四、五十歲才見到才華。還有是有詩才的人不見得會寫小說，有寫小說才能的人而毫無詩才。這種成就上的不同，到底在智能的細微的才能組合上，是怎麼樣的一絲之別成千里之差，將都是我們無法解決的謎。

天才雖是生活的因素的結晶，但這些來自生活的材料，如何湊合實在是神祕的事情，有些音樂家、文學家……好像是一次戀愛就決定了他的天才；有些是由於一次童年的心理上某種挫折——殘傷或疾病；有些是一次失戀或喪母就成了他天才的泉源，一個人生命中的際遇是偶然的事情，這偶然的事情在某時某地發生，與某人其他生活的因素，在「智能」的吸收消化中就會變成天才，但如與另外一個人的生活因素結合，可是就毫不起作用。這是科學到現在還沒有法子加以控制與說明的事。這即是說，我們即使可從智能測驗中選出智能極高的孩子，也無法供給他教育與生活的一切而把他製造成一個一定在某方面有非常的表現——如莎士比亞、貝多芬、愛因斯坦……般的天才。因此，我們只是說，天才，無論哪一方面的天才，只是一個人在生活因素綜錯複雜結合中偶然發生的事件。因為是偶然的事件，反過來說，也可說是完全命定的事情——這即是說，這些偶然的奇怪的湊合交織，正像冥冥中有定數的一樣。

那麼命定的是不是可以說是天定的呢？

自然可以。但是「天定」的並不是「天生」的。這正如我們說，「姻緣天定」，這並不是說，在你想結婚的時候，「新娘」就會姍姍地從禮堂那一頭過來，而是在許許多多偶然的醞釀湊合之中而碰到，而戀愛，而同意而來。

有人以天才比美女，這在某一方面也是一個好比喻。因為每一個女人是同樣的骨骼、血、肉、皮膚，同樣的嘴、眼、鼻、耳、齒所組成，何以在某一個比例分量配合之下，一個就可以成為西施，而在另一種配合之下就變了東施？這個外表的美正同心智的天才是一樣的神祕。還有一點可注意的，是「美」，雖然有美學的研究，但如果四平八穩照美學的原理來塑造，則豈非只有一個是最美的，而美女的美是一定要在合乎美學原理與標準外還有特殊的東西——或是缺點美，或是病態美，這就是說它一定要點個別的創造性。天才也是如此，我想智能的測驗所可解釋的或者也只是正常的組合，特殊的因素還是一個神祕的問題。

這一種了解，或者說是解釋，是從心理學範圍跳到哲理的假設。或者說是我個人的想法。

天才（無論是愛因斯坦、拿破侖、莎士比亞、貝多芬）正如美女一樣，常常使我們詫異敬仰甚至崇拜。可是在我們現在的理解之中，只是偶然地在生活因素中組合成的一個人物。

這自然是同許多朋友相信偉人與天才的「靈魂」是高人一等看法不同。有人問我：「那麼你把靈魂放在哪裡去了？」或者說：「你難道不相信人有一個靈魂麼？」

我覺得這是我不必回答的問題。因為，靈魂即使是有的，它的寄托也只在人的機體裡，它的表現也只在人的行為上。雖然我們不妨相信人死後靈魂不滅，但人的肉體死後，靈魂也就不是「人」，無論是「鬼」或「神」，都不是我們所能研究或理解的，而我們談的是「人」的問題。

人的問題，是科學的問題。生而為人，我們一直不了解人。達爾文第一個從生物學上認識了人，馬克思第一個從社會中認識了人，巴甫洛夫是第一個從生理學上認識了人，佛洛伊德則是從心理學上認識了人。

在佛洛伊德眼中，人的心理是沒有絕對健康的事情，人人下意識都有可怕的蘊積，隨時都可能爆發成為罪惡。他對於英雄與天才不但看成平常的人，而且往往是病態的人。

佛洛伊德後，心理學發展進步很多，儘管有人反對佛洛伊德的學說，但並沒有把人看得高於佛洛伊德所看的。

現代的生理學與心理學是揭穿了英雄與天才之謎。真命天子，偉大的舵手都是人，都是要死的人。天才不過是生活經驗組合中偶然湊合而成的一個特徵，裡面沒有神祕的成分。

個人智能雖是有高下，但這正如人體之高矮，胃腸消化力之大小，是量的差別而不是質的差別。而生活所決定的，往往是無法違抗的。沒有後天的營養，天生的胖子也是瘦子，高個子的種也無法長高。智能最高的人，頭腦受了重創，馬上可變成白痴。一次與細菌搏鬥的大病可以改變整個的生理與心理。自然，最平等的是生老病死，美人與英雄終於同歸於塵土。

一九六九，七，八，深夜。

從心理學的觀點看人的「能」與「生活」

一

自從我在三月份《明報月刊》發表〈作家的生活與「潛能」〉後，有許多朋友同我談這個問題。我說我想到的話已經寫出來了。現在我也在等水晶先生的意見。但我讀了第四十一期《明報月刊》上水晶先生的〈我的申述〉，則實在很令我失望。

失望是兩方面的，在「事」方面，水晶先生對拙文裡所提到的論證並沒有提出「相反的意見」，他在我的文章中似乎什麼都沒有讀到，只讀到我幾句向他開玩笑的幽默話，而認為有「人身攻擊之嫌」。在「人」方面，我原以為水晶先生可能是一個驕傲直率甚至有點狂妄，至少也有一種所謂「憤怒」青年的風采。不意竟是這樣一個對己不誠實，對事無誠意虛偽做作，還有陰毒嫌疑的人。水晶先生說不要一再浪費《明報月刊》篇幅，可是還是寫出兩千多字。我的意思是如果水晶先生認為是「浪費」，那麼第一篇就不必寫，而這篇〈我的申述〉中更應切切實實就問題來解答，為什麼全文關於「對事」的部分只是四分之一，而四分之三，完全是「對人」的呢。

我的態度則是不同。我寫文章，就是為發表，發表就只好占報刊的篇幅。至於是不是有意義有價值，全憑各報刊主編先生的判斷。我要發表我的意見有兩個目的，第一我希望我的意見傳達給別人，希望人家感受，討論與指正。第二我是靠寫稿為生的人，如果我的意見不想給別人看，或者我認為有任何人看都不會發生興趣，而只是為一個對象寫的，那麼我知道報刊的編者一定不會接受，我想「騙」稿費也沒有辦法，那我就只好寄給個別對象，請他一個人來看。

水晶先生的文章分一、二、三節。我也就逐節來解答，為不「浪費」《明報月刊》篇幅，除必要外，不逐句引括原文，對此文有興趣的朋友，大可找四十一期《明報月刊》來對證之。但我則先要解答第一節與第三節，後解答第二節，因為第二節是「對事」的，我不得不搬弄一點心理學的學說，來說明我的認識。而這倒不是專向水晶先生賣弄，而是讓對這問題有興趣的人，給我一點教正。

（一）關於〈悼吉錚〉一文，因為是「悼」，不是說理的文章，說的是我個人的哀悼與感慨，這感慨當然有我與她接觸的背景。我雖然與吉錚相交不深，但也談了幾個鐘頭話。對於誠懇的年輕的對寫作有興趣的朋友，我自然要鼓勵她，她就說到生活體驗少，題材貧乏。我當時就說生活對作家固然是重要，但閱讀也是很有關係。我覺得寫作這一件苦事，一個人有興趣寫點東西作為消遣怡養心性，這當然是好的，但一定要成為了不得的作家，那實在是一件苦事，尤其當現在是非真假好壞不分，政治掛帥的年頭，忠於藝術的人只配做乞丐。這是我一貫的想法。譬如彈琴、繪畫，作為怡情養性，調劑生活當然是很好，如要作鋼琴家、畫家也是一件苦事一樣。

我說一個作家要體驗生活，多讀書，原是老生常談。如果當時已經知道人有天生的「潛能」，而精通此道有水晶先生，我自然會對吉錚說「你何不請教水晶先生到美國艾荷華去挖挖潛能看」了。

我的文章發表後，有兩位與吉錚很深交的朋友給我信。第一是於梨華女士，她說：

「徐先生：看了你在《明報》上的〈悼吉錚〉，針針見血，感觸極深，我多願自己僅是個庸碌的主婦。」（原文）

第二是范思綺女士，她說：

「……讀了你的〈悼吉錚〉後，覺得你所見極深，她同你相識很淺，不意竟給你這樣深的印象。我同她有七、八年的交情，自然感觸更多。她的性格是多方面的……我很想把她的際遇寫一篇小說，不知你以為可以寫麼？……」（大意）

這兩位與吉錚都有很深的交情也都有顆良善純真的心的作家，對我的悼文，就清清楚楚看出：我因為對吉錚的風度、儀態、「天才」，都有真切的欣賞與敬愛，所以才有「惜」，所以才去「悼」，否則我不必「浪費」這些筆墨的。可是水晶先生則說我：「在一篇弔祭的文章中，花遮柳隱地去臧否一位女作家。」這如果不是水晶先生有骯髒卑鄙猜疑的「潛能」，就是有意的挑撥是非，含血噴人，栽贓誣告，極其惡毒下流的動機。我的那篇發表在去年十一月的〈悼吉錚〉的文章隨時可以找到，諸凡吉錚的朋友，都可以讀到，每個人都可以說句公平話，究竟是我在「臧否」吉錚，還是水晶先生的誣栽？

（二）我說到水晶先生「挖空心思想到美國」，這沒有什麼「人身攻擊」，不瞞你說，人類之了不起，就在「挖空心思」想擴展自己的生活，實現自己的夢想。哥倫布「挖空心思」要證明地圓，發現了新大陸，現在太空科學家與太空人不是「挖空心思」想登陸月球麼？水晶先生想到美國讀書，「挖空心思」去營謀，這倒是可敬的行為。但如果水晶先生一方面以為自己靠「潛能」就可以做作家，一方面又要營謀擴展生活。一方面自己偷偷地在「擴展生活」，又要作「寫作的人」，「尤其重要」的去挖「潛能」。並且罵「香港有些新明星……戲沒有演好，沾染一身明星習氣，而他們還自我陶醉，說是為體驗生活，為自己是演員，不得不如此，那不但可悲，而且令人噁心！」請問水晶先生，你對於香港電影明星生活有什麼了解？這「有些」是指誰，你憑什麼資格，可以如此信口雌黃地罵人？

我說水晶「看不起嬉皮，看不起社會，看不起革命，看不起戰爭，看不起學潮，看不起暴亂，看不起世界……」水晶先生就說「左一句看不起，右一句看不起，這是『普羅』階級罵人的手法。」

我說的這些戰爭、暴亂、革命……都是生活，都是每個現代人天天在注意的「生活」，水晶先生是一個作家，認為「生活」不重要，自然是看不起這些。這是根據水晶先生自己的態度的推理。你看，水晶先生對於越戰中的天天死人，對於東歐的作家被清算、監禁，捷克青年的反蘇運動，大陸的作家藝術家之被鬥爭，對於從獨裁國家流亡出來的千萬知識分子與青年之飢餓痛苦，一點沒有「不舒服」，一點不「噁心」，而獨獨對我的〈悼吉錚〉的私人感念，感到「不舒服」；而對於香港的電影明星私人生活，感到「噁心」。這是什麼嘴臉？

不但此也，而且因為我指點出他看不起生活，而說這是我「普羅」階級罵人的手法，並且馬上引申到「意識形態」，並且用輕薄譏笑的口吻說「也就難怪左右不逢源」。

不瞞你說，如果「普羅」階級是指無產階級的話，無產階級是指窮人的話，那麼我不得不承認我是的。窮人沒有什麼特別罵人的方法，而罵人的方法，也與「意識形態」無關。窮人沒有什麼可恥。

水晶先生如果是一個有良心的作家，在這個時代中，對一個「左右不逢源」狷介的人倒應該寄以同情的，不是挖苦的。對於頭尖手滑左右逢源的人士這一類人應該厭棄的。但是我竟不高潔狷介如「伯夷叔齊」。我是三十四屆國際筆會美國招待的guest，我的全集在台灣正中書局出版。如果美國與台灣是「民主」陣營的話，那我是屬於民主陣營的，雖然我不是資本家而是「無產」階級。但如果因為「挖苦」了水晶先生，被水晶先生揭發「罵人」用了「無產階級的手法」，因而發現我的「意識形態」不是「民主」，中美兩府把我列為「共產」分子，那時候，水晶先生再露出卑屑的嘴臉，輕薄的笑聲譏笑我「左右不逢源」，未遲未遲。

最後，水晶先生很得意地，說「短短的一篇〈相反的看法〉已使徐先生氣掉了四分之一的名字……」那可真是不禁令我嗤鼻了。

水晶先生如不是把我看成太嬌嫩，也把自己看得太惡毒了。我在抗戰時代看過日本浪人的嘴臉，我在上海租界中看過流氓癟三的嘴臉，我在鄉下見過訟棍土痞的嘴臉，也看見過為富不仁、魚肉窮人者的嘴臉，我也看見過看不起中國人的洋人的嘴臉，水晶先生的嘴臉竟還沒有他們惡毒，我的名字要被「氣掉」也不會留到你來氣掉了。

水晶先生，說起來慚愧，我用這個筆名的時候，恐怕你的令堂大人還是一個垂髫少女呢！

遠在三十年前，我在上海用「徐訏」名字投稿，可是字房沒有這個「訏」字，往往排成「許」或「訐」。後來林語堂先生向我建議，索興把「言」取消好了。於是我開始常用「徐于」

筆名，後來刊物上時行作家簽名製版了，我又恢復用「徐訏」。

到香港後，賣稿為生的朋友都有七、八個筆名，我自然也偶爾用「徐于」。但因為身份證等等都是「徐訏」，而我簽名也簽慣「徐訏」；自己寫起來，「徐于」兩字總是寫不好看，所以又不用了。但當正中書局出版我《全集》時，我把兩個名字拿出來一起用，我請陳風子先生刻了一個「徐于」的圖章作為封面封底的圖案，署名則用法定名字「徐訏」。

這原因說起來也有點用意。因為「訏」字這個字，讀音有三種：一、諧於。二、諧詡。三、諧呼；因此一般讀法不一致，但多數人則讀半個字「于」。我常覺得中國的文字既然不是拼音，人人都叫我「徐于」，我也就「唯唯諾諾」。有許多字我們都是從俗在讀，如「滑（骨）稽」現在大家讀「滑稽」也就「滑稽」算了。還有許多字，有好多個音，用在固有名字中，往往是另外一個音，如區，在作為人姓時讀作歐。我就想服從多數，規定讀「于」，英文拼法作Hsu Yu。可是有許多講究的人則還是把他讀「詡」、讀「呼」。有人叫我「徐于」，我「唯唯諾諾」之時，常常有第三個朋友過來對我說：「徐先生你的大名恐怕應該讀『呼』吧？」我只好說：「都可以讀，都可以讀。」還有人聽到有人叫我「徐于」，有時候過來同我說：「這位先生聽說是大學教授，把你的名字都讀了別字了。」我說：

「我另外一個筆名確是徐于。」

把「徐訏」規定讀作「徐于」還有一個原因，是法定英文名字是Hsu Yu，免得許多人把它拼亂了。許多地方，譬如美國國會圖書館的書卡上把「徐訏」拼作「Hsu Hsu」，我就很不喜歡。

但是在三月份《明報月刊》用「徐于」兩個字，則是別有淵源。而這淵源也就被一個朋友識破了。他說：

「這次你的簽名真漂亮。」

「你真有眼光，」我說，「這不是我自己寫的。」

「誰寫的？很有金石氣。」

「正是，正是，那是陳風子先生刻在我圖章的字，我印下來的。」

「怪不得，怪不得，我說你的字……」

就是這樣，我因為喜歡陳先生所刻的字，試試把它刊印出來而已。《明報月刊》主編先生在編後記上「幽」我「默」，水晶先生以為言字是他氣掉的，真不禁「受寵若驚」了。

上面是答復水晶〈我的申述〉中的「罵人」部分。現在則要談談水晶先生文章中四分之一的「完全對事」部分，也就是「論學」的部分。

二

水晶先生在〈一個相反的看法〉說：

> 一個作家最重要的，不在生活，而在他的「潛能」。闖遍天下的江洋大盜，閱盡滄桑的妓女，不一定寫得出好小說來，如果他缺少這種潛能的話。……

我在〈作家的生活與「潛能」〉中很清楚地說明：

人的「能」都是生活中來的，連最原始最基本的本能，感覺的能（眼看，耳聽，鼻嗅）都是有「生活」才能成立。「生活」、「經驗」是「能」的泉源，體驗生活就可以充實內心生活，就是「能」。沒有「生活」就沒有「能」。

水晶先生如果對「事」有一點點誠意，對自己有一點點「忠實」，他當不浪費《明報月刊》的篇幅，就必須切切實實回答並說明下面四個問題：

（甲）所謂「潛能」的「能」究竟是什麼能？（如視覺是看的能，聽覺是聽的能。那麼這裡的能是文學能？是創作能？還是「坐而寫」的能？）

（乙）所謂「潛能」的「潛」是潛在什麼地方？（如看的能是潛在眼球裡，聽的能是潛在耳朵裡。）是潛在大腦裡？神經系統裡？屁股裡？性器官裡？

（丙）這潛能如何不依賴生活而表達成為文學作品？

（丁）如果通過了「生活」，變成了文學作品，又如何從作品中區別出哪部分是「能」，哪部分是「生活」？又如何知道這「能」是首要，「生活」是次要？

水晶先生對這四個問題一個都沒有回答，但他說了三點。

（一）「我不懂心理學，連皮毛都不懂，我知道一些心理學的名詞，都是從文學批評雜誌上看來的。每用一次後面都小心地注上英文，以免錯解。」

（二）「潛能」二字是從英文potentiality譯過來的。

（三）我只知道，一個好的作家——尤以近代為最——往往是天生的，他最好具備一種「情意綜」（complex），越多越好。這種情意綜，多半與生俱來，當然和後天的生活環境有關係。

關於第一點，水晶先生老老實實說不懂心理學，我自然不禁對水晶先生有點敬意，因為知之為知之不知為不知。天下學問高如山，深如海，多如沙，我們誰能得到多少。

關於第二點。水晶先生是台灣大學英文系文學士，現在美國艾荷華大學專攻英文寫作，英文程度比我只是稍稍具備英文常識的人，當然要高，但是把potentiality譯作「潛能」，像是真有寫作的潛能在那裡，那可就失之毫釐，差以千里了。因為這樣的潛能，在英文實應作potential energy。

Potentiality不是心理學裡的專門學術名詞，同complex不同，所以查查普通字典即得：the state or quality of being potential; possibility or capability of becoming。

如果是多數 potentirlities則是：something potential; a possibility of developing, coming to fruition, etc.你看，這 something potential並不是 potential energy。

其分別，可從下列兩例明之：

一、如滿月的弓弦有發射的潛能（potential energy）；

二、小小一粒種子有開花結果的潛能（potentiality）；

這就是說前一種「潛能」的「能」就「潛」在弓弦上。

後一個潛能，潛著的只是可能性，也即是說「可塑性」。種子裡事實上並沒有「能」，它要開花結果，需要泥土，陽光，水份，空氣不斷的供給它「能」。所以如譯得精細一點，應當作

「潛性」或「潛因」。

如果說「這個人很有成為作家的potentiality」這樣一句話，其意義則只是：這個人有發展成為作家的可能，也即是說，有教育培養訓練（一大套的「生活」）成為作家的可能性而已。決不是說他已有了才能或天才。

在水晶先生那篇〈一個相反的看法〉的文中，他肯定地悻悻然教正我說：「一個作家最重要的，不是生活，而是『潛能』」。這「潛能」兩字我起初不懂，現在算是弄懂，但對於整句句子的意義卻反而不懂了。如果這句話是「一個孩子，要成為作家，最重要的是先問他有沒有potentiality，不是教育，不是生活。」我們勉強還可以了解；如今已經是「作家」了，不要生活，而要「可能性」，這到底在說些什麼？

關於第三點，水晶先生，你真是太開玩笑了。

Complex（情意綜）這個字，也是近代文學批評，作家評傳中常用的字，水晶先生也算是研究文學有年，怎麼竟把它誤解到如此荒謬的地步？照說台灣大學教文學批評的人，也都是知名之士。美國大學的文學教授，也必有名學者。難道您一直相信自己的潛能，不上課不聽講麼？還是您以為《明報月刊》的讀者都是膿包，被您胡說八道一騙就相信了？

水晶先生連「知名之士」、「名學者」的教益，都不想去接受，對我這樣僅具一點文學批評常識者的話，自然不會接受。但我為免《明報月刊》的讀者受騙，也只好挺身出來揭穿一下。

但是，這可的確要點兒心理學的常識。

我的心理學常識，雖然被水晶先生譏笑為「玩弄」普通心理學的名詞像專家一樣，但在水晶先生面前，也真的勉強可以冒充專家了。

不瞞水晶先生說，我的心理學常識，實際上是三十多年前儲存下來的，戰後心理學日新月異，我早已忘去我也是在心理學的課室圖書館實驗室生活過的。現在拿出來賣弄，真有點像水晶先生所說「多數是天生」的「潛能」呢。

在我發表了〈作家的生活與「潛能」〉一文後，有好幾位朋友要同我討論，他們的問題：「徐先生，你真的不相信有天才麼？」

「為什麼你也用天才這兩字，譬如對吉錚，你也說她有文學天才的。」

我說，所謂「天才」，天生的不過是一種「可塑性」或「易塑性」，因有可塑性，易塑性，才使人有某種傾向或趨勢，有某種傾向，才在生活中吸收某一方的能而成為內在的能。但這傾向或趨勢，決不是具體的什麼能。

而讀了許多「文學批評雜誌」的水晶先生也奇怪了，他問：「西洋文學史上的例子太多，指不勝屈，像……以及……統係如此，稍稍具備一點文學常識的人都知道的。不想為什麼到了徐先生的筆下，『潛能』二字竟有如千鈞重鐵錘，舉不起來？而徐先生玩弄起一些普通心理學名詞，又像專家一樣？」

這兩個問號，雖是挖苦我的話，但是這兩個問題則是比較嚴肅學院式的問題。我願意切切實實來回答它。

一、文學批評主要是文學，講到作家，說到有潛能，天才，有某種情意綜，這就夠了。至於潛能是什麼，天才是什麼，情意綜是什麼，則是心理學的問題。到了心理學範圍內，自然每一個概念都成了很大的學問。譬如園藝學只講培養種植花木，至於花木本身的類別變形則是植物學家的事。譬如普通哲學文章中，有很多「物質」、「唯物」的字眼，好像輕而易舉，到物理學中，這「物」字就變成重如千鈞了。譬如我們講「好人」、「壞人」、「道德不道德」好像輕鬆自然得很，但到哲學家手裡又是千鈞重擔，變成了倫理學（或譯道德學ethics）。圖書館裡一看，竟有這許多書在討論我們天天讀的字眼。又譬如「知識」、「認識」這種字，我們文章裡天天用夜夜用，但到哲學家手裡又是重如千鈞，成了認識論（epistemology或譯知識論），變成近代哲學的中心問題，汗牛充棟的理論中分成了各種的派別。這，幾乎每一種學問都是如此的，舉例是舉不盡的。

二、文學批評中，每個作家雖是用同一個字眼，往往有不同的涵義。許多心理學上的名詞在心理學上，也有不同的學派作不同的解釋，寫文學批評的人有時還憑他所信的派別而用，也還有許多普通的作者，跟著大家用，而並沒有深究其涵義，而閱讀者也多數對其涵義未加思索與深究。像水晶先生一樣，就以為人身上真有一個寫作的泉源，像自來水一般的，一開就可以出來的。

就以potentiality來說，譯成潛能與潛性，就可見兩個人的理解完全不同。因為現代心理學，已經進入實驗科學的階段，諸多無法證明測驗的先天性的能，早已否認。各家各派學說雖多，但在講到人的先天的能時，只限於「本能」或生物生理的「能」。稍稍不一致之處，也僅在本能的假定上稍有多少而已。

心理學研究心理現象，是把心理現象分析到最單純的成分而追求其起因與根源。人的才能，在心理學家的眼光中都是後天的。我們肉身在母胎裡已經有一種生活，一出世當然是與世界接觸，這一接觸後，就再無法分離，一直到生命消滅——死亡。他的各種「能」的養成，完全靠生活，人從生活中獲得的知識經驗保留著才成為我們所說的「能力」。那麼保留在什麼地方呢？保留在意識（consciousness）中。一個嬰孩在出世時，神經系統，同時他的骨骼與肉體一樣，都沒有成熟，他就是在生活的訓練與磨練中成熟起來。我在〈作家的生活與「潛能」〉文中曾經提到過，動物越低級越可以靠本能，越高級越要靠經驗。當孑孓變成蚊子時，幾乎馬上就能飛翔；小雞出殼，幾分鐘就會走路；小貓則要幾天；人，要隨骨骼的成熟經過一兩年的鍛煉學習，要試驗——失敗——再試驗才慢慢學會步行。

即以potentiality來說，它就不是心理學的學術名詞。而心理學家也絕不會承認有先天的作家或文藝潛性。

如果文章中談到人的potentiality（潛因或潛性），也決不是說一個人一生下來就有桃核或杏核或穀粒一般成形的種子，如文學的種子，科學的種子，數學的種子，物理學的種子……以為人心裡有了一粒這樣的種子，一遇到教育就會開花結果。如果這樣的話，潛因、潛性的意義也就同過去所說的天才的意義相仿了。科學證明的是人在出生後，生理與心理都沒有成熟，他要一點一滴地在長長生活過程中，吸收營養，遭遇鍛煉，接受教育，調節自己適應環境而參差綜錯的形成。所有記憶、聯想、想象、思考、疑問……一類的能力的養成都靠這童年的累積的經驗，所有興趣，喜愛與厭憎的固定也要等這經驗的累積，這少說說最早也要到十一、二歲初中畢業的時期才可以定型，才可以用心理學的測驗方法，測驗他的有沒有什麼文藝的或其他的潛因（potentiality），也即是說那時才有一種「易塑性」可尋，這也是我們日常所說的「這孩子性情近於文藝」的意義，但是這還不是絕對可靠的，因為有許多人，要到十六、七歲甚至二十歲才形成某種「潛因」。

但所謂文藝的潛因，在心理學裡卻是不承認的。那麼他們所測驗的是什麼呢？心理學把心理現象分得很細，如感覺、知覺、情感、記憶、想象、思考、內省……這就是說，他們觀察或測驗一個人，看他是否想像力強，還是思考力強；記憶力強，還是內省力強……如果一個孩子想像力比思考力強，內省力比記憶力強。我們說他比較傾向文藝，也就是較有文藝的潛因。特別要注意的，心理學所說的想像力思考力、內省力都是我們從生活中慢慢養成，我們先天絕沒有這些東西。

這些記憶、感情、感覺、想象，甚至愛、恨這類字，雖是我們日常生活的語言中常用，文學作品的文字中常見，誠如水晶先生所說，凡是稍有常識的人都熟悉而且平易無奇，但是在心理學裡，每個都可變成千鈞重擔，不易拿起，不但每一個名詞都是一個專題，而且每個名詞在不同派別的心理學中有不同的詮釋。

心理學是希臘時已有的學問，但一直算是哲學的一部門，到了十九世紀，它才逐漸發展成為獨立的科學。學說分歧，宗派繁多，我在這裡不是編心理學概論，自不一一縷述，但上面所說「本能」與「意識」，在行為主義（behaviorism）派看來，則覺得還是不科學的假定，他們認為心理學是研究行為的科學，行為的基礎就是生理。他們認為人類的任何知識經驗，都是感官吸收，傳達到神經系統，所謂神經系統，包括大腦、腦皮、脊骨，各種神經等。神經系統是極其複雜的機構，它是由恆河沙數的神經細胞組成。神經的傳導是神經細胞，但神經與神經間有一個交接處，叫做synapse，我上次文章中叫它「疙瘩」是開玩笑的說法。凡是經驗與知識，因為在獲得的過程中，曾在這個交接處不斷地流通，以後一有刺激喚起，就很自然地流過去了。這就是知識經驗的保存。

為追蹤行為的根源，所以有生理心理學學者出來，他們研究人的頭腦與神經系統的功能，並與其他動物比較，所以他要牽涉到神經學（neurology），但因人的機能是整個的，神經系統外的器官功能，如內臟的活動，內分泌、腺，都是他們研究的對象。

因為生理心理學的發展，人類對於許多心理現象，本來以為十分神祕的，以為無法了解的，現在都找到根據。

行為主義承襲了俄國生理學家Pavlov的交替反射（conditional reflex）的方法，研究出人的本能習慣、聯想、想象等幾乎都是由此構成。

水晶先生從雜誌裡幾篇文學批評文章，襲用一點心理學上的名詞，不求深解，來隨便駭人，輕薄地罵人。我們問他，你用的名詞到底指的是什麼？他答不出。問他從哪裡來的，他又答不出。答不出也該到圖書館查查書，請教教授了吧？

但是他不。他看不起「生活」，他以為自己有「潛能」，他胡說八道地說：

> 我只知道，一個好的作家——尤以近代為最——往往是天生的，他最好具備一種情意綜（complex），越多越好。

為怕貽害年輕的作家與《明報月刊》的誠懇讀者起見，我只好再占一點《明報月刊》篇幅來搬弄一點心理學常識，這點皮毛的常識，不敢說對水晶先生有開導之力，也或有免《明報月刊》的讀者的被欺之功吧。

三

原來影響近代藝術尤其文學的心理學，是心理分析學派（psychoanalysis），這派心理學雖也有它的淵源，但現在大家都承認首創人是佛洛伊德（Sigmunnd Freud 1856—1939），psychoanalysis 這個字就是他創用的，complex用在心理上的特殊意義也是他首創的。

這裡篇幅有限，當然無法，也不必詳盡地介紹他的學說，現在只就與我們討論的問題有關的提一提，特別是關於情意綜（complex）。

佛洛伊德承認人有本能（instincts）有意識（consciousness）。但另外，他在「本能」以外，還假定一種心理的能，他把它叫libido，這是一種動力，他初用這個名詞時候，涵義似乎就是「性的動力」，但後來也用在別的如食的方面。

佛洛伊德認為人既是一種生物，就有一種生的機能，這生的機能可轉化為libido，這libido正如物理學的能一樣，這能可以貯藏，轉換與變化。

佛洛伊德認為人的本能只是一個衝動，他有一個生理的來源，有一個目的。但本能本身並不動，要動，竟要靠libido來推動，以求滿足。譬如一個人餓了想吃，這是本能的衝動。由於這個衝動，於是引起了心理上的能libido，作許多配合目的的活動。如尋找食物，和設想尋找食物的一類記憶、想象與思想的活動。

這裡可以見到佛洛伊德所謂心理的能，只是一種「動力」，這種動力當然絕非可使人成為作家的「潛能」。

在全部佛洛伊德的學說中，佛洛伊德再沒有假定有什麼其他的能。

他把意識分為三層：

第一層是id，完全無意識的，即是下意識（subconsciousness）裡面大多是原始的衝動要求。

第二層為ego，大部分是有意識的，從經驗與理性獲得智慧，估計環境以控制id。

第三層為superego，是屬於無意識的，它是由於從幼小時道德與傳統的訓練而造成，在決定ego是否可允許獲得滿足。

這裡，這個心理的能libido就在這三層意識中流動，而且這「能」是定量的，有時候第一層多些，第二、三層就少了，有時候第二層多了，第一、三層就少了。

但這個「能」，基本是在id層裡，本能一有衝動，這個「能」，就成了動力，配合本能促人活動起來，就是「生活」的始點，即是去追求目的，以滿足本能的要求，譬如一個人餓了，這個「能」就推動去追求食物。

佛洛伊德接著說到，人在獲得食物後就可以平靜。但因此而起記憶、想象與思想就變成了許多副目的。如尋找食物，把他放在嘴裡，雖未消除飢餓，但也可為一種代替的副目的，小孩獲到橡皮乳頭放在嘴裡，也可滿足於一時，也是副目的。這種副目的，是外在目的，正目的則是內在目的。

人為滿足本能的要求（基本的要求是食與性，佛洛伊德特別注重性）就運用libido去追求，一個人在孩子到成年過程中，許多愉快的達到目的順利的追求，留在意識中成為經驗。屬於知識智慧的則儲留在第二層（ego層），屬於道德的則儲留在第三層（superego層），這些經驗本身都是後天的，且不是「能」，或者說只是材料，要發動一定要靠心理的能（libido）。

另外，在追求滿足本能時，如有許多不愉快達不到目的的不順利遭遇，則就被壓抑漏忘在下意識（subconsciousness）中，成為情意綜（complex）。佛洛伊德初期著作中都用下意識，以後用id，id就是下意識層，上面已經提到過。

我可以告訴水晶先生，這情意綜（complex）名詞就是佛洛伊德所創，現在大家用的都是這個意義。

Complex既然是生活上追求目的不如意不順利的遭遇，被漏忘壓抑在下意識裡，所以一百分之一百是從生活中產生的。

人在成長之中，不如意事太多，所以被壓抑時情意綜甚為複雜。但是佛洛伊德初期思想特別注重「性」。

他認為童年時最容易有的有兩種complex。一是：Oedipus complex，二是 Electra complex。這兩個名字都來自希臘悲劇裡的故事。前者是兒子戀母親恨父親的 complex，後者是女兒戀父親恨母親的 complex。

那麼這種 complex在什麼樣情形下會產生呢？

Oedipus complex 的造成，多數都是兒子從小看到父親酗酒，打母親，不負家庭責任，小孩子以母親為唯一靠山，母親也以小孩子為唯一慰藉。這種complex 嚴重起來，就是殺父親。希臘悲劇的 Oedipus 就是同母親結婚殺了父親的人。

Electra complex 的造成，大概是女兒從小看到母親外遇，不管家庭，父親被欺騙損害。希臘悲劇裡是父親被母親與姘夫所殺，女兒唆使哥哥把母親與姘夫殺死。這種 complex 嚴重起來，也是女兒殺死母親。

這complex是病態的東西，深重了多了，精神就出毛病，或造成犯罪。所謂精神分析，就是從病人生活中分析complex的成因，而加以解脫的。佛洛伊德就是用這個方法治好過許多病人，他的學說因而也更為人所接受。

Complex既然是生活不如意的要求壓抑而成，而隱藏在下意識裡，與儲存在意識裡的potentiality完全是兩件東西。我們每個人下意識裡或多或少的有點complex，因為輕微，所以只是自己煩惱，在心裡作祟，重起來就要成精神病或犯罪。犯罪心理學因此也多引用這個學說的。

佛洛伊德的學說是二十世紀以來在文學藝術上有影響的學說。許多文學批評家以他學說來分析作品與作家，也有許多心理分析家，包括佛洛伊德自己，也從事於分析思想家文學家藝術家的心理變態與病態。他寫過《達文西（Leonardo Da Vinci）童年回憶中的性生活研究》、《陀思托也夫斯基（Dostoyevsky）與弒父母者》。以後追蹤他的觀點來寫的這類著作甚多，有名的如：Rene Laforgue的《The Defeat of Baudelaire——A Psychoanalytical Study of the Neurosis at Charles Baudelaire》，Saul Rosenzweig的《The Ghost of Henry James（In Character and Personality）》，Van Wych Brooks的兩本傳記《The Ordeal of Mark Twain》與《The Henry James》，Joseph Wood Krutch的《Edgar Allan Poe：A Study of Genius》等。

創作方面，用佛洛伊德學說，分析自己，揭發性的變態，犯罪感，暴露動機，一時變成流行的題材，現代詩人作家，或多或少，包括自己以為不信佛洛伊德的，幾乎都直接間接地受他的影響。

如Waldo Frank Lewisoan，Anais Nin（超現實主義之詩人散文家與畫家），Sherwood Anderson，Eugene O'neill（後期作品如Mourning Becomes Electra更為明顯，雖然他否認受佛洛

伊德的影響），Kafka等等，難已縷述。

但有一點非常重要，佛洛伊德的學說是闡明許多天才都有點病態（性變態、同性愛、殺父、殺母、兄妹戀……一類的蘊積）但並不是說有了這種病態變態就是天才。否則他何必要發展精神分析學，成為專門解除complex 的醫學，並辦醫院去醫治這種病人。而現在，英、美、德、法也不必有這許多心理分析專家在為人治病了。

在佛洛伊德以前，醫治精神病方法往往用催眠術，佛洛伊德初期也用，後來完全廢止，他用精神分析法。

用精神分析治病的方法當然不簡單，我非精神分析家，未能詳述。但有一個粗淺簡單的方法是很快的提出一個概念要病人聯想。如：

「紅」。

可以聯想「紅玫瑰」，可以聯想「血」，可以聯想「紅衛兵」，可以聯想「月經」，這就因人而不同。比方說，病人聯想到「血」，我再說「人血」，她忽然聯想到「母親的血」。這樣問下去，一千次，一萬次，就慢慢接觸到所謂病症了。

還有一個方法是叫人讀一篇文字，限定一定的時間，讀完以後，馬上把原稿拿走，叫病人馬上說出他記得最清楚的其中一點或兩點。幾百次或一千次後就可以有一個統計，可以分析病人特別敏感的是什麼。

比方說，水晶先生在讀了我兩萬字的文章後，他最敏感的竟是說他「挖空心思去美國」，精神分析家就會把它記下來作一種材料，與別的材料合起來，來看是否他有這方面的 complex。以後再設法解除它。

所以complex是「病」，是應該解除的東西。但為什麼水晶先生還說越多越好呢？還說什麼「不是憑……可以倖得」呢？

這因為水晶先生從雜誌上讀了些文學批評的文章，文章中說到某些大作家有些complex，他就以為作家越大，complex就越多了。這真是太可笑與糊塗的理解了。

事實上，某些大作家有complex，某些大作家沒有complex，正如有些大作家是胖子，有些大作家是瘦子一樣。

但某些有complex的人是大作家，某些有complex的人是殺人犯。這則是更確切事實。

自然，有某種complex的人，往往對於某種題材特別敏感，對於某種事情特別有想象，這是可能的。但這決不可以說要造成作家，要去製造complex。

譬如，人在某方面的缺陷，就可以使另一方面多有進展。如瞎子的耳朵比平常人靈敏，所以大音樂家師曠是瞎子。但我們決不能要孩子成音樂家，先把他眼睛弄瞎了。

其實，如肺病患者對於某一方面的想象也會特別靈敏，許多作家大詩人都有肺病，我們不能說要造就大作家大詩人，就讓他整天接觸結核菌。如梅毒，據說也可使人對感應想象有很大的刺激，我們不能說要文學家們先去生梅毒。據學者說，莎士比亞的十四行詩中許多有同性愛成分，但我們不能說莎翁天才蓋絕古今，就因為他心理有這種變態。否則有同性愛變態的人，難道都是天才了麼？有人說，司馬遷的文章有奇氣，乃是他受過宮刑之故，我們不能說，為要人成作家先叫人到醫院去割勢。

特別要注意的是，世上有多少有Oedipus complex者，肺病患者，梅毒患者，與同性愛變態者，以及受過宮刑的太監都不是詩人或作家。

還有，五石散、鴉片煙、大麻、LSD 這些藥物都可以使人精神有另一境界，使人有新鮮而神奇的想象。而許多文人詩人藝術家都有這種嗜好，我們不能說對文學藝術愛好者去提倡服藥吸毒。

上面所述，是說明 complex 這個名詞創設者之所謂complex 是什麼東西，與他所說的「能」是什麼東西。

我自然還可介紹一些其他不同的近代心理學家的學說，但因不常為文學界所應用，所以不贅。但有一點可以對水晶先生及讀者報告的，就是現代心理學家沒有一家是對先天的「能」有任何具體的假定，更不要說是證明。最多是說到人的生理上有一點點某種原始的單純的活動的可塑性與傾向。

四

水晶先生如果不信服，則最好一腳踢開心理學，也用不著這些每個字要注「英文」，牽掛著許多學說的心理學名詞。因為遠在心理學成為獨立學問以前，早就有了另一種屬於解釋心理的說法。兩個名詞也就可以說明一切。

第一是「靈魂」。

第二是「天」（造物、上帝）。

這就是說：

「我相信有整個的文學的才能或別種才能，是天在我生下時，把這一團東西塞在我靈魂裡的，像寶玉嘴裡的玉一樣。」簡單地說，就是：

「文學家是靈魂裡有文學天才的人。」

可是詩人往往沒有寫小說的才能，於是只好說：

「詩人有詩人的天才，小說家有小說家的天才。」

於是，這就必須承認每種科學有每種科學的天才，每種藝術有每種藝術的天才，每種技能有每種技能的天才。每一種活動（政治、外交、軍事、經商，還要分為各行的商業）也都有每種的天才。

這結果是「天才」的種類有三、五萬，而天才是什麼還是無從知道。

不過，這樣的答案，對上面所說的兩項問題，也算是交了卷。

即：能是什麼？是天才。

潛在那裡？潛在靈魂深處。

但我們即使承認為這兩個問題，對於第三個，第四個問題還是不能回答。

即是這個能怎麼會忽然從靈魂裡跳出來變成文學作品？他必須通過文字語言。文字語言中每句句子，每個字都代表一個片段的生活，而且又都是從生活中學得的。如何能不依賴生活成文學作品？而文學作品的內容又是逃不出人類的生活範圍，你又如何知道裡面有那一團「天才」？

再進一步說，你又如何知道一個人有沒有天才？而這天才又是用什麼去發掘？是如開礦一樣去發掘，還是擠牛奶一樣去擠出來的？而挖與擠的工具是什麼？

這問題，我們可以說一點也無從解答，唯一可以解答的就是生活。即，天才如果是有的，唯一可取靈魂裡的天才出來的鑰匙是生活，而我們認識天才也是生活，換句話說，即沒有生活，就沒有天才。

如我上次所說，美國因沒有圍棋生活，所以沒有圍棋天才。同樣的，沒有政治生活就沒有政治天才，如管仲、曹操活在荒島上，他自己也不會知道有什麼政治才能的。沒有英國政治，就沒有丘吉爾的天才。沒有軍事生活，就決不會有軍事天才。只因為有漢楚爭天下，韓信才成為軍事天才；也只因為有第二次世界大戰，隆美爾才顯出「沙漠之狐」的軍事天才。終生在沙漠裡看不見一株植物，就不會有植物學家。現在美國、蘇聯有太空人，為什麼別國沒有呢？是這兩國人的靈魂裡才有所謂太空「潛能」？不是的。是他們有太空生活（設備、環境、訓練、學習、試驗）。中國科學家少，就因為中國科學生活條件不夠，絕對不是中國人低於別人。現在中國也有原子科學家，太空科學家了，但都是在歐美產生，為什麼？因為只有他們有這種科學環境設備，以資研究，這就是生活。

這樣一說，好像我徐訏真是什麼思想家了，其實並不，遠在二千年前的中國大哲學家孟軻，早就見到。他說：

……故天將降大任於斯人也，必先苦其心志，勞其筋骨，餓其體膚，空乏其身，行拂亂其所為，所以動心忍性，增益其所不能。

孟夫子真是了不起，他在二千年前居然已經看到了什麼是天才。他所謂「大任」雖是指「治國平天下」的人才，但也可以推廣為任何人才——藝術家，文學家，科學家以及太空人。

孟子的意思，就是說天要造一個大人物，他並不多替你裝一隻手，多為你生一對眼睛，多給你一團「潛能」，而是生活。天只是給人在生活鍛煉訓練的機會。

照說「天」是萬能的，他要造太空人，不是多給他生兩翼翅膀，一個不需要氧氣的肺就可以由火箭發射去太空了。但是他不給，他要普通的人去受訓練。天要造科學藝術家，不是一生出來就給他「學富五車」、「才高八斗」就行了麼？但是他並不，連ABCD都不給他認識，要他小學中學的一點一滴去學習。這些訓練的嚴格也正是孟子所說的「苦其心志，勞其筋骨」、「動心忍性，增益其所不能。」而這是生活。

其實，我們作為凡人，早已不是「天」之驕子，《舊約》所記當亞當被上帝趕出伊甸園的時候，祂就說：

> 你必終身勞苦，才能從地裡得吃的，地必長出荊刺和蒺藜來，你也要吃田裡的蔬菜，你必汗流滿面才得糊口，直到你歸了土……

上帝給我們只是生活——即必須憑勞力去獲取你所要的，他沒有說給我們另外的任何「天才」或「潛能」。

可是人們，雖然有《舊約》的啟示，經過了孟子這樣的哲學家的指點，還是不斷地有人以為「天」可能對我會特別優待一點，或者一定有什麼可取巧的祕訣或仙丹，像以前帝皇求長生藥一般，口中念念有詞，天才就涓涓而來了。

於是有人夢見魁星點墨，有人夢見「筆生花」，有人在成功的作家身上找，找到了一個虱子，不禁大喜叫：

「你看，這不是天才呀？我身上不也有一個虱子麼？而且還比他大。」

有人在成功作家的傳記裡找，傳記裡說，這個作家的父親有梅毒，又不禁狂喜大叫：

「啊！這是天才呀，梅毒第二代；我的父親不也是有梅毒呀。」

有人從成功的作家的隨筆中知道他的肚臍下有一顆紅痣，他大喜若狂，他想這一定就是天才。他偷偷去拜訪外科醫生，要求為他在肚臍下種一顆紅痣。

「為什麼？」外科醫生有點詫異了。

「你可不要告訴人，因為這是『文學潛能』，我發現的。」

醫生笑了一下。但繼而一想，何不騙他一筆錢呢。他說：

「一點不差，不過必須種得地位準確，要種得準確，手術非常不易，所以恐怕醫藥費……」

這位先生當然不是像徐于似的「普羅」階級，有的是錢，所以說：

「錢倒不在乎。」

兩天以後他肚臍下，有了一顆紅痣。一年後出版了一本小說，題為《有紅痣的人》。

他的母親看見他的書，非常高興，她說：

「你成了作家，總算沒有辜負你父親供給你大學畢業。」

「關他什麼事呀。」他一面說著，一面解褲帶露出肚臍下的紅痣說：「媽媽媽媽，我的潛能在這裡呢！」

還有一個是關於辜鴻銘的笑話：

傳說中辜鴻銘是一個怪人，他主張男人娶姨太太。有人說：「那麼女人不也可以娶姨丈夫？」他說：「天下只有一把茶壺配四隻茶杯，哪裡有一隻茶杯，配四把茶壺的？」他還主張女子纏腳，有人有一次去問他：

「夫子，娶姨太太的事情，你說得當然有理。但女子纏腳，總是不合理的，你為什麼要這樣主張？」

「女子不纏腳，它就不臭了。」

「要女子腳臭幹麼？」

「你不知道我喜歡聞麼？」

「夫子，這個我又不懂了，你喜歡聞臭腳幹麼？」

「不瞞你說，我只有聞我姨太太的臭腳才有如泉的文思呀。」

這個人一想，原來辜鴻銘沒有什麼，他的天才原是女人的臭腳。這還不容易嗎，他想，自己的太太不也有一對臭腳麼？

以後他夜夜捧著太太的臭腳聞，聞了一個月，他寫了好幾篇文章，請辜鴻銘指教，辜鴻銘拍案喟然曰：

「你一定在聞你太太的臭腳了。」

「夫子，你怎會知道？」他一面問，一面心裡很高興以為自己也真是有了天才。誰知辜鴻銘竟說：

「因為它同女人的臭腳一樣臭。」

還有一個人，他發現一個成功的作家都有點complex，他想要，又可惜不能「倖得」。但有人告訴他complex有遺傳性，何妨查查你的家譜，祖先中有無戀母親殺父親的事情，如有，那就是Oedipus complex，你有此遺傳，不就是天才了麼？他聽了抱著很大的希望，但回到了家裡在家譜中查上去，查到十八代，還沒有一個殺父親的祖宗，他失望地坐在沙發上嘆氣。恰巧他的父親進來，看兒子愁眉苦臉，問他什麼事。他嘆了一口氣說：

「我們家真沒有出息，十八代裡沒有一個殺父親的人。」

父親以為自己聽錯了話，他問：

「怎麼？」

「如果他們殺過父親，我不是有Oedipus complex了麼？」

「要這個幹麼？」

「這是文學的『潛能』呀！」

他父親可沒有徐于般會生氣，他很幽默，聽了笑笑說：

「這不是很容易麼？」

「怎麼？」

「你把我殺了，你不就有文學『潛能』了麼？」

水晶先生以為我看了他的文章會生氣，但我覺得很好笑，因此連說了幾個笑話，雖然笑話，贈給水晶先生這樣聰明的朋友，倒正是很有用處的。

HIPPIES的陶醉藥與魏晉的五石散

一

近年來，美國崛起一批青年，他們有的放棄工業文明生活，遠遊到尼泊爾、印度、寮國去追尋原始的情趣；有的到荒島或偏僻的山林過紅印人的部落生涯；有的號召同志說服朋輩，大家實行苦行僧的精神，刻苦耐勞，淡泊克己，協助鄰人，救濟貧窮；有的躲在陰暗的咖啡店裡，在狹小的圈子裡過著與世無爭的萎靡生活；有的放棄美好的家庭，瞞著父母，住到敝舊的小旅舍，度著頹廢懶惰甚至淫穢的日子。他們中也有人自認是詩人或藝術家，極力想創作不落窠臼與眾不同的作品，也有自己另有一套人生哲學，覺得可以此來救世度世。

如此不同的那些青年，大家叫他們hippies。他們的異行怪見，駭人聽聞，報刊報導過的很多。中文報刊的介紹，對hippies有不同的譯法。有「喜癖」、「希癖」、「希鄙」、「吸癖」，……不勝枚舉。因為中文的字面上常常寄喻譯者的好惡，所以我這裡索性就用這個原名。

關於hippies的各種報導，好壞距離甚大，好的把他們說成是一群具有藝術天才、哲學思想，對社會有改革的抱負，對人生有卓越的理想的人；壞的則把他們說成一群衣服襤褸，惰懶成性，不務正業，蔑視道德，過著頹廢萎靡淫佚的生活的人。許多人把他們說成是西方文明的沒落。在中國，具有自卑蘊積的文化本位論者，竟引以為這是美國需要中國孔孟之道去救濟的明證。

這些說好說壞，不能說完全沒有道理，可以說都對，也可以說都不對。而其所以把這些有好有壞，是好是壞，或好或壞的一群青年人，概以hippies這個名字，則自然也是有道理的。這因為他們在這些不同的趨向之中，有一個共同點，那就是他們不滿現實，憎恨工業社會的文明，蔑視孜孜於權利，專追求「成功」的平凡生活；看輕虛偽的小資產階級「步步上爬」的人生的程序，反抗壓抑自我、慎守範圍、違背天性的道德，並謀擺脫基督教傳統的教條。他們提倡人類愛，崇奉自然，祈望和平，反對戰爭，他們想從重重束縛中解放出來，追求一個純真的赤裸裸的原始的自我。

於是他們提倡服藥──用藥來解剖自我，用藥來擴展自我，用藥來解放自我，用藥來發掘自我，用藥來表現自我。這些藥，我在這裡給它一個總名為陶醉藥。

二

陶醉藥並不是麻醉藥，是不同於海洛英一類的如鴉片、白粉、嗎啡等在生理上可以致人上癮的藥物。

他們第一種用的是大麻（marijuana），大麻是產生於熱帶與亞熱帶的一種植物，這種植物的花莖與葉子裡有一種濃汁，這濃汁就是刺激性的東西，當它被提煉而製成了藥品，它就是有力的藥劑，叫做「赫斯益虛」（hashish）。所謂大麻，則僅是以大麻這種植物乾枯後混雜在煙葉而吸食的東西。這在馬拉哥稱之為kif，在印度稱之為bhang，在南非稱之為dagga，我們不知中國藥店裡是否用這個藥品，或者叫什麼名稱，這裡只是隨一般所熟知的植物的名稱去稱呼它。

這種吸食的大麻，大概是僅將大麻這個植物的頂端摘切下來，待它乾枯了混於吸食品中，它的力量大概是「赫斯益虛」的五分之一。但如果混以莖幹與籽盒，則因其中含汁較多，故力量亦較大。因此雖是同一大麻，於其煉製以及個人吸食之法不同，對人之作用也迴異；而由於每個人的氣質生理情況與環境的不同，也會產生不同的效果，因此南加州大學的一位醫師說：「大麻是對無法預期的人們產生無法預期的效果的一種無法預期的藥物。」

大麻並不是麻醉藥，不會使人上癮，吸食也不像吸食麻醉藥一般地要求增量以維持效果，一旦解除，也沒有吸食麻醉藥一般的痛苦，但是用慣了的人，也會成了一種習慣，時時想有陶醉的境界，這也同上癮一樣了。

吸食大麻並不會產生吸食麻醉劑的生理的效果，而大多數用大麻的人，也並不改行去吸毒，可是成了習慣，時時要吸食的，也常常會想到去試另一種陶醉藥。最普通的就是LSD。

醫生曾經研究過服食大麻者的生理變化。一般的現象是血壓上升，體溫下降，脈搏加速，呼吸低沉，它使肉體脫水，小便需要增加；它又減少血內糖分，刺激胃口，同時會減少四肢的穩定性。不過這些變化只有幾小時即恢復正常。而常用此藥的人，則也影響眼與肺，往往產生氣喘病與慢性氣管炎。至於對身體的更大害處之現象，則迄今未發現，雖然也沒有人作更深的研究而能保證它沒有。它對於神經的影響，是一方面鬆弛，另一方面刺激；它對人在行為上的反應也因人不同，這正如醉酒的人，有的沉默寡言，有的大笑大哭，有各種不同的反應一樣。但一般說來，它會歪曲人的知覺與對於時間的感覺。據多方的研究，吸食大麻與罪犯倒並無明確的關係，它使人的判斷與見解較敏捷，但知覺不準確。因為它影響人對於距離的判斷，使視覺不正常，所以對駕車是很不利的。吸食者精神的變化，會覺得自己從現實中上升，脫離鄙俗的世界，而達到了一種「騰雲駕霧」的飛升。這種飛升，據勃郎吉士（Bloomquist）醫生說，當年輕人不斷地「飛升」，他就不願下降，在飛升的境界中，那裡的世界是一個天堂，所以這班「飛升」的人，在社會上講就是一個廢物。

三

LSD是Lysergic Acid Diethylamide的縮寫。現在這已是世界周知的名詞，因此這裡也就叫它LSD了。

LSD是戰前就出現的一種藥劑，初期僅是醫生們作揭穿病人心理之用。以後作家們為提高興會，擴充感知，曾試為之。但醫生們如想知道服用後的經驗，許多人都不能用言詞來說明，好像是見到超自然現象一般，無法用我們常用的言語來敘述似的。

以後有許多醫學院學生及醫生們自動地願充被試驗者，由醫院用嚴密的科學方法與一種記錄神經現象儀器來控制，才對LSD的效力與功能有較多的了解。

不久前，在《非爾避區季刊》（Philbeach Quarterly）上，發表了一篇紐約醫學院教授約翰裴斯福（Dr. John Beresford）的文章，裡面報導現階段科學所獲得的關於LSD在人們意識上能起的作用的知識非常詳盡。我覺得很值得我們來介紹它。

那些作這類醫學的試驗者都是自願的，所以他們知道所服的是什麼藥劑，而在試驗的過程中，他們與現實始終沒有切斷。裴斯福醫生說，如果LSD是一種使人知覺昏迷的藥劑，那麼測驗者就無從觀察這藥力是如何在進行。就因為這被測驗者是清醒與了解的，他才能夠用精確而深入的詞語來敘述他的經驗，測驗者才能進行實驗的科學測驗。

他們發現這LSD在人們神經上發生影響可以有六個階層。

第一個階層，是被測驗者服了LSD二十分鐘以後，被測驗者發覺感覺開始敏銳，所見的色澤較前鮮明，耳朵可聽到前所疏忽的聲音，視覺可看到萬物的較明顯的輪廓。被測驗者經歷這個境界大概有二十分鐘。

第二個階層，是萬物變形，那時一切的東西都在流動，不斷地在變形，每樣的東西的輪廓都不固定，形成了一種波動的形狀，而顏色也不斷變化，紅的變成綠的，藍的變成黃的。空間自然也在變動，掛在牆上的畫幅像是近了，一時又像是遠了，聲音的重輕與方向也不會辨別，觸覺也有變化，紙煙也不像平常般的燒手指了，物件也比實際的要重些或輕些。

有一個被測驗者自述：「有一次當我到水盆去拿水，我注意到水滴變成完全發亮的彩色，浮在不鏽鋼的面上，我放自來水時，我發現我可以用玩弄水的辦法來改變水珠的顏色。玩弄這些水珠，變化它們的顏色，使它們跳舞，再把它們排列不同的圖案，實是一件非常有趣的事情。」

第三個階層，是觀念、記憶、反射作用的變形。這時被測驗者許多記憶中的事情混淆，本來毫無關聯的忽然接合在一起。有時他會在他過程中停頓而說出他剛剛獲得的一種「內省」。這種「內省」並不僅僅是概念的變形，專限於個人性格所及的問題，有時也牽涉非關個人的問題。有一個場合，被測驗者居然很容易地解決一個未能解決的機械上的問題。許多測驗證明被測驗者對於有一些問題常常會看到新的解決的途徑，舊的事實時常能作新的組合。

最奇怪的，被測驗者可回憶到生命中最初的事件。有一個被測驗者敘述他一歲前所碰到的事件的詳情；還有人報導重新經歷他接近於出生的事情，而甚至有人回憶到出生前所發生的事件的經歷。但因為人在母胎中的情形，彼此總無大差別，所以很難證明他所說的重新經歷的是否真的發生過。

第四階層則越來越離奇了，平面的東西變成立體，兩度形的物體會像銀幕上出現一樣。奇怪的是人物的出現往往與歷史上及神話裡的人物相同，而似乎還早於被測驗者出生之前。

從所見的人們所穿的服裝上，以及跡似流動的背景上來分析，可以辨別出一定的歷史時代。不同的被測驗者報導出他們所見的古羅馬人、波斯人、埃及人以及蒙古人。個別的人物如耶穌及蘇格拉底，也有人說是見到過。

無法了解的是在第四階層中所見的人物都是早於一八六四年的歷史人物。這現象似乎是超過了個人在LSD影響下所經歷到的歷史經驗了。

第五階層，被測驗者似又回到「三度」世界中來，但他所見到的不是人物，而是從內省見到的數學形狀。裴斯福醫生說：「他並非光是觀看這些數學形狀，而是處身其間，他可以經驗到一些旋轉的不斷變形的形狀都在他的周圍。」而且有無限的擴展，似乎是前後上下左右都是這些旋轉變動的幾何形狀，而自己不僅是見到，而是處身其中。並且，這些幾何形狀是有顏色的，他們叫它為生日卡顏色或招貼畫顏色。在第四階層轉到第五階層時，有人描寫過說：「我被投射在變動、擴展、歪曲的結構中，一時變成無邊無涯的藍海，四周飛濺著寶石般的光亮……於是又變成龐大的抽象的圖案，然而又可怕地爆裂開來，使我啜泣而變成歇斯底里了，我感覺到像是經歷了宇宙的初生一樣。」

第六階層，經第五階層到第六階層，據裴斯福醫生說，要經過長長的黑暗的甬道，在遙遠的頂端可以辨別針頭似的一點亮光。這旅程慢慢地快起來，這點亮光也慢慢大起來。於是旅行的速度變成無限的快，突然，被測驗者沖出甬道的頂端，豁然開朗，浸入一片白光的平原中。據他的描寫：

一瞬間，時間就再不起作用了。被測驗者已處身在時間以外。確切地說，他已是在永恆之中了。

在這個情形下，他可以經歷到許多不尋常的事件，可能是已與肉體脫離。被測驗者，對一切發生的事仍是都清楚地知道，他可以從房間的各點看到自己的肉體。

他可能說他到遙遠的地方去旅行，然後又回到自己的肉體。

這第六階層明顯地是神祕性的。但在普通測驗中，被測驗者進入第六階層是最深入了。對於這神祕的境界還無足夠的證據可下任何的斷言。

裴斯福醫師說，LSD 並不創造那普通不存在於人類意識的東西。它只是把意識分切成不同階層，而將每一個階層作單獨的分析。

LSD 好像是能將本來同時存在的意識階層，一層一層提到表面上來，讓我們來分析。我們可以一層一層地剝開意識的每一階層，而揭露下面一個階層。以LSD 為媒介，每一個意識階層似乎都可經驗到，包括正常狀態，意識可以有六個階層。

這些年來，醫學界用LSD 作為研究人的精神的工具，已經有許多發現，這對於治療精神病將有很大的幫助。而精神病中的人格分裂病與用LSD 產生的幻影很有相同之處。

LSD 的研究使科學家們相信，許多精神病如人格分裂症等是一種化學的因素，如果他們能找出精神化學上的毛病，他們自然可以謀取治療的方法。

如果用這些藥劑揭穿第七、第八的意識階層，則對於精神健康當有革命性的發現與貢獻了。

四

第三種藥物則是可怕的東西，hippies 甚至彼此警告不要服這個東西了。這種藥物他們稱之為「速殺」（Speed Kills），亦稱之為「速」（Speed）。普通在買賣上的名稱是「慢使得靈」（methedrine），這種藥效果很快，對食用者神經系統起很兇的作用。有一個Hippies對記者說，這種藥劑可使人的頭腦變成瑞士的酪漿。這當然是一種主觀的形容。但有一個三十六歲的兵士用大量的與「慢使得靈」同類的安弗太明（amphetamine）自殺，他的尸體被解剖時，想保留他的腦子作為研究之用，而發現裡面纖維變成又軟又爛，未及保留已經碎散了，這也可見這藥的厲害。

但是「慢使得靈」也不是麻醉毒物，並沒有生理上上癮的事，可是食用者要維持高升境界，就會把用量增加，到不能不用時，也就同上癮一樣。用慣的人能一日數次食用大量藥丸，這對普通人是可致命的。最危險是食用的人為求事半功倍，尋求於注射，這就同打嗎啡針不相上下，雖然其性質並不相同。

偶爾食用，為醫療上的好處，或陶醉上的刺激，也是因人因量而不同。普通有醫師照顧，少量服用，可無危險。

服用者在服藥後往往變成不安，而愛多話，且晚上不易入睡。如繼續服用一個時期，尤其是稍稍增量，服用者就變成容易激動，食慾減失，於是體重也就減輕，所以許多減肥藥中也就以此為主要藥料。同時可能引起的是顫抖與幻夢，以及弱化循環呼吸機能的毛病。對有些人，可引起繽紛的狂想症，其行為往往是衝動性的，無法預測。據服用者自白，安弗太明比大麻要凶，服用以後，你有膽做任何事情。你覺得可與人打鬥，可幹任何事情。另外一個說，你會覺得你有很大衝勁，好像加足馬力，可以幹任何事情。據克拉滿（Dr. John C. Kramer）報告，服用者立刻可有普遍的高壓的快感，這叫做「閃光」（Flash）、「衝勁」（Rush），接著他就需要行動，哪怕這行動是一種暴行。

因此，「慢使得靈」與罪犯的關聯比大麻與LSD 要密切，在英國在澳洲在日本，發現許多凶暴案與謀殺案同服「慢使得靈」很有關係。在美國，不久前紐約東村區，就有一個二十一歲男孩與十八歲的女孩被殺事件，他們都是參加服藥的集會的。因為精神不濟而求助於「慢使得靈」的，如預備考試時的服用，參加賽車時的服用都曾有致死的記錄。「安弗太明」對許多病症是有效的藥物，它於一九三二年作為鼻吸物而行於世，後因有人嚼食之以提神，廠方停止發行。以後發展兩大類的藥劑，一為「特克斯得靈」（Dexedrine），一為「慢使得靈」，有各種丸形與膠殼形的姿態出現。專家們說：「安弗太明並不是有什麼魔術可供人以額外的精力與體力，它只有使服用者從他自己的本質中作較大的支用，而有時到了危險的筋疲力盡的情形下而自己未能發覺而已。」

五

上述三種，是hippies最主要的陶醉藥，這三種程度上固然不同，性質上也有出入。根據上面的這些報導，我們可以知道這些藥物的確可以使人精神推入或提高到另一境界，不過「慢使得靈」則太凶烈，大麻則往往會引入於LSD，所以LSD實是hippies最主要的藥劑。

因為人們在服食LSD後，人的精神狀態，有某種飛升與擴展，在第四階層時對科學上機械上問題，有時可找到新的解釋；對文學藝術上的想象自然也另有天地。因此就產生了所謂迷幻藝術（psychedelic art），也可稱之為LSD的藝術。去年（一九六六）秋季，紐約河濱博物館（Riverside Museum）就開了一個迷幻藝術的展覽會，其中有繪畫、雕塑、攝影以及機械燈光的特別設計神祕地刺激觀象，光怪陸離，繽紛燦爛，照其中的一位迷幻藝術家說：「我們要以轟炸感官來升化精神。」這群陶醉藥吸食的藝術家，不要求參觀者服食「藥劑」，他們要用他們的藝術來給你們以「藥劑」的效果。如其中一個塑膠眼睛的設計，裡面亮著燈光，注視著觀眾，給觀眾以催眠的效果。許多閃耀的燈光，時熄時亮，遲緩地移動，以減少參觀者時間的感覺。

這個展覽會引起社會上很大的注意，輿論以為不管藝術價值上的評價如何，其為風靡社會，將影響以後各種設計，如家具、衣料、衣飾、廣告以及一切生活上的各方面是不成問題，它勢將侵入博物館、學院、畫廊、電影院、文化節以及時裝表演，像前幾年的「破普」（pop）與「奧普」（op）藝術一樣，也是自然的趨勢。

還有一個特別現象，就是這群迷幻藝術家，大家住在一起，工作在一起，許多出品正是一種集體創作。「集體創作」是共產主義國家內最初提倡的東西，現在則是由自由主義者來實行了。

我們對於他們藝術上的製作，以及文學作品所見太少，不敢多加評語。但是其想不落窠臼，另找蹊徑，則是大家公認的事實。

作為一個藝術家或文人，在文學藝術的創作上找尋刺激，見於文字者最普遍的當然是酒。各國的文學作品對於酒的歌頌好像不約而同，波斯的古詩人奧默凱耶（Omar Khayyam）的名詩《魯拜集》是世界傳誦的名篇，《舊約》裡對於酒很早就作美麗的瓊漿，希臘哲學家也很早談到酒，中國的酒史，傳說是早在夏禹的時代。以後酒在社會裡一直很流行，它與祭祀都很有關係，銅器中盛酒的器皿就是好的證明，周公曾作《酒戒》，大概那時酒在民間已經很流行。但是到了漢末，酒成為生活中不可分離的事件。

三國時曹操父子都嗜酒，劉表尤以好酒名，據魏文帝《典論酒誨》說：「荊川牧劉表，跨有南土，子弟驕貴，並好酒。為三爵，大曰伯雅，次曰中雅，小曰季雅。伯雅受七升，中雅受六升，季雅受五升。」

當時名士文人，飲酒成了風氣，許多對於酒的歌頌的詩文傳說也多起來。這大概是亂世的關係，大家要求忘去痛苦，逃避現實，所以用酒來陶醉自己。曹操是一個英雄，他曾經為年飢兵凶，節穀防荒，表制酒禁。但他自己也是好酒的，他的名句「何以解憂，唯有杜康」就是他另一方面的生活。

此風盛行，到竹林七賢，對酒的風靡，正如現在的LSD之於hippies。他們恃酒傲物，放縱自己，終日沉湎於酒中的生活與hippies實在沒有什麼兩樣。而他們異行怪言，如劉伶的「常乘鹿車，攜一壺酒，使人荷鍤隨之。云：死便掘地以埋」。同現在hippies把汽車漆成五顏六色，招搖過市，一樣作風。竹林七賢，都是詩文並佳的人，嵇康與阮籍更是大詩人，又是音樂家。向秀是大哲學家，他對老子的哲學有很大的發揮。

酒是西方與東方有同好的東西，但是喝法並不相同。中國人喝酒同菜肴一起，飲酒必須佳肴。魏晉時代飲酒，也有「一手持蟹，一手持酒杯，拍浮酒池中，便足了一生」（《世說新語》所載畢茂世的話）之記錄，則看來也是需要佳肴的。如劉伶這樣坐在鹿車，捧著酒瓶，是否有脯、牛肉乾下酒，則就不得而知。總之，像西洋人這種酗酒成了變態的像吸毒上癮一樣，不喝酒即兩手發抖，冷汗直流，雙目發呆，周身痙攣的情形似乎不多。魏晉名人對於狂飲的記錄與描寫很多，但並沒有像西洋人這種「酒毒瘋」的故事。他們因為信奉老莊思想，崇尚自然，所以他們都是反對傳統的禮教束縛。他們的詩文都是「為文學而文學」的傑作，但他們的飲酒與他們的作品有密切的關係，則是不可否認的。酒與文學藝術的關係，以後在陶淵明、李白以及許多詩人文豪的作品中都可以見到。這裡也不必詳述。

這裡要說的是在飲酒成為風尚的同時，有吃藥的一派。這一派人，雖然也飲酒，但聊作點綴而並不尋醉。他們可說很像現在吃LSD的人。他們所用的藥似乎比LSD還要凶烈，二者不見得有相同的地方，但吃了以後的效果，如對於精神的「飛升」與對於意識的擴展則極有相似之處。

這藥就是叫「五石散」，一名「寒食散」。

寒食散原來也是一種治病的藥。據唐孫思邈《千金翼方》說：「五石更生散，治男子五勞七傷，虛羸著床，醫不能治，服此無不愈。」《藝文類聚》七十五《嵇含寒食散賦》的小序中說：「余晚有男兒，既生十朔，得吐下積口，羸困危治，決意與寒食散，未至三旬，幾於平復。」這賦裡對寒食散的歌頌說：「……偉斯藥之入神，建殊功於今世，起孩孺於重困，還精爽於既繼。」

這寒食散既然可治病，連小孩子都可服用，何以是凶烈的藥劑呢？這大概是分量有多寡，配製有不同。寒食散這名詞，因為吃了這個藥，就只能吃冷食，不能吃熱食，除了喝酒則必需微溫，所以叫它寒食散。它的另一名詞是「五石散」，據唐孫思邈《千金翼方》中「五石更生散」之方，這五石就是「紫石英、赤石脂、白石英、鐘乳、石琉磺」五石，另外自然還要配以他種藥物。其中鐘乳、石英、石脂在本草裡有說明，謂是「益精益氣，補不足，令人有子，久服輕身延年」。那麼這是補藥了。但是中國雜書中所說補藥，未可輕信。譬如許多雜書中對鴉片稱作「益壽膏」，也認為是「延年益壽」的補品的。

當時這種五石散，大概有許多不同，因為可以有許多大同小異的配法。而每個人對藥的反應也各有不同。

究竟服食有什麼效果？那可說是能使人「精神百倍」，神采奕奕的。

王羲之帖中有云：「服足下五色石膏散，身輕行動如飛也。」所謂五色石膏散，自然也是五石散，不過也許另有配法，夾雜了別的藥物。看來這外形可能像五色冰淇淋一樣，吃了又能行動如飛，故大家都愛服用。因為吃了以後，精神飽滿，風姿綽約，所以大家竟還可以風流自賞。

魏晉名士講究美容。如第一個發明服藥的何晏，有人說他敷粉，有人說他本來就是長得白，照我想這可能正是服藥的效果，當時許多對時人的風姿儀容記錄與描寫，我覺得正是寫他們服藥後的反應。如「時人目王右軍：飄如游雲，矯若驚龍」。這不正是他自己所說的「身輕行動如飛」麼？

又如：「嵇康身長七尺八寸，風姿特秀。見者嘆曰，蕭蕭肅肅，爽朗清舉。」這位嵇康也是服散的人。服散的發明者何晏就說過：「服五石散非唯治病，亦覺神明開朗。」可見嵇康的「爽朗清舉」就是服藥的效果。

又如：「王夷甫容貌整麗，妙於談玄，恆捉白玉麈尾，與手都無分別。」這是形容手與白玉一樣白的。

王右軍說杜弘治「面如凝脂，眼如點漆，此神仙中人」。桓伊以為：「弘治膚清，衛虎奕奕神令」，前者是外形的描寫，後者是神態的描寫，我覺得都是服藥的效果。各人對藥的反應也有不同。大概經常服五石散，毛孔就會縮小，皮膚轉白，眼睛則灼灼有光，王羲之對杜弘治如此描寫，而裴楷往病中，其「雙眸閃閃若巖下電」，也正是同樣的描寫。

關於這些風姿神采的讚譽，在《晉書》與《世說新語》中有不少的記錄，但都是大同小異的，這裡也不一一抄錄。這些我覺得都是「五石散」的作用。大概五石散這藥吃了以後精神煥發，意態飄飄然，周身敏感，所以魯迅先生要說，其所以要穿寬大衣服，是怕擦破皮膚。我想，皮膚即便不曾擦破，也一定覺得衣服對身體的壓縮是痛苦的。自然，它使人在明悟智慧方面也一定另有境界，能洞察幽遠，致比平常敏捷，而又喜歡發言。這就是魏晉清談。清談是談玄說道，當時道教與老莊之學風行，崇尚玄妙。談玄也就是談哲理上的問題。這些名士文人既反對傳統，又否定禮教，行以異特為貴，言以驚人為美，所以談笑風生，百花齊放。沈剛伯先生認為中國如可稱有文藝復興，則魏晉是第一次文藝復興，此話頗有道理。而從其否認漢朝儒家一尊的規範傳統的束縛，與現在hippies之否定工業社會的機械生活與反抗小資產階級庸俗道德，可說正是有極相同地方。

但有一點則是完全不同的，那就是當時五石散是貴族的藥劑，這些服散的人，幾乎個個都是富貴人家的公子哥兒，五石散本身大概很貴，吃了以後要去「散發」，所以必須有閑而自由。LSD 之類則是大家的藥劑。這自然是當時製五石散，要靠手工，不像現在這樣可以用機器把它磨成粉製成藥丸的。

五石散究竟怎樣製法現在或已失傳。而當時因為科學不發達，其對於人的意識之作用，也沒有人能像裴斯福醫師那樣去測驗這些服用的人。所以究竟人在服食五石散後，感應與幻覺如何，也無從清楚地知道。但從各方面的記載上看，它也並不是會使人上癮的藥，而僅是為維持精神飽滿，風姿綽約而習慣性地服用著，所以其性質當是屬於LSD 一類的陶醉藥，不是海洛英一類的麻醉藥。

一切陶醉藥都是把人的精神提高，所以藥性一過，往往就感衰萎。五石散想來也是如此，或者還是特別厲害者，所以吃了以後，精神煥發，滿心開朗，思想敏捷，談笑風生，神采奕奕，可是藥性一過或不足，則所見的世界就會馬上變為灰暗。於是對於時光的飄忽，人生的短促，生死的神祕有特別的敏感。自然，這在喝酒的人也正有同感，所以魏晉的詩篇中，寫這些感念的特別多，諸凡正始名士（魯迅先生認為是吃藥派）、竹林七賢（魯迅先生認為是飲酒派）以及以後的陶淵明等幾乎都是如此。時間的永流，生死的變幻，原是人類共同的一種悲情，反映在詩歌音樂中，古今中外都是，不過在魏晉的詩文中，這就特別普遍與濃烈。我想每個人的情緒本有起落。高升之時，我們比較樂觀，看到的光明多於黑暗；衰降之時，我們就比較悲觀，看到的也就是黑暗多於光明。但服藥的人，情緒的起落幅度大，變化快，再加上當時道教、佛教對於人世無常的一種思想的影響，所以會有特別深刻特別敏感的感受。

根據裴斯輻醫生對於LSD 的研究，我相信五石散一定也有剝切服用者意識的力量。所以魏晉的清談與詩文，也正是迷幻藥的文學。

但五石散似並沒有「安弗太明」一類藥之衝動，與犯罪暴行並沒有什麼聯繫。它的弊害，是吃得不好，就是百病叢生。據隋巢元方《諸病源候總論》卷六《寒食散發候篇》所記皇甫謐云：

……近世尚書何晏，耽好聲色，始服此藥，心加開朗，體力轉強。京師翕然，傳以相授，歷歲之困，皆不終朝而愈。眾人喜於近利者，不睹後患。晏死之後，服者彌繁，於時不輟，余亦豫焉。或暴發不常，夭害年命。是以族弟長互，舌縮入喉；東海王良夫，癰疽陷背；隴西辛長緒，脊肉潰爛；蜀郡趙公烈，中表六喪；悉寒食散之所為也。……

《晉書》中《皇甫謐傳》，言其「初服寒食散，而性之與忤，每委頓不倫，常悲恚，叩刃欲自殺，叔母諫之而止。」這似乎與別人的情形很有點不同，我想這可能是體質的關係，可能是配方有問題。如果初服之時，都這樣痛苦，那麼何必去吃它。武帝詔徵他出去做官，他上疏說：「服寒食散，違錯節度，辛苦荼毒，於茲七年。隆冬裸袒食冰，當暑煩悶，加以咳逆，或若溫瘧，或類傷寒，浮氣流腫，四肢酸重。於今困劣，救命呼噏，父兄見出，妻息長訣。……」這是一個服寒食散病人的自白。他所受的毒害與所感的痛苦似乎與服LSD一類藥並不相同。大概寒食散服後起居飲食，都要當心，一不小心，就會出現各種病痛。其次就是減少了人的抵抗力，任何細菌都容易侵入人身。所以其結果是各人所生的病並不一樣。

這篇文章，原想把LSD與五石散作個比較，但寫來僅是一種說明，大部分只是抄書。近年來許多文章愛說「古已有之」或「中國早已有過」的話，我這篇文章寫來也就變成這個意思。魏晉的服藥風氣後來大概因為能服藥的階級生活變化，漸漸衰微，或者也因其服食不易，流弊太多，所以飲酒派取得勝利。但其清談與文風，成了一代特徵，影響後世很大，這實在可說是迷幻藥之文化（嚴格說起來，酒也可說是迷幻藥的一種），魏晉的清談後來變成空洞，魏晉的文學後來也流於形式，到唐朝就另有一番氣象。LSD 產生的所謂地下藝術與文化，在這高速時代，似難有魏晉文化持久之可能，但其興也，是反傳統、反教條與反偏狹的束縛及樊囿；其亡也，將一定也會因其流於空洞與浮泛。現在或者正是剛剛開始，或者已經是曇花一現，我們都不敢說。但我們由於一群青年人對時代的抗議，應覺悟這社會必有所改進。說這一定是西洋文明的墮落，則我們魏晉時代的反傳統反教條服五石散又何嘗不是墮落。人類的歷史是進步的，但進步是曲線的，每一段進步的途徑中都有混亂與反常的現象，正是要人類謀新一步的發展。向過去的光榮中找補救的方法，往往是失敗的。我們從清末這種羸弱中慢慢地起來，是西洋的文明，不是唐宋的舊教條。我記得清末民初鴉片煙非常盛行，多少有學問的天才的詩人畫家都有此癖，而這些人竟多數是孔孟的信徒。以孫中山為首的新人物，號召了革命的新青年們才扭轉了這東方病夫的墮落風氣。

用這個眼光來看hippies們的異行怪調，我們才能有客觀的認識，要讓這些反傳統反教條的青年有正當的發揮，是社會學家心理學家的責任，而不是道學家所能努力的。陳獨秀晚年《在蔡孑民先生逝世後感言》中說：「……道德喊聲愈高的社會，那社會必然是愈落後，愈墮落……」這話我覺得很對，我現在還覺得愛用教條批評人的社會，這社會也一定愈獨裁愈不易進步，也愈沒有科學精神。

一九六六年六月，國際筆會在紐約開會，討論的主題是作家的獨立精神。在美國與西歐國家，以為原子時代自然科學、社會科學，以及技術各方面的發展與進步，原來屬於作家的領域的內容的，不是被自然科學所占領，就是為社會科學所占領。而技術科學，如電影、電視的發達，也威脅作家原有的世界。作家因為被這些多方面的威脅，逐漸地失去獨立精神。

工業文明，科學發達之威脅作家的獨立精神，西歐與美國作家感到的，可說是寫實主義衰微的大原因。當新聞記者用錄音機收集各種材料編寫報導後，寫實主義作家可努力的豈不是太有限？當彩色底片，及各種鏡頭與黑房技術製成美術照片後，寫實主義畫家勢必厭倦於求真求工了。

Hippies的地下藝術運動，也正是在追求自己想有的獨立精神，成功與否還未揭曉。

其實威脅作家獨立精神的不一定是工業社會。封建社會或其他社會也都有威脅作家獨立精神的因素。魏晉六朝的文學所追求的也正是作家的獨立精神，在儒家的定於一尊的教條的束縛之下，作家還有什麼獨立精神可言？但作家如敢在這樣的束縛與高壓下發揚獨立精神，他必須要有特別的勇氣與革命的精神。而酒與藥往往是給他們勇氣的東西。酒可以壯膽，可以使人不顧一切，我們日常都見到過。藥如上面說到的「慢使得靈」，即是吃了後就有什麼都敢做的感覺。我相信魏晉時代之五石散，至少也有這種作用。吃了五石散，人就愛多說多話，人就敢多說多話，這就是清談的來源。清談就是獨立精神的表現。

譬如，孔融以為母親和兒子的關係只是瓶之盛物一樣，只要在瓶內把東西倒出來，母親與兒子的關係便算完了。像這樣離經叛道的話，在當時怎麼敢說出來？孔融是喝酒的，我相信他一定是借著酒瘋來說的。

所以魏晉的獨立精神，借助於藥與酒是很明顯的。

到了唐朝，文以載道之說盛行。文人的獨立精神發揮在詩歌方面，而仍是離不開酒。宋朝發揮在詞方面，元朝發揮在戲劇方面。這也正如現代工業文明威脅作家寫實的表現，作家只有在象徵或抽象的設想中來發揮自己的獨立精神了。

在現在鐵幕國家內，作家的獨立精神早已喪盡。如果能有吃五石散與LSD的自由，魏晉名士或hippies之流自然都會產生的。

我在這裡並不是想提倡吃五石散或LSD，而是覺得在這苦悶的時代，對吃藥喝酒的人似也只有原諒，如貧富不均的社會中，我們不得不對偷盜多加原諒一樣。自然，在積極方面，我們只有請社會學家心理學家多加思索與研究了。

一九六七，十一，二十四，夜二時。

中國的悲劇

第二次世界大戰以後，國際共產主義已經不是蘇聯所能領導與控制。狄托的成功，使史達林的共產王國夢想完全幻滅。以後東歐國家都各覓自己的途徑，現在儘管大家掛著同一招牌，但所賣的貨色已經各不相同。而且這些不同還將日益擴大，而已是無可掩蓋的事實。

自從中共占有中國大陸以後，史達林顯然懼怕中共有一天會不受他的領導與控制。毛澤東「一邊倒」的口號可能也為史達林的要求，當時中共羽翼未豐，處處必須依賴「老大哥」，所以也只能委曲求全。

但是儘管如此，蘇聯仍怕中國真正獨立，成為他的強鄰，乃引牽中共參加韓戰。蓋當時中共如不捲入韓戰，而鼓其長勝之氣越台灣海峽，「解放」台灣，可能早不作「一面倒」而與蘇聯抗衡矣。

蘇聯使中國參加韓戰，正面與美國衝突，這形成台灣穩定之局，美國也從而確定其援台政策。第七艦隊移進台灣海峽，中共就無法統一中國。一面因韓戰關係，蘇聯的顧問專家特務們，大批滲入中共，意欲由此控制中國，使無法脫離其懷抱。

但中國究竟幅員廣大，社會深厚，並不能像東歐這種小國家容易控制。史達林死後，東歐國家也一一步南斯拉夫後塵，自找蹊徑，謀脫離蘇聯羈絆；中共自然也不願一一都聽蘇聯指揮，故與赫魯雪夫分庭抗禮。赫魯雪夫自知對中共已無法控制之時，故有撤退蘇聯顧問專家之舉，對中共打擊很大，幾乎癱瘓了中國百分之七十的工業。這是毛澤東「一邊倒」的教訓，也使中國人民再度束緊褲帶。

現在中共已用人民的血汗，補充了其政策的錯誤，壓縮全國的消費品作軍事之擴展。當原子爆炸，潛艇艦隊建立之時，海外人士鑒於中國國勢的增強與台灣之萎弱不振，對於中國問題與中國前途，以及在中共統治下的數億人民之水深火熱，似有多加思索與分析之必要。

中共這個政權之不得人心，可以在鳴放時期中看出來。自大陸出來的成千成萬的難民中，也可以看出人們之需要「自由」「自在」，正如需要空氣一樣。這個政權和一切極權的政權一樣，它必須在鑼鼓口號與鞭棒之下才能存在。「鬥爭」「清算」「戰爭」這類的運動，變成吸毒的人的毒劑一樣，沒有毒劑就像不能生活，越刺激越激烈，越激烈越要刺激，最後必走到不可收拾的途徑。墨索里尼、希特勒的發展與毀滅就是這個過程。

我們對以後的歷史很難預料；我們也不想作武斷的預測。只是中國人民在鑼鼓、鞭棒之下，過著緊張恐懼的生活，到底何時才能鬆一口氣，是我們關心的問題。中共之有今日，其原因不是一朝一夕之事。這半世紀的中國歷史，自中華民國成立到中共執政，中國的知識階層似乎始終對「民主」沒有信心，而思想與行為又都在為「獨裁」政治鋪路。中共獨裁之成功，也正是踏著這條路而來——也許是負著中國民族的悲劇使命而來。

在馬克思時代，共產主義的期望是在工業進步國家，所以馬克思曾預言德國可能最先有無產階級革命。但到列寧時代，已看到革命將在落後的東方國家出現了。

到了史達林時代，則覺得中國是他們唯一可成為共產主義的一個伴侶。東歐這些國家乃是在第二次世界大戰，直接用軍隊侵略而造成的；中國則是很早就用了很大的努力與策劃在推動。

我們在這裡並不想說誰是誰非，但自從推翻滿清以來，始終不知道自己要走什麼樣的路，中國的知識階級，面對著進步的世界，幾乎是很少有肯定的選擇。他們炫惑於日本維新的成績，他們羨慕於英法的進步，他們也驚異於蘇聯革命的成功。

孫逸仙是唯一的為當時中國肯定地指出一條具體的路的人。但是他要求人民信仰的「三民主義」祇是一個急就章的對策。

他所定的治理中國有三個時期：第一是軍政時期，第二是訓政時期，第三是憲政時期。

結果軍政時期出現了一個「黃埔軍校」。

訓政時期造成了一個「蔣介石」。

憲政時期祇剩了一個「台灣朝廷」。

三十年的統治，國民黨沒有為民主政治奠基，結果卻為共產黨鋪路。這長長的道路是中國的悲劇，是中國人民的血淚史。所以共產黨這東西在中國實在不是突如其來的怪物，它是與孫逸仙的國民黨一同來的。我們現在不妨從那一段歷史談起。

國共合作

遠在一九一八年十一月，史達林就有〈不要忘記東方〉的文章（史達林全集俄文版第四集第一七一至一七五頁），所以當俄國革命成功以後，他們就絲毫不忽略的謀在中國組織共產黨。一九二〇年春，蘇聯就派共產國際東方部長胡定斯基 Gregori Voitinsky 到中國與陳獨秀、李大釗籌備中國共產黨。一九二一年中共第一次全國代表大會，莫斯科又派了馬林Maring（一名Sneevliet）來參加指導。這可見中國共產黨自始就是蘇聯東方策略的一種工具。這個初期形成的共產黨，黨員不過五十七人，但是後來為什麼有如此迅速的發展呢？這就是國民黨採取了聯合戰線，開始與它合作的關係。

中共於第一次代表大會以後（一九二一年），馬林就到桂林去訪孫逸仙，提出與國民黨合作的提議。一九二二年六月越飛 Adolph Joffe 在上海與孫逸仙商談中俄兩黨合作問題。一九二二年八月中共第二次全國代表大會，議決與國民黨組織聯合戰線，發表了一個宣言。一九二三年一月，越飛與孫逸仙發表共同宣言。這以後，共產黨黨員就陸續加入了國民黨；一九二四年國民黨第一次全國大會開會，許多共產黨員就擔任了國民黨的執行委員和候補委員。

國民黨的前身雖有同盟會的組織，但其基礎本來就不鞏固，而共產黨就在其開始時已經滲透。共產黨的加入國民黨，使國民黨增加了許多力量，還多了一個固定的國際關係，這是不能否認的事實，但也因此種下了一個禍根。它促進國民黨分裂，也驅使國民黨獨裁，最後也加速國民黨腐化。

費正清John K. Fairbank 在他所著的《美國與中國》一書中，談到那時候的孫逸仙，有下面這樣的話：

> 就是在那個時候，孫逸仙已顯出他成為卓越的國民黨的領袖，但他並無能力去完成革命，因而從事聯合共產黨的力量。一九二三年，他開始依照蘇聯路線去改組國民黨。

又說：

這純粹是互相利用的結合。在一九二三年一月，孫逸仙與越飛的聯合聲明中，就嚴格規定有限度的合作。裡面說及：孫逸仙認為共產主義與中國不合，故無法採用；越飛則同意中國所需要是統一與獨立，而蘇俄準備援助中國的國民革命。……

這些話可說都很有見地，國民黨因為有共產黨之參加，以後它的組織與手段都學了共產黨。雖然孫逸仙的思想並不完全與共產黨相同，可是，其絕對性與獨斷性則並沒有什麼不同。

在這小小的篇幅中，我不打算批評孫逸仙的思想。但必須提出一點，以見他之所以會採取共產黨之組織與手段，是並非偶然的。這就是他把他的三民主義當作是唯一的真理。他要以此說服別人，教育別人，一定叫人去信仰他的各種主張。他把人分為三類：一是先知先覺，二是後知後覺，三是不知不覺。他以為先知先覺是發明，後知後覺是廣播或宣傳，不知不覺則跟著去實行。他這種分法，可以說已經把人分成了等級，而否定每個人都可有獨立思考的事實。他又把革命分為三個階段，一是軍政時期，二是訓政時期，三是憲政時期。所謂訓政時期，可以說就是等於共產黨的政治學習，完全是黨的訓練，並不是民智的問題。因為如果是民智問題的話，那麼應當是從正常教育普及入手，何須列在於革命程序之中？而他的所謂憲政，也並不是現在英美式的憲政，而是一黨專政的憲政。

孫逸仙是一個革命家。革命家對於理想的實現總是不擇手段的。他對於共產主義的理論誠有不同之處，然對共產黨之組織之絕對性，與黨員對黨之服從性等，則從未認為不妥。因此，國民黨既得越飛與其他共產國際之代表同意孫逸仙的所謂「共產主義不適合於中國」的話，孫逸仙就很願意用蘇聯革命成功之經驗——其組織與手段來實現三民主義了。

三民主義在理論上的獨斷性既無異於共產主義，現在推行方法又學了共產黨，所以這就決定了中國還不能在這革命運動產生民主政治與民主制度了。

但是共產黨同任何人合作都有兩個目標：一個是最低目標，一個是最高目標。前者是合作時所要求的目標，他們解釋作現實狀況下共產主義必經的一個過程；後者則是他們自己的目標。

同毛澤東在抗戰時與國民黨組織聯合陣線一樣，他認為這個聯合陣線是共產黨現階段的目標，而時時提醒同志不要忘去共產黨最高目標。越飛與孫逸仙的共同宣言之中，就祇以為中國最重要問題乃在中國統一之成功，及國家完全獨立之獲得。所謂最急要者，實則也是第一目標之謂而已。

其實所謂最低目標也即是手段，最高目標才是目的。共產黨的目的只是一個，而手段則可隨機應變。政治家往往都不擇手段，但是共產黨對任何手段都有一種理論的解釋，去叫他們滿佈全世界的黨員信服。在中國，當共產黨與國民黨合作後，無疑地，共產黨的目的是想去取得領導地位的。這就產生了國共之爭。從國共第一次合作到第一次分裂，這是一段悲慘的史實。許多被這革命的巨浪所捲入的愛國青年，都在之一個慘酷的歷史中毀滅。

共產黨滲透國民黨以後，未能操縱國民黨，是因為當時軍隊的控制權始終在國民黨手裡。當時的共產黨也曾千方百計想滲透國民黨武力策源地黃埔軍官學校，但是沒有成功。這也就是為什麼後來蔣介石成為中國領袖的緣故。

在國共合作中，共產黨既用各種方法想爭取領導地位，使國民黨在鬥爭中學會共產黨的手法來對付共產黨。而也使後來國民黨的清黨運動演成很殘酷的原因。

共產黨在和任何人合作中爭取領導的方法，總是愛把對方分為左派，中派與右派。他們的戰術開始是支持左派，聯絡中派，分化右派。進而到領導左派，爭取中派，打擊右派。這裡所運用的就是利用別人的矛盾。被爭取到的中派，可以成為左派；分化的右派可以成為中派。不受領導的左派，可以成為被孤立的中派；不受爭取的中派，可以成為被打擊的右派。對於國共合作的歷史，許多書籍都已說過，我下面僅作非常簡單的敘述，說明共產黨怎麼樣在與國民黨合作之中，運用這種分化離間的戰術。

武漢鬥爭

國民黨於一九二三年一月二十六日與越飛發表共同宣言後，孫逸仙博士即根據俄共的組織改組國民黨。當時有李大釗等許多共產黨員加入國民黨，而第一屆國民黨之中央執行委員會所分設的八部，即組織部、宣傳部、青年部、工人部、農民部、軍事部、海外部內之中，組織部、工人部、農民部就被共產黨所操縱。

組織部由譚平山任部長，楊匏安任祕書，前者是國民黨派遣加入共產黨的人，後者為純粹共產黨員而實際是監視並控制組織部者。農民部長林祖涵則根本就是共產黨員。工人部長雖是國民黨的廖仲愷，但其祕書馮菊坡則是共黨份子。廖因兼職多，事情忙，部務都由祕書操縱。農民部長林祖涵因為是共產黨員，很遭國民黨之忌，所以不久就辭去部長之職，但其祕書為共產黨員之彭湃，一直沒有變動；以後部長屢次更易，彭湃則始終未變。

一九二三年八月十五日，孫逸仙派蔣介石與蘇俄代表馬林組織孫逸仙博士代表團赴俄，他們於九月五日到莫斯科，至十一月二十九日啟程返國。蔣氏這次到蘇俄參觀，大概也發覺共產黨之不易合作，而感到權力之重要，所以對於軍校與軍隊，始終控制著，未讓共產黨滲透。

一九二四年一月二十日，國民黨開第一次全國代表大會。選舉出來的中央執行委員會，就有很多共產黨員，如毛澤東、林祖涵、李大釗、譚平山、張國燾、瞿秋白……等。當時大會中就有國民黨員提議在黨章中規定「本黨黨員不能跨黨」。但經過李大釗等之反對，此案沒有通過，並得孫逸仙博士之諒解。孫逸仙博士在民生主義中，似乎對於這些反對共產主義的國民黨員有很多的批評，他始終認為民生主義雖不是共產主義，但目標與主旨與共產主義是一樣的。他對於馬克思學說的見地是這樣的，他說：「馬克思研究社會問題所有的心得，只見到社會的進化的毛病，沒有見到社會進化的原理，所以馬克思只可說是一個社會病理學家，不能說是一個社會生理學家。」所以，反對共產主義的人就不明白民生主義的目標也就是共產主義。雖然，孫逸仙與共產黨合作，在政治上也是一種「方便婚姻」，而在理論上，孫逸仙博士似乎也並不了解蘇聯共產黨在革命過程中所形成之一種特殊的型態。

一九二四年共產黨在共所刊行的《中國社會主義青年團團刊》中刊載其擴大執行委員會的議案，接受共產黨的指示，有如下的規定：「在發展國民黨組織之時，關於本黨組織之發展，當然不能停止。」這可見共產黨在與國民黨合作之中，祇是一種以國民黨為掩護，而發展它自己組織的手段。

一九二四年孫逸仙到北京去，一九二五年三月十二日就在北京病逝。當時國民黨之所謂黨務完全是在共產黨操縱之中，唯一不能操縱的是黃埔軍校。所以他們在一九二五年一月二十五日發起青年軍人聯合會，想從滲透中控制軍人。當時也有對抗青年軍人聯合會的孫文主義學會的組織，這就是已死的台灣副總統陳誠領導的。

蔣介石始終控制著軍校與軍隊，這一方面是他成功的因素，但也造成了他以後傾向於獨裁的原因。

但是當時共產黨因為還要利用蔣氏，所以並不把他當作右派，只把他當作中派。共產黨所要打擊的右派是胡漢民與戴季陶，所要利用的控制的左派是汪精衛與廖仲愷。以後廖被刺，胡漢民就被迫出國，汪精衛成為國民政府與軍事委員會主席。共產黨就想藉汪精衛控制蔣介石。但因為當時軍校與軍隊都握在蔣介石手中，汪精衛並無實力去控制。共產黨就從中挑撥離間，製造蔣汪間的矛盾。

因為軍隊始終在蔣氏手中，所以當蔣氏提出北伐主張的時候，共產黨利用汪精衛欲加以阻礙，這就產生了中山艦事變，共產黨想脅挾蔣介石離國，可是這個計劃被蔣氏發覺，及早利用軍力控制全局，逮捕了軍隊裡的一些共黨代表。

這一事件奠定了蔣氏以後獨裁的局面。共產黨之所以反對北伐，就因為他們還沒有滲透軍隊，無法加以控制；在他們，設想北伐的時機，最好在他們能控制軍隊以後。蔣氏既控制了全局，汪精衛就稱病出國，大權就完全落在蔣氏之手。當時共產黨乃派鮑羅廷到廣東，與蔣氏謀取妥協合作辦法，這是很明顯的事實。因為蔣氏既決心督師北伐，共產黨在軍隊推進時及局面混亂之中，自然有機會重新擴展其勢力。

所以當北伐軍推進到南昌之時，共產黨就在武漢發動部分國民黨中央委員與國府委員舉行聯席會議，成立了「黨的最高權威」。那時的蔣介石，大概因為軍事的供應上不能不依賴後方，所以完全接受他們的決議。他讓在南昌的中央委員和國府委員們到武漢去開第三次中央委員會全體大會；他自己辭去了中央常務委員主席職務，一心致力於軍事的推進。當時所謂武漢中央的局面，可以說完全操在共產黨的手裡。他們所行之政策完全是共產國際第七次執行委員會「中國問題決議案」而行。共產黨那時候就叫汪精衛返國，在武漢作對國民黨的控制。

但當蔣氏克服上海、南京以後，他與江南財閥們聯絡，開始與武漢中央對立，成立新中央，實行清黨。這次國民黨的勝利，可以說是蔣介石的勝利。

分析這一次合作破裂，我們得到以下的結論：

國共的合作，始終並沒有合作。共產黨一開始就想控制國民黨，去追隨並配合蘇俄或國際共產黨的政策。

共產黨用的戰術同以後許多場合的戰術一樣，總是把對方分為中、左、右三派，利用矛盾攫取領導地位。他們以後在文化戰線上如此，在農村土改中也是如此；他們在打倒右派以後，又把對方分成三派，原來所謂中派的被判成右派，原來所謂的中農的變成富農與地主，發動第二次打擊。如此運動，以達到他們控制的目的。甚至在國際上，現在也可以看出他們在玩同樣的把戲；如打擊美國、聯絡法國、控制衛星國。這可以說是他們一貫的策略。

國民黨始終沒有一個固定的黨的基礎，也沒有一例固定的黨的理想。能不受共產黨滲透控制的是蔣介石氏同他的黃埔軍校為主幹的軍隊，而也即是這個軍隊戰勝了共產黨。這就造成了以後蔣氏以軍隊武力為中心的獨裁。

但是，當時武漢政府的失敗，還有許多原因，反映蘇聯史達林與托洛斯基兩派意見的衝突。當時在武漢的蘇聯兩個代表——鮑羅庭與印度人路易M. N. Roy意見就有分歧。本來蘇聯代表所執行之政策可以說完全奉莫斯科之命令，所謂國民政府汪精衛等，不過是傀儡而已，但因為鮑羅廷與路易意見不同，又都想實現自己的意見，因此二人都不免要挾汪精衛以自重；這使汪精衛逐漸發現自己完全在被利用，乃有分共之舉，這大概也促成了武漢政府之失敗與蔣介石氏之勝利。

國民黨在宣傳上的失敗

蔣氏既然是單純的依賴軍隊的勝利，在革命的狂瀾中，這也暗伏了他在宣傳上的失敗。集中於北京、南京與上海幾個大城市的一些同情革命的知識階級，都以為革命成功了必有一番新的作為，可是北伐軍到定都南京以後，大部分舊的軍閥紛紛投誠，換上青天白日旗就可以保住原來的官位；社會上幾乎沒有什麼改革，除了多一個黨部，對人民作多一分擾亂與干涉以外；舊的勢力即如流氓、幫會、惡勢力等都未搖動，不要說是地主和買辦階級了。

新政府的組織大於舊政府，為安插舊官與新貴，機構重疊，人事紛紜。這結果祇是使人覺得多了一群統治階層的人員而已。所以當共產黨宣稱蔣介石向舊勢力投降，與資產階級妥協，出賣革命，就引起青年知識分子的同情了。

再有一層，是當北伐軍進入武漢之時，新政府首先是收回漢口租界，這件事情轟動一了世界。因此獲得全中國的愛國青年與知識份子之嚮往與讚揚。可是蔣氏在上海，不但沒有收回租界，在濟南被日本人所阻擾侮辱，也一無反抗。中國人對這種祇會對老百姓耀武揚威，而對帝國主義之侵略者忍氣吞聲的軍人，內心上從來沒有看得起過，所以蔣介石氏當時在愛國前進的青年學生眼中，正是共產黨所宣傳的新軍閥，是寄生於帝國主義者幫著來剝削勞苦大眾的一員大將而已。

如果當時國民黨在所謂統一中國後馬上實施憲政，創制憲法，也許可以為中國奠定一條民主的道路，但國民黨要推行訓政。所謂訓政，就是黨化教育，也就是製造自己的幹部。

沒有再比黨化教育更使國民黨在知識青年中失去信心了。因為派到學校去擔任黨義這一科的教員，都是無法在別處安插的黨員；學問不夠，知識又低。中國的傳統向來是尊師的。學校聘請的教員都由校長去物色，唯獨黨義，則由黨部派來。來了以後，同事們既然看不起他，而學生們也馬上發現這些人對於普通學科的常識都非常缺乏，所講的又是千篇一律的教條，也跟著看不起他們。而這些教員，既無教育之經驗，也無教育之興趣，只因一時謀不到官位，來學校暫作棲身之所。一進學校，幾次與學生接觸，自卑感頓起。因此，因循敷衍，不但不能為國民黨向青年盡宣傳之效，反在青年面前暴露出國民黨的弱點。

共產黨也有政治課。但是他們的教材是當前的政治問題，用辯證法向青年們解釋政府政策之合乎馬列主義，由此並推動各種運動。而且它的政治課，是要學校中任何教職員都在一起聽講的。在大學中，到政治課來講的並不是固定教員，而是許多對宣傳有經驗的、在政治部、宣傳部實際負責的人。聽講以外，則是有組織發動的討論會，這裡面就要看人們的反應，同時就利用學生與學生，教員與教員，教員與學生間的矛盾來操縱。所以，政治課在共產黨是一種宣傳，是一種政治工作，也是一種特務滲透工作。

現在國民黨把黨義當作一種學科，這就發生了許多可笑的結果。所謂國民黨的黨義的最高經典是三民主義。三民主義本來是孫逸仙博士向群眾演講的講詞，是非常淺近的書。它是高中學生費兩天時間就可以讀完的東西。現在要一個青年在高中修三年，在大學修一年，能不叫一個學生感到好笑？

這本淺近的書講的道理，則是民族主義，民權主義與民生主義。這三個主義，實際上是要打倒三個對象。民族主義要打倒帝國主義，民權主義要打倒獨裁政府，民生主義則是要打倒資本家與財閥。

北伐成功，中國名義上是統一了。但是帝國主義始終沒有打倒；蔣政權則從清黨後始終是一黨專政；而財政部、中央銀行永遠在兩個親戚孔、宋之間，造成了很大的財閥。

你想，在這個黨義與實際情況絕對相反的情形下，這即使叫一個辯才十分好的宣傳家也無法為政府辯白。何況是一些不學無術，無法在別處安插的青年黨員來講課呢？不用說，其他三民主義裡所講的種種，與政府的作為相矛盾的，不知有多少，這裡篇幅有限，也不必說了。

對於政治沒有興趣的學生，三民主義祇能增加他一點常識，而這點常識使他們更加看清了政府的所行所為是違背三民主義的。對於政治有興趣的學生，三民主義更難滿足他們的興趣了。

我們看三民主義，比較好的是民族主義；民權主義有許多自相矛盾之處；到民生主義，更見空泛淺薄，但是民生主義一再解釋其與共產主義相通之處。無形中三民主義倒做了共產主義的序論。

這些基礎正是反而為共產黨鋪平宣傳的大道。

從上面所舉的事實與理論看來，我們可以說，共產黨得在中國如此迅速地發展者，是起於國共合作；共產主義得在中國很快風行的，則是三民主義為其鋪平了道路。這大概也正是注定了的中國的悲劇。

日本的影響

但此外還有一個因素，我們不能不提的，則是日本對於中國的影響。

我暫且不說日本對於中國武力的與經濟的侵略。我特別要指出的是一九二〇到一九三〇年間日本的思想界、文化界之左傾，這對中國思想界與一般青年有重大的影響，而為一般論者所忽略的。

這裡有個因素：

日本的文化大都是承襲中國的，可是日本維新，在日俄戰爭勝利後成為世界上強國之一，也成為中國所羨慕的國家。中國派了許多留學生到日本去，因為日本距離中國近，生活程度也低。除了政府遣送之外，窮學生無力去歐美留學的，也能設法自費到日本去留學。中國在五四運動以來，遣送到各國留學的學生都不在少數，但都沒有到日本去的多。這些留學生回國以後，根據他們所留學的國家，無形中有了派系，這些派系有時候傾軋得厲害。

國民黨政府成立以後，因為蔣介石夫人與兄宋子文，以及其姐姐、姐夫孔祥熙都是留美的關係，美國留學生很占勢力，留美學生都容易找到好的官職，而日本留學生則往往被他們排擠，沒有什麼地位，因此這些留學生很多從事於譯著於寫作；他們身遭排擠壓迫，而又受日本文化界風行左傾學說之影響，便造成了心理上的一種反抗情緒，加之對於國民黨政權之厭憎，他們很快就覺得馬列主義正是救中國唯一的途徑了。

這些留學生不但翻譯不少馬列主義的書籍，介紹了不少馬列主義的思想，而且以後也跟隨著共產黨的策略與路線來鬥爭了。

在文化運動中，共產黨也是將自由文化人、作家和藝術家分為三派。他們的策略，支持左派，爭取中派，打擊右派，在學生運動中也是如此。這個戰略，因為國民黨輕視文化運動與學生運動，毫無對策。使大部分的出版社與學生會都被他們的勢力所操縱了。

在南京政權期間，共產黨始終保持著武力，或散或聚，或成有形的政權，或作流寇的擾亂與國民黨相對立。在共產黨盤據的地區，對於民眾的控制，消息之封鎖，與對於農村的鬥爭裹脅，其殘暴的種種，都不是大都市的文化人與學生所知道的。即使有國民黨官方的報告，也沒有人置信。而對於國民黨祇以剿共為業，對於日本軍閥的侵略毫不抵抗；兼之政治的腐敗，官僚的貪污，言論自由的限制，則是有目共睹，有耳共聞的。

所以，在一九二二年日本軍隊在瀋陽發生九一八事變以後，當共產黨被國民黨圍剿得毫無出路之時，共產黨提出「抗日人民統一戰線」的口號，要求組織其所謂「全國人民聯合國防政府」之時，通過了文化陣線而散見於各地報刊的宣傳，使中國有良心的人民，很自然的都同情這些言論了。

蔣介石氏第一是控制著軍隊，第二是控制著財政，他沒有注意到宣傳與人心。為應付共產黨，他就獨裁，因為獨裁就越失人心；人心沒有寄託，結果就被共產黨宣傳所吸引，而越有人同情共產黨；同情共產黨的人越多，蔣介石也就越要統制，也即越趨獨裁。這二者因此也可說是互為因果的。

抗戰與中共發展

蔣介石氏在其所著《蘇俄在中國》中說及西安事變有如下的話：

至於其在事變之前，對張（學良）楊（虎城）作反動宣傳，進行策反工作的，亦並不是共產黨，而是共產黨的外圍組織，其中最主要的，就是所謂「第三黨」與「救國會」以及所謂「學生聯合會」等中立份子，可是這些中立份子，確實不是共產黨員，而共產黨亦不要他們加入其組織，取得黨籍，只要他們取中立態度，或以第三黨名義發言就夠了。……

這段話足可以說明當時的人心所趨，而張學良與楊虎城都受其影響了。

中國抗戰開始，一九三七年十月，中共政治局對於抗戰前途與中共政策有一個決議，這決議正是中共對抗戰的估計與期望。決議說：

「假使抗戰結果是勝利，則國民黨軍隊已削弱最低度，紅軍則有很大擴充，則抗戰勝利也接近『十月革命』的勝利。假使抗戰部分失敗，則中國將分為三部，日本據有東北與華北，國民黨據有西南，中共則據有西北。假使抗戰結果失敗，則國民黨完全崩潰，共產黨仍將轉變為地下的政黨。……在中國政治上，武力是決定性的因素，因此我們在戰時必須極力擴張武力，藉以奠定基礎，俾將來可以獲得革命的領導權。」

這決議正是共產黨在抗戰中所取的策略。

在這裡，我想到許多美國記者在抗戰時到共區的報告。這些報告我相信並不一定都是出於同情共產黨的作家，但是以美國這樣坦率與平易的民族性，他們生長在言論自由與心理上永不需遮攔的環境，到中國這樣複雜的國家，想了解一些，本是不容易的事；加之他們不精通中國言語，而又逢到以宣傳起家的共產黨，他們之失敗是很自然的事。

我這裡祇指出兩點：第一是說中共與蘇聯沒有關係。這是對於中共發展歷史一點沒有常識的看法。且不說我上面敘述中共自成立以後，沒有與蘇俄以及第三國際有一天的隔離，即在二次大戰爆發以後，中共的口號始終是與蘇聯的相應這一點看，也可知中共不過是蘇聯共產黨的一個支隊了。

第二次大戰爆發以前，共產黨是最反對法西斯的，中共所反對的蔣介石，也說他是最接近法西斯的。史達林口號是以統一戰線抵抗法西斯主義，中共口號也是如此。諸凡左派領導或滲透的言論界，大部分中國報刊上的言論都是如此。可是當大戰即將爆發之時，在一九三九年三月十日史達林突然在俄共十八屆黨大會發表演說，稱這個戰爭是新的帝國主義戰爭，強調蘇俄今後依靠自己保衛自己，並要與一切國家保持和平，與鄰邦建立友誼，這是史達林從「統一戰線」變成了「保衛祖國」。當時中國左派領導控制的的言論界及文化團體一致都為史達林的態度詮釋，說蘇聯愛好和平，志在國內作社會主義的建設等。八月二十三日史達林與希特勒訂立蘇德互助協定不相侵犯。九月一日毛澤東就公開的予以頌揚，說：「這個協定打破了張伯倫、達拉第等國際反動資產階級挑動蘇德戰爭的陰謀，打破了義、德、日反共集團對於蘇俄的包圍，鞏固了蘇德兩國的和平，保證了蘇俄社會主義的進步。」到了一九四一年四月史達林與日本訂立蘇日中立協定，中國知識分子對蘇聯的態度自然非常詫異與憎惡，可是中國左派所領導控制的報刊與文化團體又為蘇聯解釋辯護。

西方的記者如果注意到中國左派的言論處處都是隨著蘇聯的變化而變化，為蘇聯辯護解釋得無微不至，我想也不會輕信中共是純粹的中國的獨立的政黨了。

第二點是關於中共的土地改革。因為我記得最初說中共不過是一個土地改革者，就是出於美國記者之口的。

中國的土地本來是急需改革的一個問題，但關於中共的土地改革之意義，恐怕到現在還有許多西方人士不能了解。我這裡不得不多說幾句。

共產黨的土地改革，尤其在當時，與其說是為經濟的目的，不如說是為政治的目的；與其說是為政治的目的，不如說是為軍事的目的。

凡是稍稍知道中國歷史的人，都知道中國歷史上的革命都是起於農民。在交通不便廣大散漫的農村的國家，農村是不易統治的。而中國農村有一種家族關係的團結，當他們在大家沒有飯吃的時候，就可能挺而走險，蠢動起來。普通農村因為防止土匪與強盜，本來已有自衛團一類的組織，在這些組織之中，地主自然多負經濟上的責任而居領導的地位。共產黨要控制農村，所以必須打破所有農村裡宗法的家族的傳統聯繫。共產黨從經濟上把農民分階級，地主、富農、中農、貧農。利用他們的矛盾，支持他們的鬥爭。等地主、富農清算打倒以後，農村裡就再無可以起領導作用的人，也沒有支持反抗力量的經濟，這時候共產黨就開始任意徵最高的田稅。田稅高到無法生存的時候，壯丁們看到祇有做共產黨的兵士才有飯吃，於是只好加入他們的軍隊。因此當時在共產黨所統治的區域，在農村中耕種的都是老弱婦女。這一方面使農村再無任何反抗的力量。第二方面，使共產黨的軍隊也不斷的擴充。現在所謂農村的合作社，更是要將農民的經濟與工具——也就是暴動的原始的武器，完全控制的一個辦法。抗戰時的國民黨軍隊，在強徵壯丁之措施下，待遇菲薄，軍紀蕩然，軍官剋扣軍餉，士兵衣食不周，病死多於戰死。然而共產黨的軍隊則是有吃有穿，這是實情。當時共產黨宣稱他們的軍隊是自願參加的，而國民黨的軍隊則是強徵的，這也是事實。我們如果看到國民黨的軍官之豪闊與兵士飢寒交迫之情形，以及共產黨軍隊軍官之樸實與兵士之健康，我們自然會稱讚共產黨的。這分別，就是國民黨用強徵方法，使壯丁離開他溫飽的農村到軍隊裡遭受飢寒的待遇；而共產黨則摧毀一切可以溫飽的農村，迫使壯丁們參加軍隊而給以溫飽的待遇。

當然，要注意的是這裡所說溫飽是中國水準的溫飽，並不是美國水準的溫飽。

當抗戰初期，在上海、南京之役，許多愛國青年，都自動參加國民黨軍隊，奮不顧身，捨身抗敵，可是到後來鑑於軍隊待遇之不公，雖有愛國意識，想抗日也不願參加國民黨之軍隊了。許多由淪陷區出來的青年，竟不辭跋涉，遠道繞向蘇區，投向共產黨的懷抱。

國民黨徵兵之失敗，發生了許多弊端，如軍隊虛報空額，長官由此中飽。如許多地區壯丁，出錢就可以買脫兵役；還有許多地區可以僱人頂替；而逃兵尤多，許多逃兵，竟變成職業逃兵，在甲處被僱頂替，逃出來以後，到乙處也被僱頂替；諸如此類，不一而足。

上面講過國共鬥爭中，蔣介石氏之勝利，一是控制著軍隊，二是控制著經濟，現在因長期抗戰，軍隊的素質已日見衰頹，至於經濟方面，且不說多少官貴恐亡國時無處生存，外匯流出者何止千萬；又因大部分地區之淪陷於日軍，稅收也越來越少。通貨膨脹，而上層階級之貪污與囤積，使一般人民窮困加甚。

蔣氏軍隊的優勢衰退；可是共產黨軍隊的比重日見增加，他們的軍隊在大戰結束前，已由五萬擴充到五十萬，他們所控制的地區已擴展了一億以上人口的土地。在經濟方面除稅捐以外，共產黨用走私販賣鴉片等方法，不斷的有所收獲。

在許許多多場合中，共產黨搜刮國民黨的通貨，向國民黨軍隊購買軍械者有之，而許多國民黨的軍隊因共軍之宣傳優遇，而投向共軍者有之。到抗戰勝利，事實上國民黨與共產黨武力之比重已經很接近了。

美國的天真想法

現在回首看到美國人想把國共組織「聯合政府」的一段歷史，覺得真是一種天真的理想，這種天真正是出於他們對於蘇聯認識的天真。

美國人滿以為他們在戰後可以與蘇聯和平共存，親睦相處，因此也以為中國的問題只要要國共組織聯合政府就可解決。這個大前提既是荒謬，因此其結論自然也無從正確。

事實上，以蔣氏為首的國民黨對於共產黨，經驗既多，認識亦甚清楚。他之所以接受美國之意見，因為在長期戰爭後，民意趨向和平，希望安定。國民黨不敢在民生疲憊的情形下馬上表示要剿共。蔣氏明知道這和談無法成功，即使成功也不會長久，但是他必須借共產黨的不願和平或賣國的罪狀，以作他剿共之藉口。

共產黨呢？當他們兵少力薄弱之時，尚要發動暴動，組織農民來傾覆國民黨的政權，現在軍力既已壯盛，豈會放棄獲取政權之野心？而最主要的，是蘇俄並不希望有一個統一強盛而不是他所能控制的中國。倘若聯合政府成功，中國真是逐漸走上獨立民主與門戶開放的路，那麼不是對於把美國的力量從太平洋的東岸移到西岸來了麼？共產黨雖是不想和平，但也不願把內戰的責任由自己來負擔，它必須經過和平的一段，而把不願和平的罪狀加在國民黨的頭上。這不但對於渴望和平的人民以及所謂第三勢力作一種交代，對於國際上也是一種表白。還有，祇有在美國調解之中，讓美國看到蔣介石之獨裁傾向，才可以使美國對共黨多一點同情，使美國在他們發動內戰時，不援助國民黨。在他們心裡自然也知道和談決不會成功，即使成功也不會長久。所以美國的調解在兩方面祇是作魔術師的煙幕，讓大家以為他們都希望和平而已。

但是，在和談的時期中，不願意中國和談成功的蘇聯是不斷的在支助共軍，而願意中國和談成功的美國沒有在支助國軍；所以，這和談的時期越長，停戰時期越多，就越對於共軍有利。因此，共黨很聰敏的讓和談忽斷忽續，若即若離的拖延著。

在這拖延過程中，共產黨所努力的兩點。一點是讓國民黨暴露獨裁的意欲，而自己擺出愛好自由民主的面孔；這一方面是對美國宣傳，一方面是爭取第三勢力——沒有武力的小黨、小派與民主人士。一點是調整軍隊，武裝自己準備內戰。

國共的和談，雙方都無誠意，這是事實。唯一有誠意的則是第三勢力，他們希望中國組織聯合政府，建立民主政制，參加政治；有的固然是想有所發揮，有的則祇想參加做官。他們多年來被國民黨壓迫，現在正可伸展抱負。但是他們知道，要使國民黨放棄獨裁，開放政權，那還是要借重共產黨。沒有共產黨，他們是無能說話的。政權既是要國民黨開放，所以這和談就成為第三勢力依附著共產黨對國民黨討價還價了；也即是說，共產黨很容易擺出要求民主的姿態，使第三勢力的人士去附和他們。

但是，在第三勢力的小黨小派之中，也有不少了解共產黨的人。他們不願意被共產黨去利用，共產黨就分化他們的黨員，說他們的領袖想支持蔣氏的獨裁去謀取官位而已。所以當國共和談破裂之時，這些所謂第三勢力的無力的小黨小派，也都分裂了。

國共雙方，既然都知道和談決不會成功，成功也不會永久，因此和談之中，是無時不在想到武力的。我覺得蔣介石氏以後的失敗，就是對於雙方武力估計的錯誤。

我上面已經談到國軍在抗戰中精神之墮落腐敗，與軍紀的廢弛。我不知道高高在上的蔣氏是否知道自己的部下是如此的。自然，那時候還有幾個有美國配備的部隊，所謂機械化部隊，是共產黨所不及的，其次就是空軍，似乎也可以稱雄於共軍的。可是蔣氏竟完全不了解共產黨在經過蘇聯配備後是怎麼樣一個形勢。現在在國民黨發表的文件中，都怪馬歇爾和談中之幾次停戰，使中共得以武裝與調整。實則這是一種自嘲而已。在和談破裂以後，蔣氏之左右手陳誠將軍尚在宣稱三個月可以肅清共軍，這可見他們之無知了。

當陳誠去東北任主席之時，他遣散幾十萬日人之下的偽軍。這幾十萬被遣散軍隊，事實上都被共軍所收編，訓練以後，配以蘇聯所擄來的日軍武器，就成了以後打擊國軍的武力了。究竟在國共和談破裂以後，共軍發動全面攻擊之時，中共有多少實力，我們無從知道，但一定是幾倍於抗戰勝利時所稱的五十萬的兵力的。可是國民黨可用的軍隊，祇有所謂機械化部隊與空軍，而這二種軍隊則是最驕傲而自恃的軍隊。因為在抗戰時期，鐵幕曾經援救或掩護其他的軍隊而建過不少功勳，對於中共軍隊，他們尤其輕視，而彼此間又不肯合作，各自好大喜功，所以都是不堪一擊的。

這些國民黨軍隊在內戰中的悲劇各處刊載已經很多，這裡也不必細述，總之在一年多的期間，整個大陸已被共產黨所席捲了。

許多人把這個國民黨的悲劇責備美國，認為如果沒有美國的糊塗與幼稚，中國不會這樣輕易落入中共的手裡。這當然是過分之言，國民黨之失敗是國民黨的腐敗；但是，美國想在中國為國共組織聯合政府的努力，則也充分顯示美國的幼稚與無知。

美國對於中國之不了解與輕視，是美國始終不能看到中國的問題就是世界問題，而當時國共的問題也是美蘇的問題。

雅爾達協定是美國對於中國的輕視與對於蘇聯無知最清楚的表現。如果蘇聯能因這個協定而滿足，由此就完全遵守協定，將東北門戶開放，政權交給國民黨，這還可以對蘇聯不作提防，站在第三者立場去調解，而這調解也應把蘇聯拉入叫他也負點責任才對。但當蘇聯已經有許多違反協定之舉動與事實，美國即應站在維護正義的立場，對雅爾達協定負責的觀點講話，也應該馬上站到國民黨的立場。那麼唯一的辦法，就是監督並協助國民黨去防共了。這就是說，當蘇聯把中國的問題當作自己的問題之一部分時候，美國也應該把國民黨的問題當作自己的問題之一部分才對。

美國人似乎始終不認為中國對於美國關係的重要，一直到韓戰發生後才開始有點認識。如果把投在韓戰的力量與犧牲之三分之一投在當時的中國，那麼鐵幕就祇能關在數千里以外蘇聯的邊境了。

我不知道現在西方的歷史家是否會有人同意我的意見。我覺得中國悲劇似乎注定在一九四一年。我們站在美國的立場也覺得當時美國決定先對付德、義，然後對付日本，是一件很失策的事情。因為美國先對付德國，也就早解決了蘇聯之危，才能使它有餘力向東方擴展，如果美國先對付日本，中國之危早解，美國很早就可以領導整個太平洋的國家，協助他們建立進步民主的政府，蘇聯豈有餘力與時機擴展？西方的論者多以為德國不及早壓制，恐不易擊敗。但客觀的事實所證明的，美國如只以軍援物養支持英、蘇，德國也還是無法征服英、蘇的。那麼如果美國先擊敗日本，早解中國之危，經由中國東北去援助蘇聯，也許蘇聯的共產黨政權恐怕也早解體，則今日的世界當再無共產主義的威脅，也許今日的世界真的可建立在大西洋憲章上而太平繁榮起來了。

世界在今日，孤立主義已經不可能了。如果美國對人類的前途抱有偉大的理想與責任感，那麼對於太平洋落後國家的領導與協助，使其成為自由民主繁榮獨立國家，則是對人類最大的貢獻。現在美國即使有這個雄心與志願，也很難做了。這因為一千萬平方公里的中國已經淪入鐵幕，中國對於太平洋國家的宣傳攻勢已經使美國陷於不利的地位。這形勢的造成完全是美國不限打擊日本，失去領導東方的機會。

早在一九一二年六月，列寧在〈共產國際第三次代表大會上關於俄國共產黨策略報告大綱〉中就認為中國、印度、波斯、土耳其的革命為摧毀帝國主義的積極因素。一九二二年五月，他在〈東方在一九〇五年〉（《列寧全集》俄文本第三版第二十七卷）一文中也清楚說出，地球的中心已經從歐洲轉移到中國與印度。這可見蘇聯的統治世界戰略將由東方發展，這是很早就確定而沒有變過。而現在第一個受其統制的則是中國，而中國一失，整個東南亞也開始動搖了。

憑什麼反共

韓戰的產生是因為中國的淪亡，印度的中立是起於中國的赤化，北越的勝利是因為中共的協助，馬來亞的地下共黨是由於中共成功的鼓勵與支持，印尼的問題也是由於中國的影響。至於寮國的中立，南越的戰爭自然也都因中共而起。共產黨在太平洋所策動的宣傳攻勢，正是當年在中國大陸所運用的，口號是反帝國主義，反封建，要求民族獨立，要求自由民主。戰術也即是當年在中國大陸的戰術，永遠是把對方分為左派、中派、右派。利用矛盾，作控制、爭取，打擊之運用。這些宣傳請問美國有什麼對策嗎？美國在東南亞各地，每年也有一些做宣傳之用的經費，但是所做的是些什麼呢？不過是被一些政客騙子所包圍，假借名義作領款報銷麼？

我們很相信「民主」「自由」「人權」一類的理想已經是對共產主義的宣傳的武器。但美國國內的種族歧視，在東南亞地區的優越感，在一般落後國家的文化工作的官僚與自大作風，使他們的口號變成了虛偽的、空虛的、沒有內容的東西。東南亞或其他落後地區人士所見到的美國人，其代表的竟不是民主，而是帝國主義的面貌。

台灣的三民主義曾經成為共產主義的引子。而中國也曾經在國民黨手裡用三民主義統治了三十年，弄得國破家亡，好人死盡，壞人發財。現在再用三民主義的口號，怎麼還可以對抗共產主義？

祇就宣傳來講，我們幾乎沒有一個理想可為我們的反共目標。

共產黨在鐵幕竹幕內雖然早已失去人民的信任，但是在幕外，尤其是在落後地區，它的反對帝國主義與反對貧富不均的社會仍是一種有力的號召。

我們要建立反共的信心，就需要一個有理想的目標。

當南越把共諜在西貢街頭處決的時候，他大聲疾呼地喊「打倒美國帝國主義」的口號，他心中正是覺得他是真正的「為國捐軀」。

但當美國的軍官被越共槍決的時候，他的信心是什麼呢？是為「保衛民主自由」而死嗎？還是為「保衛美國」而死呢？

我們知道站在反美擁胡的立場上，北越作品，翻譯成中文的有《南方來信》《南方風暴》《戰鬥的越南》《南方青年》《奠邊府戰役回憶錄》等書。這些作品即使作為宣傳品來說，他們總有一個明確的立場與信仰。南越反共的作品譯成英文中文的有些什麼？他們是不是真有反共的作品？到現在至少還沒有讓我們聽到、看到與找到。

台灣的口號是「反共復國」，「拯救大陸水深火熱的人民」。但是當百分八十以上的士兵是台灣本地人時，「反共復國」的口號實在是很疲弱的。當大陸的百姓的生活，尤其是兵士與公務人員的生活遠比台灣的兵士公務人員的生活為安定而寬裕時，「拯救大陸水深火熱的人民」的口號則成為可笑的自嘲了。大陸所沒有的是「民主」與「自由」：但是台灣給老百姓的，有足夠的民主與自由嗎？

一方面，我們的反共是為驕傲自大的美國人反共呢？還是仍為那一套專養貪官污吏的三民主義反共呢？

這十幾年來，大陸出現過慘酷無比的殺人悲劇，淒慘無比的饑荒悲劇，可是國民黨無力援救。大陸流亡出來，到香港兩三百萬的難民，但是美國以及其他民主國家坐視無睹，連國際難民救濟協會對中國難民也不與白種人難民一視同仁。請問所謂民主自由的同情心在什麼地方呢？是不是這也是對有色人種的歧視呢？

當大陸渡過了飢荒與經濟的難關，當千萬死去的人民化為塵土，這些悲慘的記憶自然逐漸稀淡。當大陸已有原子爆炸，當人民生活逐漸改善時，海外年輕一代的中國人揚眉吐氣的民族感，已經掩去他對於渺茫空虛的民主自由的企念。

常中共與蘇聯已經分裂，當中國已經從一邊倒的失敗中恢復過來時，我們發現共產主義在時代中的演變。蘇聯的各種自由在社會經濟改善中逐漸出現，東歐的文化、藝術、文學逐漸抽出自由的非教條的花朵。人們於是想到中國共產黨的暴虐與淺狹，也許只是一個過程，在經濟建設進步，人民生活改善中，甚至是也許祇在毛澤東、劉少奇、周恩來一代死去之後，它也會隨著先進的共產主義而修正他們的死板與愚蠢的教條了。

這似乎成為海外中國人唯一的希望。

而這個希望是悲劇的結尾，還是悲劇的開端，似乎祇有歷史可以告訴我們。

如果沒有什麼奇蹟，沒有什麼新的號召與措施，美國在太平洋勢力的衰退勢必越來越快。以後恐怕也許有一段蘇聯與中共角逐的時期。

倘若世界無法和平共存，中共還是固執不悟，那麼世界當不免再受大戰的洗禮。到了那時的山河，究竟是誰家天下，可不在我們預測的範圍。因為在原子戰爭下，中國還能剩些什麼，我們也已經無法想像了。

一九六三，七，九。

五四以來文藝運動中的道學頭巾氣

今年是五四運動五十周年，這裡香港大學中文學會，中文大學聯合書院歷史學會及崇基書院，都約我去演講。我因為忙於生活，又覺得五四運動，年年都有紀念，寫的講的已經很多，我也沒有什麼新意見，所以都沒有接受。而《明報月刊》編者又希望我為紀念五四寫一篇東西，我起初覺得無話可說，但過後回憶我三十年來流落在文化圈中，呼吸著道學頭巾氣，始終覺得一種落寞，所以就寫了這篇個人的感想。這自然談不到紀念五四運動，因為好像我所提及的以前並沒有人談到過，所以敢謹獻給約我演講的幾個學會。拋磚引玉，或亦可引起對五四文化運動有研究的人給我一點指教。

一

二十世紀世界最大的悲劇是希特拉在德國，史達林在蘇聯與毛澤東在中國的統治。這三個英雄在人類史上的影響，我們現在仍無法估計，但是由他們而塗炭的生靈上看，我們已經可想到，即使他們是在促進歷史的進化，這樣的代價也實在是太大了。

究竟是什麼背景與條件，造成一個獨夫君臨全國，為所欲為，屠殺無辜，奴役人民？為什麼一個國家，千萬的人士，在努力進取之中，慢慢的會被一個人統治而幾乎無人能夠反抗？又為什麼所謂獨裁可以擴大演進到這個程度？

我想這正是當代的思想家在想解答的問題，也正是當代的知識階級應該想到的問題。德國、蘇聯與中國，文化上並沒有共同的傳統與背景，其出現獨裁政權而陷於一個人來統治卻是一樣。他們共有的相同條件，可以想到的是：這三個國家，都是在貧窮被壓迫的環境中想謀解救與進步，而在爭取國際上平等及自身的進步的過程中，慢慢的從一黨一團而落於獨夫的統治。另外可以想到的，是這三個國家都是走國家社會主義的道路，相信計劃經濟一類的措施，因而漸漸地使人民完全失去反抗能力，而只能老老實實地忍受被宰割的絕境。

現在希特拉，史達林都已物故，留在世上的是毛澤東這個獨裁政權，他的獨裁的權威也遠比希特拉，史達林深廣，意大利小說家莫拉維亞 Alberto Moravia 認為這完全造成了一個同中世紀天主教一般宗教的境界。這話自有道理，因為事實上毛澤東已被塑成了一個全能全知絕無錯誤與缺點的天主。這也就是說，毛澤東的獨裁，雖是師承希特拉與史達林，但是青出於藍，他變成一個前無古人的獨裁者。

現在要問與要解答的問題，好像只是中國所獨有的問題了。這就要問，共產主義到了中國，為什麼會變成這個樣子？為什麼連「無產階級」都不成為階級的中國可以產生所謂階級專政的東西，而階級專政變成了黨的專政，又可以很快的變成獨夫專政！在這獨夫專政下又可以否定一切的傳統，否定二千年所有的聖哲們的教訓，而僅以一個簡單淺俗的語錄作為聖經呢？

這個問題也馬上迷惑了世界上許多願意思想的人。強作解答的人自然不少，但我們聽到最多的則有三種。

一種是以美國哈佛費正清教授的想法，認為中國儒家的思想正是產生獨裁的根源，而中國一直是以天朝自居，它的對外是自我中心的，他認為毛澤東的獨裁與自大正是承繼中國傳統的一種精神。這個想法遭到許多中國學者強烈的反對，但也有學者文人認為這是一種可作為借鑑的說法。

另一種是國粹主義者的想法，以為中國傳統文化，是被五四運動否認了，思想界一時變成真空，所以共產主義的學說像洪水一般湧來，再無法抵抗，於是就造成了中國現在的局面。許多人以為這是國民黨正統的意見，事實上並不如此，譬如現今要在民主、科學、倫理上復興中國文化的話，這「民主」與「科學」就是五四運動介紹來的東西。所以把大陸這種政權的成功，歸罪於五四運動實是極少數狹窄的人士的意見。

第三種的意見，是反國民黨者的想法，他們認為國民黨正是共產黨的引子，而國民黨的獨裁也是共產黨獨裁的前驅，共黨不過是青出於藍，變本加厲的做法；再說三民主義的國家社會主義框子以及所謂「民生主義就是共產主義」的經文，都是使知識分子迷惑的理論。而實際上，共產主義之組織與思想上在中國發展的迅速與普遍，正是國民黨初期容共與聯共政策所造成的。這種想法，或者也正是一些偏激的反國民黨人士的論調，並不足為學術上思想上的論斷。

我覺得中國之所以形成現在這樣可怕的獨裁政治，是有許許多多的必然的偶然因素的。隨隨便便憑感觸所及愛憎所繫的小小成份，把它擴大申論當作唯一的原因，表面上往往可像是自圓其說的樣子，實際上則絕無學術上思想上的價值與意義，充其量也只能作為幽默的諷刺的笑話來看。進一層看，像這樣說法，可以引伸的方面太多，如意大利小說家莫拉維亞到大陸看到中共的遊行與對毛氏的頌揚，認為再像天主教的宗教儀式中的狂熱沒有了，我們不是也就可說中共這種獨裁的形成是利瑪竇以來的天主教傳入中國的關係？以前曾經有人引證墨經上一些命題，論斷現代物理學是中國「古已有之」的東西，也有人看到儒家「民為貴」一類的話，就中論現代民主思想也是中國「古已有之」的東西，這都可說是屬於同一類的判斷的型態。

如果我們不作這種偏激的輕率的論斷，平心靜氣的看看我們自從辛亥革命以來各方面的演變與發展，再綜合分析之，而盡可能的尋出多種的因素，或者可以了解一些真正的原委，而知道一個較清楚的面目。要這樣做，自然不是一個人能力所及，也不是一篇短文所能闡明。我在這裡只是就我所知道的五四以來文藝思想的演變，從而產生的一些感想。

這些感想，只是我個人的，雖是醞釀很久的東西，也或者並未成熟。即使我所闡發的是與中國現在可怕的獨裁的形成有點關係，也決不是絕對的因素，而在各種因素總量上所占的比例也一定是很微小的。

二

許多人，有些也是我的師友，常以為五四運動所提倡的是「民主與科學」，缺乏道德的精神，我總以為這是很淺偏的想法。我覺得五四所提倡民主與科學的一批人，對於民主與科學實在只有一個模糊的概念。其所謂民主與科學也限於在「功利」上著眼，並沒有哲理上基本的認識。而五四運動的反舊禮教反封建，實際上是一種道德運動。

五四運動的啟蒙成就一方面是民族的覺醒，一方面是個人的覺醒。民族的覺醒是愛國，希望國家強盛；個人的覺醒是獨立、自主、自由。這二者最大的敵人就是家族的封建傳統。因為大家庭的制度，是把家的利益與榮譽放在任何東西的前面，就無從「愛國」。一個人的官祿富貴都是為「耀祖顯宗」，那麼自然可不問貪污鑽營。另一方面，在大家庭制度下，個人也必須為家族而犧牲自由，為家族的關係，你必須承繼祖先的衣鉢，必須接受於家族有利益的婚姻……等等。因此，當民族覺醒個人覺醒的要求下，家族思想自必須打倒。

自然，家族的宗法社會，是農村經濟的一種形式。五四時代正是工商業開始發達，大家庭逐漸崩潰，所以這一種民族的覺醒與個人的覺醒也正是反映了當時經濟演變上的趨勢。

儒家的思想，自漢以來，可說一直是中國思想界的主流，其基本精神與倫理上優勢的地方，當然並不是一時偏激之論所能否認；但是儒學經過宋明學者之詮釋，在科舉市場上之扭造，實在只剩一種在清末社會上所遺留的腐朽的虛偽的禮教。這一個禮教，對讀書人思想上的束縛與個性上的摧殘，的確已使思想界到了死氣沉沉的地步。所以在民族的覺醒與個人的覺醒中，是必須先解脫這個桎梏才能有所作為的。在這要求民族獨立個人進取的趨勢下，那些非孝、反尊長、打倒孔家店一類的口號，雖是偏激，也正是很自然的產物。

但是按諸實際，五四所反對的所謂舊道德舊傳統，則正是《儒林外史》所諷刺的那些形式腐朽的東西。而他們想要建立的道德，則是人文主義浪漫情調的道德。它的要求可以歸納幾點是：「獨立而不依賴」，「真實而不虛偽」，「坦率而不掩飾」，「負責而不推諉」，「忠於所信所愛」，以及「人類的平等與個人自由」……等。

這些新道德標準，也許正是與民主與科學符合的切中時弊的要求。作為革命家、社會改革家去宣揚推動維護，原是未可厚非。但與文學運動混在一起，使文學成為宣傳這些道德的工具，而文學家也都變成一些新的衛道之士，以致以後的文學完全成為一種功利主義的東西，則實在是意想不到之事。

我們現在且看看當時提倡者的一些意見與演變的事實。

一九一七年一月胡適之的〈文學改良芻議〉一篇文章裡有八項主張：一曰、言之有物。二曰、不摹仿古人。三曰、須講求文法。四曰、不作無病之呻吟。五曰、務去爛調套語。六曰、不用典。七曰、不講對仗，八曰、不避俗字俗語。這八項主張，也就是反對形式上的虛偽做作，內容上的空洞含混。

在二月號的《新青年》，就有陳獨秀的〈文學革命論〉，裡面的三大主義是：曰、推倒雕琢的阿諛的貴族文學，建設平易的抒情的國民文學。曰、推倒陳腐的舖張的古典文學，建設新鮮的立誠的寫實文學。曰、推倒迂晦的艱澀的山林文學，建設明瞭的通俗的社會文學。這三大主義，也是反對形式上的虛偽做作，內容上的偏狹自大。

胡適之後來把他的八「不」，改為四條，這就是：一、要有話說，方才說話。二、有什麼話，說什麼話；話怎麼說，就怎麼說。三、要說自己的話，別說別人的話。四、是什麼時代的人，說什麼時代的話。這也就是「真實」、「平易」、「誠懇」、「現實」。

以後，一九一八年十二月周作人發表一篇〈人的文學〉的文章，他說：「我所說的人道主義……乃是一種個人主義的人間本位主義……用這人道主義為本，對於人生諸問題加以紀錄研究的文字，便謂之『人的文學』。」周作人當時的話，比胡陳二氏的主張更見清楚具體，這也可說是從文字的形式運動進步到文學內容。

這些文學上的主張，實際上都可說是屬於道德運動。這也就是說，批評虛偽做作、貴族、古典，都是新文化運動中的道德上的革新要求。他們這些人也可說都是從道德觀點來要求文學革命的。這也可以說，文學，在新文化運動中，一出發就非常「功利」。以後於一九二一年一月，文學研究會成立了，發表了一篇成立的宣言，裡面說：「將文藝當作高興時的遊戲或失意時的消遣的時代，現在已過去了。我們相信文學是一種工作，而且又是於人很切要的一種工作。治文學的人，也當以這事為他一生的事業，正同勞農一樣……。」這是進一步在「文學」塗上了純粹「功利」的面具，而也就變成當時新文學運動者真正的面孔。

這個文學研究會，有兩個刊物，即是《小說月刊》與《文學旬刊》，它們標榜為人生而藝術。為人生而藝術，根本沒有什麼，但由批評人生，進而改造人生，再進而改造社會，每一個作家都變成有一付社會改造家的面孔，文學就成為治病的藥方。這種功利主義，當然是那些年輕人對於民族與社會熱愛與要求進步的善意，但就成了文學上的暗礁。一直到創造社的浪漫主義呼聲起來，才有另一種氣氛。創造社的人說：

……至少我覺得除去一切功利的打算求文學的「全」與「美」有值得我們終身從事之可能性。（成仿吾：〈新文學的使命〉）

藝術本身是無所謂目的，……文藝如春日的花草，乃藝術家智慧的表現。詩人寫一篇詩，音樂家譜出一個曲，畫家繪成一幅畫，都是他們天才的自然流露，如一陣春風吹過池面所生的波，是沒有所謂目的。（郭沫若：〈文藝的社會使命〉）

我雖不同唯美主義者那樣持論的偏激，但我卻承認美的追求是藝術的核心。自然的美，人體的美，人格的美，情感的美或是抽象的美，悲壯的美，雄大的美及其他一切美的情愫，

便是藝術的主要成份。……（郁達夫：〈藝術與國家〉）

他們這種反功利主義的文學觀，當時很引起青年們的同情。因而產生了一些戀愛小說。戀愛小說，本來有所謂禮拜六派一批作家，也早已寫過。大概都是舊式的相思之苦，身世之感，或者是苦盡甘來團圓結合一類的間架。文學研究會所謂為人生而藝術論一出，就說，這些鴛鴦蝴蝶派的小說是無病呻吟，於是出現一種反封建的戀愛小說，即反對「父母之命」，「媒妁之言」的買賣婚姻的戀愛小說。也可說是載道的改革社會性的戀愛小說。創造社這種浪漫主義理論，便產生了一種戀愛至上主義的，為戀愛而戀愛的小說。這些小說，因為專寫戀愛，在戀愛心理上有較好的描寫，所以一時很引起年青讀者的愛好。但是創造社這種一浪漫主義的趣味，為期甚短。到了一九二五年，社會革命的思想興起，蘇聯的無產階級文學理論侵入中國，創造社就變了口號，郭沫若在〈文藝家的覺悟〉中說：

……你要主張你的個性，你要主張你的自由，那你就要先把阻礙你的個性，阻礙你的自由的人打倒。而且你同時也要不阻礙別人的個性，別人的自由，不然你就要被別人打倒。像這樣要人人能夠徹底主張自己的個牲，人人能夠徹底主張自己的自由，這在有產社會是不能辦到的。……

這樣一說，文學先要服務於革命，就變成很自然的推論。這與文學研究會就很少分別了。但當時文學研究會一批人有分化，說要改良社會就要革命，似乎也並不是文學研究會大家所能全部接受，可是當時文學的功利主義，已成無可改變的勢力。

三

當時革命文學最風行的題材是一種革命與戀愛交錯的小說，這小說的間架不出三五種。一種是男的失戀，投身革命，因為革命，成為英雄，女的又回到男人的懷抱。一種是男的革命，女的不革命，男的捨戀愛而就革命。女的先有誤會，後來覺悟過來，也就力求「進步」，因革命而重獲男人的愛。一種是女的革命，男的落後，男的為愛女的，也去革命，建立功勳，女的就接受了他的愛情。……概括的說，是革命與戀愛的衝突，革命總是占優勢。這同初期的戀愛小說，大家庭與戀愛衝突中，戀愛總是占優勢的情形剛剛相反。但其目的則是一樣的，即要利用文學去為改造人生，改革社會去服務。

那時北伐軍已漸趨勝利，革命潮流所趨，階級鬥爭的理論也為許多知識分子所接受；文學研究會許多人也覺得要改良人生非革命不可了。

應運而生，左翼作家聯盟也就組織起來，他們標榜社會主義，主張階級革命，文學也就很清楚的為政治服務了。當時雖有別的主張，如民族主義文學，如第三種人，如以人性為文學的對象，但都未能把文學從功利主義中救出來，只是想在另一種政治上或團體中適用而已。

文學藝術本是由於「現實不滿」才產生的，現在配合了功利觀，這功利又與政治上的策略結合，文學作品上的主題內容，慢慢就成了一個公式。於是寫農村是農村崩潰，農民沒有飯吃，有的當兵，有的做土匪，最後是覺悟，革命。寫都市，是都市膨脹，工人失業，被資本家剝削，沒有出路，出路是反抗、團結、革命。當時的文學作品，成功的是暴露社會現實的黑暗，失敗的則是主題千篇一律。

這以後抗戰軍興，文學為抗戰服務，順理成章，當然未可厚非。抗戰勝利，中國政治紊亂，通貨慘跌，社會動盪，文學作為革命號角，當然正好為社會革命服務。

時至今日，文學隨政治變化，由為革命服務一變而為為政黨服務，再變而為為領袖服務。這群自以為可以用文學去批評人生，改造人生的文學家，結果不是成為政黨的打手，就成為被打的囚犯。推本求源，那麼是不是就在因為當初「為人生而文學」的主張錯了？

文學有載道與言志兩派之說，原是古已有之的事。道與志本也不容易分，周作人後來說載道可說是言他人之志，言志也可說載自己的道；這也就變成混淆不清。凡是文學家所載之道，當然是自己信仰之道，雖是別人的，也是自己的。文學家所言之志，自以為是自己的，也往往是別人說過的。所以文學這東西，無論載道與言志，與人生發生關係是天生的，而批評人生也是必然的。但可以分別的是有些文學只是作者表達自己之思想與感情，有些文學的作者則意圖在教導別人，而其態度與氣勢也還有程度之分，到了傳道或說教，甚至一手捧經，一手握劍的階段，這也就變成宣揚「主義」的道地「幹部」了。

我以為藝術究竟還是屬於感情或感覺的東西，它不是哲學或政治、經濟，一個哲學家或經濟學家，他的主張應該是統一的、一貫的。藝術家似不必如此，他在一篇作品中可以是出世的，另一篇可以是入世的；在今日的作品中歌頌女人，明日的作品可以咒詛女人；在前一篇的作品中可以寫人間的可恨，在後一篇的作品中可以寫人間的可愛。就某一個角度上，可以寫革命的雄壯，就另一個角度上，可以寫革命的殘酷。

但當文學家在政治行列中時，他就變成要遵順著所謂指導人生，改革社會的教條，就變成傳道的教徒，或傳令的幹部了。

我們如果把最早的胡適之的〈文學改良芻議〉來看，所謂「言之有物」，這「物」到底是什麼？文字既然代表意義，白紙黑字，必是有「物」。所謂「無病呻吟」，到底什麼樣呻吟才能代表有病，這也是大有問題的話。這類問題當時何以沒有人提出來？我想大概大家是默認那「物」即是正對現實的「道」，這呻吟必是要求表現大家共有的「病」。這也就是要把文學拉到「現實」的「社會」的階層的意思。以後所說的四條，第一條可說是「說實話」，第二條是「說真話」，第三條「說自己的話」，第四條「說現代的話」。這於文學關係不大，可說正是反虛偽做作，要求負責的獨立的道德方面的要求。

從這方面看，新文藝運動，實際上是道德的要求大於文學的要求。以後因大家鑒於中國的貧弱落後，政治的腐敗等等，《新青年》以改造社會為己任，文學家也就扛起指導人生這大責任。現在看起來，一方面覺得可愛，一方面也覺得實在可笑。因為這些年輕人對於現實不滿是有的，說要怎麼改良社會，改良人生，他們怎麼會知道？這等於大家對病痛雖有同感，可是應該用什麼藥，他們毫無所知。因此政治家給他一個藥方，說是這個藥方，蘇聯吃過，已經起死回生，大家就為其宣揚，而且每個人都以醫生自居起來。

那麼當時是不是還有別的藥方呢？有的。第一、是胡適之的好政府主義。這意義就是說，不管主義與原則，只管做得好，就是好政府。可是沒有政府好過。第二、是三民主義。孫中山先生說蘇聯吃了共產主義的藥，現在已經轉弱為強，但那藥太霸道了，於中國體質不合，應該變換幾味。他提出的藥方是三民主義。可是這藥方吃了二十幾年，不見收效，年輕人自然要另試他方，這正如中國補藥不靈，不得不去吃西方維他命了。

四

五四時代的文藝運動，基調上是維道的。道德上的判斷是「應該不應該」，所以這些年紀輕輕的改革家都是道貌岸然的說應該這樣，應該那樣。當時舊道德、舊文學的衛道之士，如林琴南先生一流人，也正是頑固不化，認為新思想是洪水猛獸，甚至教唆軍閥徐樹錚來壓迫他們，所以這就形成了鬥爭。這鬥爭以後就成了中國文壇一貫的氣氛。文學家個個都變成鬥士，打得凶，鬥得好，就有人鼓掌叫好。這離藝術的境界是多麼遠呢？

藝術雖是離不開人生，藝術創作雖是嚴肅的工作，但在創作的過程中，作者陶醉在工作裡正是如兒童陶醉在遊戲裡的一種境界。在欣賞的過程中，讀者或觀眾陶醉在藝術中，也正是一種高貴的消遣。而我們的文藝運動，一開始就反對遊戲與消遣，這也實在不是健全的現象。譬如，一九二一年，沈雁冰、歐陽予倩一批人成立民眾戲劇社，發表了一個宣言，裡面說：

> ……我們至少可以說一句，當看戲是消閒的時代現在已經過去了。戲院在現代社會中確是占著重要的地位，是推動社會使前進的一個輪子，又是搜羅社會病很的X光鏡，他又是正直無私的反射鏡，一國人民程度的高低，也赤裸裸在大鏡子裡反照出來，不得一毫遁形……

這種說法，現在看起來實在有點離奇。老實說，趣味雖有高下，人們去看戲當然是為消遣。但是我們的新文藝運動則要把戲院變成傳道所，醫院，甚至是法院，這是多麼煞風景的事。當時他們一致反對所謂舊劇的，但舊劇五十年來始終是為人民大家所愛好，而這個號稱民眾戲劇社，則反而一點得不到民眾的歡迎。這種頭巾氣的道學架子，正是新青年時代，以及以後許多文藝工作者的面貌。

文學藝術與教育是兩件事，文學藝術與政治是兩件事，文學藝術與警察也是兩件事……但是新文藝運動的文藝，無形之中套上教育民眾，宣揚政治，揭發社會黑暗……一類奇奇怪怪的使命。

奇怪的是這些使命，正是現在獨裁者所加文協、作協的使命。

我在這裡想到這些問題，並不是要推論誰對誰錯的問題，而是想知道為什麼我們的新文藝運動一出發就有「替天行道」般的架勢？

如果說，新文化運動中的人物，如胡適之、陳獨秀、錢玄同輩，都不是文學的人物，但何以以後繼起寫文藝創作的人士，也都會相信自己有這種改造社會的使命？

在我長長的與文藝圈子的朋友來往的歷史中，我認識的人不少，而大部分的所謂作家、戲劇家、電影導演、演員等，好像終是這樣一個形態。這是他們的政治生活使然，還是我們民族性使然呢？

這種形態，儘管怎麼「新」，實是道學家的一個系統而來。

新文藝運動的人們，以為文學是一種工作，同農業一樣。但一個農夫，他為國家生產，並沒有一面孔的「我在為國家生產，我在改造社會」的意識與架勢。當道德氣氛瀰漫的時候，人間的倫常關係，夫妻的閨房生活，也正可意識到「我在為國家造小國民，我在改造社會」。這也正是以前舊禮教的「不孝有三，無後為大」，把生孩子作為一種使命，一樣的可憎與可笑。

我並不是主張「為藝術而藝術」的人，藝術之反映人生甚至批評人生，是必然的；但在文學與藝術的創作過程中，他是沒有想到效用的。它可以不與自己主張一致，它可以揭發自己的黑暗，挖苦自己的形態；它雖然發生教育讀者的作用，但教育不是他的目的，因為他可以今天寫「忠」「孝」一類情感的崇高，明天寫「忠」「孝」的行為為愚蠢。他可以揭發社會的黑暗，但揭發社會的黑暗不是為警察找線索。而文藝則因為本質上不滿現實，它與政治的要求永遠無法一致的。而文藝也只有與政治氣氛不一致時才有生氣。

中共統治後的文藝工作，把作家稱為「靈魂工程師」。我覺得與五四的新文藝運動者「道學」面孔是相銜接的。而對於工農兵幹部的新英雄主義的要求也與這種道學面孔相通。

這種頭巾氣氛，起於何時，我沒有研究，也不敢妄說。但在讀書人中間，此種氣氛，實甚普遍，動不動都會以為自己在「為往聖繼絕學，為萬世開太平」，這確是由來已久的事情。

對學問的愛好，對文學藝術的愛好，是個人的事情。他的思想作品之影響人生，影響社會，影響世界是必然的結果。因為我們在這世界上，一舉一動，正是在大海中拋石子，石子雖有大小，但影響終是有的。而自己以為在創造歷史，改造世界，造福人群，則實在是可恥與可笑的意識。這正如夫妻人倫，生男育女是極自然的事情，而新一代的生長對於民族、社會、世界都會有影響，這也是必然的事情，但在每一個性行為都意識著自己在創造歷史，改造世界，造福人群則是可恥與可笑的意識一樣。

五四以後的文藝界人士，有的是我的前輩，有的是我的儕輩，有的還是我的晚輩，我都有緣接觸認識，甚至交往。而我發現似乎大多數都有這種道學的頭巾氣的面孔。這些人物配合大陸的政治號召，不管他們現在是高高在上或是已被清算，其曾淪為獨裁政治的工具是一樣的。

不在大陸統治下的文藝界人士，有些也還是有這種面孔。但是年輕的一代，無論我在歐美，在南洋，在台灣所見到的，詩人也好，畫家也好，音樂家也好，電影工作者也好，他們的確已經少有自以為負著千萬種可怕使命般的頭巾氣了。

我並不能證明這種文藝界的頭巾氣氛與可怕的獨裁政治有多少關係，但文學工作者在表現思想與情感的作品中，可以如此押齊步伐，如此不事獨創，只知遵循原則，其淵源則正是在文藝界這種道學的頭巾氣氛，而這個，我以為，正是作家們如此容易變成政治的打手與幹部的主要原因。

一九六九，三，二十六，香港。

談陳獨秀與其晚年的思想

陳獨秀是五四運動時代啟蒙運動中領導人物之一，他在中國思想界起過很大的作用，現在五、六十歲的知識份子，可以說都受到過他的影響。我們從新看看他那時的文章，覺得許多見解並沒有什麼新鮮，可是在當時則皆曾經被舊勢力認為是洪水猛獸的。他的這些見解之被我們看成並不新鮮，則正是他的成就，因為這正是證明社會是向著他所鼓吹的方向在進步。

這五十年來，中國社會的波動，已使我們嘗到了各種痛心與患難。而陳獨秀的一生則是最足代表了這追求幻滅中的患難的時代與痛苦的經歷。自從鼓吹白話文、科學與民主以及社會主義與共產主義，到最後發現共產主義的變成特務政治，他都是列在最前端的一個人物。

但因為是投身於實際的政治運動中，當政治生命失敗之時，他也就一無所有。他沒有蔡元培這樣的成了大教育家，也沒有魯迅那樣的在文學上有些成就，也沒有胡適那樣的在整理國故與文化工作有一定的收穫。《傳記文學》社最近為他出版《實庵自傳》，介紹他說：「陳氏的一生是一個現代中國知識份子的悲劇」，實在這只是知識份子從事實際政治的悲劇的一個例子。非民主國家的歷代的帝王與元首，我們仔細看起來，幾乎沒有一個夠得上說見有點「學者」的，或者甚至說是「知識份子」的風度的。他必須是流氓，土匪的化身。而陳獨秀則是學者與知識份子的氣質太濃。他抱著理想去革命，無法在權力與理想中把握輕重。革命原是以權力為手段，以理想為目的行動；可是成功的革命家必會走到以理想為手段，以權力為目的的境界。陳獨秀則似乎始終是以理想為目的的人物，這在「求真」的態度上正是屬於「學者」的，可是在實際的政治上則變成「無知」了。政治，尤其是非民主的政治，是屬於權力的。空頭的理論不過是「權力」的手段或「招牌」。知識階級在革命後的失望與失敗，都是把「理想」作為「目的」的錯誤。革命成功後，理論為政權服務，知識份子也就為政權的幫忙與幫兇。如再抱著革命前的理想，那自然就是「反革命」。大陸被清算的知識份子幾乎都是這樣的悲劇。

我讀了《實庵自傳》覺得陳獨秀實在是一個書生，他沒有資格去搞政治。如果在五四以後，他專心於某種學術上的研究，我相信他一定有過人的成就。他的人格與風度，在他的一生所表現的，始終是可令人敬佩的，雖然他被共產黨罵成漢奸、反革命等等，被國民黨當作罪犯。他始終是有他的理想，他始終是一個有獨立思想的人，而又忠自己的思想的人。他的這種忠於自己獨立思想的可敬的本色，不但魯迅、胡適都不能與他相比，即蔡元培對他也有愧色。在許多場合中，胡適、蔡元培、魯迅放棄過自己主張，去奉迎政權過，獨陳獨秀則一生從未有一段時期，或一件事上，有過這樣的污點。

但是「權力」這東西也可說是比「金錢」還有誘人的力量，一個人被「權力」陶醉的時候，正如吸毒的人沒有「毒物」時一樣的痛苦，他永遠要有權力的陶醉。陳獨秀在最有權力的時候，所見所想的好像並沒有文字上的發揮或記錄，但我們可以知道這與他晚年的見解——附錄在《實庵自傳》中的——一定是完全不同的。

陳獨秀晚年認為史達林之獨裁，並不是史達林個人的事情，而是蘇聯革命沒有走上「大眾民主」而走上無產階級獨裁的必然結果。這同許多西歐的學者認為蘇聯在列寧死後，如果托洛斯基當權，也必定流於個人的獨裁一樣的見解。如果陳獨秀的地位不動搖，一直是共產黨的領導者，他之一定流入於個人獨裁的途徑，也是沒有疑問的事。究竟是陳獨秀不能或不肯是這條路而失勢，還是失勢了才發現在這個組織中不乘機獨裁是無法立足的呢？

在民主政治中，一個政治的失敗者，可以做教授，做新聞記者，做律師，以及做任何商業上，工廠中的任何事情；在獨裁的政治中，失敗了也就成為反革命，成為通敵的奸細，成為罪犯。這也是使獨裁國家的政治人物要不擇手段去打擊政敵才行。蘇聯在史達林死後，好像已經避免了這個可怕的政爭，許多下台的人仍能安居樂業，這不能不說是一個進步，而中國則似乎還很難達到這個水平。陳獨秀對於當時蘇聯的失望，而想到「民主制」；如果活到現在，不知道對蘇聯這方面的進步將作哪一種解釋？

從他晚年的思想看來——見於《實庵自傳》所附的《陳獨秀最後論文和書信》——那些對於世界大勢的看法與前瞻，幾乎都落了空。他沒有了解現代的資本主義可以為工人階級謀幸福，他更沒有了解，像英國這樣的帝國主義可以讓印度、星、馬等國家一個一個獨立。他總以為戰爭是由於帝國主義之爭取殖民之衝突，以為資本主義為需要原料與市場，非靠殖民地不可。總之，他的頭腦，始終擺脫不了馬克思與列寧的教條。他唯一想修正馬列主義的地方，就是「民主制」。他把人類進化史列了一個表。

未來世界
無產階級民主制以及全民民主制
法西斯蒂專制
現代世界
資產階級民主制
封建諸侯及其末期的君主專制
古代世界（希臘、羅馬）
城市市民的民主制
土地主大巫軍事首領的專制
上古世界
氏族社會的民主制

他認為「照右表，則將來法西斯蒂會和以前的專制一樣，普遍的發展，並且形成歷史上一整個時期，亦即每個時代民主制向前發展，先都經過一專制黑暗時期」。他寫那些文章正是第二次世界大戰之時，因為有這個理論，所以他認為德、義的軸心國是會勝利的。他雖然把當時的蘇聯的政治認為「格別烏的獨裁」，但並沒有把它列為「法西斯蒂」的同類。陳氏用一個眼光看歷史的發展，他還是認為要有「無產階級」的革命，只是革命以後要建立「無產階級民主制」，而不是「無產階級的獨裁」。

究竟「資產階級的民主制」與「無產階級的民主制」的不同在什麼地方，實施上有什麼不同的地方，陳氏始終沒有說明；從其各方面的論證上看，大概也只有民主社會主義的設想。不過陳氏又似乎不願直接承認是這種所謂「第二國際」的「落後」想法。他對於他的《人類進化史》的想法，竟自信是「必然」的過程，也可說迷信為「命定」的過程，所以他說：「……使人類近代的進化史，走向另一道路，即不經過黑暗時期的法西斯蒂專制，而由資產階級的民主制，直接到未來世界更擴大的民主制，即令不可能，也要用『知其不可而為之』的精神，影響下一代的青年，繼續努力縮短將來的法西斯蒂黑暗時期，至可能的極限。我們可能追求的理想而已。」他的這種修正的歷史觀，本質上也還是同馬克思唯物史觀一樣，是一種歷史的命定論。這種命定論限制了陳氏思想上的發展，也限制了他的視野。

陳氏的所謂「民主制」的演變，對於各階級的民主制並沒有說明，可說是陳氏對「民主」的意義沒有了解所致。

因為民主的真義是個人，也即是個人的「人」。承認一個個的人，才能談到「民主」，面陳氏則始終沒有看到「個人」，他還是只看到階級，所以他無法碰到民主的真髓。

希臘羅馬時代的城市市民，因為他們不承認「奴隸」是「人」，所謂其民主只是小範圍的民主。現在的資本王義的民主，已經是全民投票了，工人階級都有同樣的選舉權，怎麼要說它是「資產階級的民主」呢？如果說這些政黨是資產階級的，則工黨與共產黨不也是在議會上角逐麼？資產階級與無產階級的劃分，我覺得現在實在很難有科學的標準。照馬克思的對於無產階級的定義，所謂：「……只有當他們能找到工作時才能夠生存，但他們又只有當他們的勞動還能增殖資本時才能找到工作，這些不能不把自己零星出賣的工人，也如其他一切貨物一樣是一種商品，所以他們也是不免要受到競爭與市場漲落的影響」的無產階級，難道可以用英美資本主義的工人階級來代表麼？那些個個都擁有股票與私產的工人階級，陳氏似乎都沒有科學地來分析他們的階級成份。陳氏把「民主制」分成了「階級」，使我們，至少是像我這樣的人，無法了解「無產階級民主制」究竟什麼內涵。我對於現代資本主義的民主，自然並不認為是完美的，但其缺點顯然不在這「民主」是在於「資產階級」。所謂「無產階級民主制以及全民民主制」是不是就是「先有了無產階級民主制以後」，「階級消滅」了，於是有「全民民主制」呢？如果是這樣的話，那正同傳統的共產主義的「無產階級專政」後，變成「無產階級的共產主義社會」的說法沒有兩樣，不過是換了一個「民主」字眼而已。中共所宣揚的「無產階級領導」的包括小資產階級、民族資產階級等的「民主」，豈不可解釋為陳氏所說的「無產階級民主制」以及「全民民主制」麼？陳獨秀沒有看到「個人」的尊嚴與獨立性，所以對於「民主」始終無法了解，談來談去都有點隔靴抓癢。

我覺得一個人年紀大了很難吸收新的意見，陳獨秀年輕時信奉了馬克思這一個傳統，到晚年似乎無法脫離它的樊囿。不過陳氏無論如何是一個我們普通人所不及的一個人物，如果政府能於他出獄後資遣他到民主自由國家去參觀考察幾年的話，我相信他的思想與見解一定會給我們有更大的光照的。

重讀他的《最後的論文與書信》，覺得他的見地實際上庸俗而模糊，翻翻他以前的《獨秀文存》中的文章，那些掀起時代思潮的呼聲，現在看起來，也只是平淡淺易無奇的意見。但是，這不減我對他的敬佩。

他的《自傳》應該是一部傑作，因為它不但可代表一個時代，而且還代表一種喚起這個一時代的聲音，可惜他只寫了兩章。

一九六七，十二，五，香港。

胡適之的時代與胡適之

胡適之先生逝世，星加坡《海峽時報》並無報導，我那天因手上沒有中文報，到十點鐘，鍾介民先生來看我，才知道這個消息，聽到後有一種茫茫然的感覺。鍾先生走後，我心頭浮起許多感想，覺得胡適之先生所代表的中國這一段歷史，正是從覺醒到迷失，從希望到失望，從追求到幻滅的一個時代。在這一個時代裡，許多人由迷失而墮落，由失望而絕望，由幻滅而死亡；胡適之則是在迷失中求覺醒，在失望中求希望，在幻滅中求生存的人物。雖然前人曾有「蓋棺論定人物」之說，我覺得這也許可以對小人物而言，要論定一個愈是於歷史及社會有影響的人，則愈是需要更長的時間。這裡所談的，因此就絕不敢對胡適之先生有所論定，衹是就感念所及，隨便談談，表示私衷的哀悼，或者也不失為一個僻遠的角度的看法。

就在我聽到胡適之死訊前一天，我收到臺灣出版的《文星雜誌》九卷四期，裡面有兩個課題，是牽涉到胡適的。一個是黃富三的〈與徐復觀先生論東西文化〉的一篇文章。其中大概是徐復觀先生的《民主評論》上有文章評胡適及其演說，黃福三是反駁徐復觀的。胡的演說與徐的文章都沒有機會讀到，我自然就沒有資格來參加討論。但從黃先生的文章上，知道所爭論的仍是關於全盤西化與「中國本位文化」的問題。這個問題原是由來已久的問題。好像許多有悠久歷史的民族在衰微時，與新的外來文化接觸，都碰到這個問題。蘇聯在革命前夕也有國粹派與西化派的衝突，土耳其也有過同樣的經驗，印度也正遇到這個問題的考驗。這兩派主張誰是誰非，不是這篇文章討論的範圍。但胡適之是一個全盤西化主張者的代表人物，則是公認的事實。

所謂「全盤西化」與「中國本位文化」的爭論，說來說去都沒有什麼新的理論或思想，始終逃不出：「精神與物質」、「道德與科學」、「體與用」、「骨與肉」……一類的對峙與衡量。胡適之的全盤西化論，也並沒有特殊的學理上的建立。但有一點則是值得去我們注意的。

胡適之是一個對中國文化有相當研究的人，他在國學考證與中國思想史研究工作的成績，可證明他對中國文化是有真正瞭解的。當他在留學時期，曾經寫過一篇文章，主張所有留學生出國應先讀中國的經書，（或留學生出國前應考中國的經書）。當時在留美的理工學生對此說大起反感。這可見胡適之當初也是主張中國本位文化論的人。他從那裡反省過來，以後主張全盤西化論，祇認為民族文化的惰性可使全盤的西化表露民族的特色。他也成為一個反對中學生讀經最激烈的人。我覺得胡適之雖是主張全盤西化，但他自己是否是一個全盤西化的一個人則是一個問題，或者他自認他是全盤西化後的標準的有民族特色的惰性的一個標本人物。

在這個問題上，我發覺主張中國文化本位論的人物中，少數的除外，大多是對於西洋文化沒有深入研究過的人，以及一些甚至一國外國文都不懂的人。另外還有一種人，是把自己的子女從小都送到美國，一直輕視中國文化的人，到現在老了，住在美國，看到連中文報紙都看不懂的子女，與自己距離很遠，還時時輕視半洋化的父親，於是反省到中國尊長孝親一類的思想為可貴，因而主張中國文化本位起來。美國心理學家注意到這類移民到美國第一代人的心理，對他們有特別的一個名詞，叫做：Rejected Father。所以這一類的中國文化本位論者可以說是有心理的病徵的。這種病態者的主張，往往等於我們思鄉的人說家鄉的豆腐乾比任何名肴都有味一樣，是完全不足為據的。

這些話一說又似太遠，不是本文範圍內的課題，這裡是要說的是胡適之的主張對否是另一個問題，但他的主張是又經過思索與反省的，並不是一種意氣用事的與偏執的。同時，雖然許多朋友們也都主張全盤西化，胡適之則是最先具體的提出這個問題，而對這個問題有過反省的人，所以他成了全盤西化論的一個代表人物。

在《文星》上還有一個課題，鄭學稼先生反駁李敖先生〈播種者胡適〉的文章。李敖先生大概是一個年青的作家，對於五四運動新青年的歷史很陌生。鄭學稼先生的「小心求證」可以說是很可佩服的。胡適之那時候還是一個年輕的留學生，談不到有什麼成熟的思想，作為新文化的前驅，陳獨秀自然是更早的領導人物。但是在白話文的提倡上面，胡適之總是一個代表人物。鄭學稼說同盟會戰士陳天華用純口語寫著名的同盟會文獻，胡適還是童子，實在是問題以外的話，因為白話文原是古已有之的東西。宋儒理學的語錄體也就是白話文。胡適之所著的《白話文學史》也整理蒐集了更早的白話文學作品，提倡白話文在這方面講也可以說是復古的。胡適之作為提倡白話文代表者的意義：第一、他是第一個有意識的寫白話詩的人，中國過去不能說沒有白話詩，但後來的確已經中斷，發展成一種具有嚴謹格律的文言詩，離開了這些固定格律就不是詩。一直到現在還有人以為白話文（或者語體文）可以寫任何文藝的作品，但不能寫詩。第二、胡適之是第一個有意識的主張白話文可以寫文藝作品的人。當時有許多人贊成白話文，只是認為它是可以作有效的教育的工具，作為有效的宣傳工具，最多時以為可以作有效的說理的工具，至於說是文藝——所謂美的文學——則必需有賴於文言文，白話文是無法盡其責的。而胡適之則認為白話文在美的文學方面一樣可以盡責，而他自己在寫作與翻譯上首先嘗試。

胡適之是沒有文藝天才的人，所以他在創作上沒有什麼成就。《新青年》時代的文藝作品，留到現在可以讓我們讀的，只有魯迅的小說。胡適之的詩不過是現在中學生的水準，但是，年輕的作家們可不能以此來輕蔑前輩的功績，一切現代的收穫，還是發源自他們的嘗試。

我覺得最值得我們注意的，是胡適之在提倡白話文以後，從沒有再用文言文寫過任何文章。就我所見到的來說，上至為傅作義寫陣亡將士碑，下至為年輕人寫紀念冊，胡適之都是用白話文來寫的。他以外，一切當時的新人物，陳獨秀後來用文言文寫文字學，魯迅、周作人都寫舊詩，錢玄同、劉半農也都用文言文寫文章。這可以說他們違反當時的信念，也可以說他們終於發現了有白話文所不能表現的，而需要借助於文言文的東西了。

從鄭學稼先生所編列的《新青年》目錄，也可以看出胡適之一出現實在是文藝工作者，他寫白話詩，譯外國小說，談談文藝改良的主張。他對新思想所謂科學與民主的提倡，誠如鄭學稼所說，是並不在領導地位，而祇是追隨陳獨秀之後的。但當時所提倡之科學與民主，其概念非常含糊。這些二三十歲的學者，始終沒有切切實實有系統地清楚地把科學與民主的思想與理論介紹傳播給讀者。他們祇是憑改革熱誠，對封建禮教、舊思想、舊道德作破壞性的努力，在建設方面的努力可以說是很微的。因為這個運動的意義是在救中國，所以文化的、文學的、社會的、政治的改革都混淆在一起。人可由個人氣質的不同，工作興趣方向有異殊。陳獨秀似乎傾向與治理改革社會，很快就放棄科學與民主的西方思想，而發起中國共產黨，希望由革命來救中國。從這一點看，陳獨秀是進步還是退步我們不敢說，但有一點則是實在的，這就是陳獨秀當初對於西方的科學民主思想，並沒有真正的研究與信仰。我們也無法相信胡適之當時對於科學民主的理論有多少研究或確信。但胡適之的確在這個立場上堅定而確切地向上摸索。在他《中國哲學史》的寫作上，在他《紅樓夢》的考證上，他已經建立了他的大膽假設小心求證的科學態度。他的民主見解也在時間演進上有所肯定，而在《獨立評論》的時期，有更確切的表現。從這些方面講起來，這五十年的所謂五四以來科學與民主的新思想，胡適之比陳獨秀要有代表性是不會錯的。也因為這樣，所以中共所反對、清算的是胡適之思想，而不是初期的陳獨秀的思想。當胡適之已經逝世的今日，我們反顧陳獨秀對於中國文化上或思想上的貢獻，覺得的確是無法同胡適之相比的。這原因，是陳獨秀後來轉向政治的實際工作，他所能貢獻的是政治理論的實施，而不是文化播種上的收穫了。

前些時偶爾讀到周作人一篇散文，其中有一段值得我們深思的話：

> 近年來時常聽到一種時髦話，假設中國太歐化了，我想在體育娛樂方面或者還勉強說得，若是思想上，哪裡有歐化氣味，所有的恐怕只是道士氣、秀才氣以及官氣而已。這使我想到許多全盤西化論主張者，實際上，他們的個人生活行徑，的確還是腐敗的中國典型，如多妻，如不守法，如鑽營賄賂，如不承認人格尊嚴……等等。所謂社會的進步與落後，最能表現的就是對於婦女與孩子的態度。在一個家庭裡，一個從事生產的男性不知尊敬自己的太太與子女，這個男子談多少民主的理論可以說是一種空話。民主思想是與人格同在，有容忍弱者的意見與思想的人格，才可說有民主思想。這是我對於文化上主張者的一種看法，主張與行為相違的人，其主張必是一種為名、為利或者是為政治目的的手段，不值得我們來重視的。我對於全面西化論者，是這樣的看法；對於中國本位論者也是這樣的看法，有一方面滿口頌揚中國文化，而自己子女中學沒有讀完即送往美國的人，

有一方面滿紙講道統頌揚孔子道德精神，而自己的行為則是不擇手段，不顧道義，出賣朋友，不守父道夫道者。這些人在主張上儘管怎麼講中國文化的優越，主張保守，而其人格上並無這些優越文化的涵養，則其言論不過是騙人的言論而已。我所以特別提到這些，因為胡適之在全盤西化的主張上，他是一個有所貫徹的人，也就成了中共所清算的所謂代表「資本主義」科學與民主思想的真正人物。

我並沒有讀過胡適之的全部著作，但其重要作品也算都已涉略。我覺得在學術上貢獻而論，胡氏的成就還是在他的考證工作。他的《中國哲學史》上卷始終不失為一部有價值的著作，後來改為《中國思想史》，中卷早已脫稿，我雖聽到他零碎地談到過，但沒有讀到它的全稿（我找不到他當時發送的油印本）。下卷是否已動手寫作，也不得而知。他的《白話文學史》也只有上卷，當時序上說預備十年，大概後來也沒有續寫過，而二十幾年時間就過去了。此所以林語堂先生說胡適之先生專寫上卷書也。

林語堂先生曾經在《人間世》半月刊上寫過〈今人志——胡適之〉，這是一篇極見傳記文學才華的小文，因為傳記文學就是要把人的個性活躍表現出來，這點林氏在一、二千字中就做到了。這使我想到被送到候選諾貝爾文學獎的胡氏所著的《丁文江傳》。那本傳記雖是一本很可愛的書，處處透露胡先生的考證癖與考證天才，在丁文江的事業與工作的時日等等有很精確的介紹，但獨獨缺少傳記文學的特殊要求——要活生生的寫出一個有血有肉呼之欲出的人物。這可見人的氣質的殊異是天生的。胡適之在文學創作上始終沒有天才的顯露。這點，胡適之大概也有自知之明，他很早就放棄文藝寫作的工作了。

胡適之並不是一個文學家，但是一個文學史家。很可惜他沒有好好的寫一部詳盡的中國文學史。現在流行的文學史，如鄭振鐸與劉大杰所寫的大都是材料的編排，沒有特出的評述。胡適之在他不完善的《白話文學史》中已顯露了他的獨特的見解與標準。胡適之不是一個哲學家，但不失為一個思想家。他的興趣廣泛，各種短文中，對現實問題都有他自己的見地的思想，這點也不是反對他的人所能輕易否定的。

以個人的際遇來講，胡適之一生可說是一帆風順，在許多政治變化中，他的操守在大節上也可說無虧。雖然有許多人對他的言論與最後投票選總統之出入頗有批評，可是在棄捨伸屈之中，胡適之的處世，往往有權宜之變，這也是他雖是西化，而是充滿民族惰性的一個人物，也是他一生一帆風順之故。

在中華民國五十年的歷史中，學者之尊榮貴達與享名之盛，大概以胡適之為第一人。這大半是時勢造英雄，也是英雄造時勢，而以後恐怕再也沒有學者可以有這樣的機遇，也沒有時勢可以造這樣的英雄了。

一九六二，二，二十七，於新加坡。

後記

〈胡適之時代與胡適之〉是我在星加坡時聽到胡適之先生的噩耗寫的，寫好後因為正要動身來香港，在雜亂的行李中，竟忘了塞在哪裡。到港後，想投到《祖國週刊》上發表，但聽到《祖國週刊》正出了悼念胡適之先生專號，很想拜讀後，再補充一點，所以就耽擱了下來。現在我已讀了第四七九號的《祖國週刊》，裡面紀念胡適之的文章篇篇都是可佩可愛的好文章，引發我許多別的想法，所以這裡加了一個後記。

我覺得蕭輝楷先生直截了當點明胡適之是「服膺孔孟之教」者是一種很聰敏的說法，胡適之的為人之溫和性妥協性，中庸之道都是儒者的特徵，胡先生雖主張全盤西化，實際上倒是一個「中學為體，西學為用」的人。所謂「體」本是不必表明的東西，一表明其實也已經是「用」。他以為中國全盤西化後，民族的特性（惰性）可使這西化變質，這所謂民族的特性或惰性實際就是「體」，所謂「中學」之學原是與民族共存，怎麼樣西化還是附在「體」上的「用」而已。

胡適之是一個好學不倦的人，但不是以一個為學問而學問的人，所謂「學而優則仕」可說正是他的人生態度。他似乎並不厭棄行政工作而也有志於做官，——如果可以實現他的「愛國」的為國家服務的志願。民國二十年北京大學哲學系畢業，他對同學致辭，也是勸大家要注意社會、經濟、政治而轉於實用。他的追從杜威的實用主義的哲學，也正是在這方面有所吻合與互相闡明之處。

胡適之雖是常常標榜他的科學方法，我覺得這只是一種治學態度。這種治學態度與其說是方法，不如說是一個人的性格。伍俶先生所謂「神明映澈，毫無呆氣」，可說是對他的性格很好的一種描寫：他有一個有條理的頭腦與考據的癖好，這是他的優點也是他的缺點。他之不能成為一個哲學家、科學家或文學家，也就在他缺乏「呆氣」，也可說是「太聰明」。太聰明的人不大肯做太吃虧的事，這也正是所謂「X之時者也」的個特色。我常覺得學人、詩人中有智有慧，智太張者往往少慧。像胡適之這樣神明映澈者，大都富於邏輯感而缺乏神祕感。而神祕感則正是哲學家與詩人所不可少的東西。

胡適之是一個新文化的先驅者，他之倡導科學與民主是現代中國思想史上有不可抹殺之功績；他之提倡白話文與新詩在中國現代文學史有無法變動的地位；但要說他究竟在哪一方面有多少成就，似乎除了他在考證工作上有具體成績外，也找不出他有什麼特別的業績。《祖國週刊》社論上以為他在史學上、文學上有很大的貢獻，可是胡先生在史學上也只限於一些考證，並無獨具規模，另闢蹊徑，在歷史哲學或觀點有所創建。至於在文學上，《祖國週刊》社論上所列舉三點，我覺得都不很確實。如對中國以前的小說的發現與評價，實際上明清的李卓吾、金聖嘆等早有論述並非什麼創見。如對於新詩、散文的嘗試也衹是嘗試而已。這種嘗試是黃遵憲以來的不同方向嘗試的一種。他的功績在提倡白話文，而白話文也正是古已有之的一種文體。如說他的散文，乾淨俐落，樸實無華，這雖是確評，但也衹是一種說理文的文體而已，不是文學藝術上了不起的業績。

我覺得啟蒙運動時期的貢獻，實際上還只能說是「事功」方面的貢獻，不能說是「學藝」方面的業績的。一般朋友對人的評價往往因對人的喜惡，而失去客觀的意義。

我還不喜歡死後的哀榮作為胡博士的光榮。在這個時代中，默默地死於窮巷僻鄉牢獄之中，往往是最值得我們敬佩的人物。看喪列、趕公祭的，同看女明星遊街有什麼不同？在這宣傳萬能的時代，每一個資本家，每一個政權，都可以使一隻豺狼的死變成白鴿。知識份子太看重這些是一種幼稚的表現。蕭輝楷先生以里鄰願為之起廟而作為胡先生「為里仁」的註腳，這則是天真無邪的想法。我年紀稍大，世故較深，聽了太多的發起造孔聖廟、關帝廟的人們發財的故事。我雖是敬愛胡博士者之一，但如有豪紳們為胡博士起廟而向我捐款者，我則一定對他們說，我寧願買一個花圈放在胡博士的墳上。以後很可能有適之祠、適之學會、適之學院一類的機構出現，但千萬不要相信那是有民主的理想或科學的精神在裡面，活在死人身上的動物種類總是很多的。

我記得胡適之曾經在一篇文章裡提到他的母親，大意是說他的母親一生東摸西摸，做的是零碎的家常雜務；雖然說不出特出的業績，但是她深深地活在家裡每一個人的心中。我覺得把這段話說胡適之給我們這一代知識份子的貢獻與印象，真是再恰當不過了。

一九六二，三，二十四，香港。

論馮友蘭的思想轉變

《熱風》第一期，曹聚仁先生談到馮友闌思想轉變，認為是一件了不得的大事。在這「五百萬大軍用刺刀擁了過來，而且黃袍加身，非讓趙匡胤正王位不可」之下，一個知識份子，為求生存或更好的生存，當然是非低頭不可的。誠如曹聚仁先生說過的話，「知識份子者，一邱之貉，高明不了到那裡去的。」馮友蘭的低頭，正如同千萬知識份子低頭一樣，有什麼值得「文化史」上大書特書呢？

這因為馮友蘭有一種說法，好像真的是他在「新」社會中有新的自覺，因而是進步的轉變，不是被逼低頭。於是把認為「一邱之貉」的曹聚仁先生弄糊塗了。實則馮友蘭的「說法」恰好很顯明的畫出了一個知識份子的醜態。

苟活求生原是人的常情，為苟活求生或求更好的生存而「低頭」也是人之常情，但低頭之後，要用一種理論或說法來做自動轉變的掩飾，這就是知識份子的醜態了。

心理學學上，對於一個人在失敗中的自慰自解，叫做rationalization。Rationalization有多種形式出現。一種是酸萄葡型，自己求不得的東西說它是酸的。一種是打腫了臉充胖子，被人打腫了臉，為顧全面子，說自己在發胖。一種是塞翁失馬，安知非福；一個人失去了錢包，以為可以免災免殃。阿Q被別人打罵，當做兒子打老子以自慰，也是一種rationalization。還有一種爛蘋果型：一個兒童手裡的蘋果，咬了一口以後被人搶走，脅於武力，無從反抗，於是以為這被搶的一半蘋果是爛的，以安慰自己。這些rationalization也即是人類心理上的保衛機能本能，但到知識份子身上，花樣就多了，不過是經不起分析的。馮友蘭的轉變，仔細分析起來也祇是爛蘋果型與打腫了臉充胖子的擴充吧了。認為自己的思想本來是「進步」的，不過是說自己吃到的一口蘋果不是爛的就是；而現在因社會進步而失去進步性的自嘲，則正是說人家搶去的蘋果是爛的。因此他可以說「無所謂悲劇」了。刺刀指在胸口，飯碗掛在腦後，不許你不低頭靠攏。明明被人打腫了臉，要說自己覺悟與進步，不是等於自己在發胖麼？分析起來原是很簡單的。

馮友蘭的書，我以為祇有一本《中國哲學史》是還夠得上稱為一部學術的著作。至於《新理學》，《新事論》，《新原人》，《新原道》……等，實在不過是一些不能稱為學術，也不能稱為哲學的書，祇是一種通俗的見解而已。而曹聚仁抄它們當作了不得的書，而要與黑格爾、康德並列，這可真顯得曹教授對於哲學的修養太淺薄了，正如曹先生把房龍當作偉大的歷史家一樣的可笑。

以馮友蘭比康德，等於螢火比太陽，這是稍稍有點哲學史知識的人都會笑落門牙的。康德所喚起的那個時代的偉大，是祇有希臘從蘇格拉底到亞里斯多德的時代可以比擬，這可以說是哲學史上的定論。康德承受了所有前代的思想，以完全新發的立場，無垠的視野做了純理性的批判工作，不但開創了以後哲學上的研究路徑，而且也提供了哲學上所有的問題，這些問題一直到二十世紀的今日為無數哲學家終身的研究對象。康德的哲學不但喚起了整個時代的思想，而且光照著整個人類的文化，在當時追隨他的哲學思想而發揚光大的就有費舒特、謝林、黑格爾一樣的哲學家。影響到文藝方面，就有歌德、海涅、席勒等的創造。康德之精神是滲透了而且決定了整個思想界與文化界。由他唯理主義所喚起的，音樂與繪畫方面也完全有了另外的奇特的面目。所以康德的偉大不但是代表一個時代，而且開創了整個人類以後的文化。

十八世紀法國的服爾泰與盧梭，是大思想家，其在文化上的影響雖可以與康德比擬，然其流源之長短，仍無法與康德較衡。但十八世紀的法國的覺醒，在文藝、繪畫、音樂上，從人性解放的浪漫主義與忠於人性的寫實主義都是這個時代新開的花朵，從囂俄到巴爾札克一直到莫泊桑，完全是承繼這個思潮而來的。

馬克思、恩格思的思想，其影響所及是龐大的，各色的社會主義學說都受其影響，反響在文藝上，承繼著反抗與革命以及不滿現狀的本質，摻雜了階級的爭鬥意識，是曾為一時時髦的風尚。

現代中國的思想，成為思想界的潮流而影響到整個文化的，只有兩個。第一是五四運動，第二是北伐。五四運動所號召的科學與民主，平等與自由，曾使舊道德、舊社會震搖。反映在文藝上的新文藝是如何的蓬勃，西洋的繪畫、音樂與戲劇都一齊跟來，這是人人都知道的事情。北伐時期思想上的大波動，是以三民主義為先鋒，而以馬克思主義為主體。它開始成了思想界的潮流，這是三民主義的悲劇。這因為馬克思主義包括了三民主義的問題，三民主義則並無包括馬克思主義的問題。北伐以後，文藝的作品也是承繼了五四以來文藝上的反抗精神，而摻雜著階級的意識了。音樂、繪畫、戲劇都有新的躍進。純三民主義的文學不但沒有成為運動，而且也沒有出現過。在這兩個大運動之中，思想界其他的小波動自然是有的，如實證主義，新實在主義，實用主義，不用說還有基督徒的思想都曾經到過中國，初來時未始沒有熱鬧，但後來只為一二個真正愛好者所研究，甚至有的完全消失了。五四以來外來思想被中國思想所吸收的，從未有像宋代理學吸收佛學一樣的一的氣派。三民主義本身原來是外來思想的吸收，而因為沒有承受中國思想文化的核心，所以結果是反而被馬克思主義所掩沒了。至於一些其他純粹外來思想所融陶的，如實用主義，如新康德派，如新實在論，如新唯心論，加基督教的思想的服膺者，這就是中國的自由的獨立的思想的來源，反映在文藝上的，也有未被潮流所淹沒的作品。

第二次世界大戰以後，法國有存在主義興起，許多青年被其吸引。哲學的思想寫作以外，文藝方面馬上有小說、戲曲、詩歌出來，一直波動到大西洋的彼岸。去年我同一個日本的作家談話，問到日本風行的文藝，他就告訴我一些存在主義的作品。足見一個思想的風行是有不脛而走之勢的。

馮友蘭的思想，在抗戰後期與勝利初期，到底影響過什麼呢？文藝作品有新理學主義麼？繪畫有新派別出現？音樂有新風格出現麼？一般人的生活與態度，有他的《新原道》，《新原人》《新事論》的影響麼？曹聚仁教授信口雌黃，把馮友蘭思想當作那時候思想界的支持，請問是支持共產黨治下的思想界呢，還是國民黨治下的思想界？是前者，共產主義應該不存在了，是後者，國民黨也該曾有一度修進了。

馮友蘭在北京清華大學教過二十多年的書，請問有哪一些學生是同他一樣或相彷的思想而可以成一個學派，像朱熹前後的諸理學大師的號召過呢？北大清華哲學系出來的學生，對於馮友蘭的為人都說「好」，但服膺他的思想的可沒有。《新理學》一類書出版後，要說對於知識份子有什麼影響，恐怕也只是始終未受過五四思潮洗禮的一群抱著舊式尾巴的朋友了。但這些人雖是「群倫」，已無法「鼓舞」，多數是戀戀於舊理學之教義又感無法應付新世界的人。《新理學》不過解除了他們一點煩惱，他們雖以為這是百補良藥可藏名山傳諸後世，但也並沒有使他們返老還童，最多也只能靠在床上鼓鼓掌而已。除這些人之外，可以說誰也沒受過馮友蘭思想的影響。

五四運動以後，思想界一直是以北大為中心的一些學者所領導。如果這些學者始終保住《新青年》時代的精神而不斷的努力有所建樹，則思想界也許永遠可有蓬勃的氣象。可是陳獨秀轉變後，這些根基本來很淺年齡又輕的「學者」，馬上分為《現代評論》與《語絲》兩派，為個人恩怨做意氣之爭。但一般來說，思想界的主流還是發源於北方。北伐以後，馬克思主義思想就在南方蓬勃，北方的「學者」們已無領導思想主流的權威，原因是這些散漫的各各不同的獨立思想，既無團結，亦不求作為，在小圈子裡互相毀譽，漸漸與時代不相應，而枯竭於書齋裡了。有戰士氣派的不過魯迅一個，最後也在兩面夾攻之下，投降轉變。以後悠悠的歲月，迄無新思想成為潮流。國民黨雖是在政治上勝利了，中共的力量則轉而加重於文化的戰鬥，思想界的主流一直是馬克思主義。不過，那時候馬克思精神已經死僵成中共的策略，他們用曲解、滲透、喬裝、分化、拉攏各種手段一直霸占思想界的主流，以爭鬥的姿態曲折的說法，一面捧國民黨的三民主義，一面打擊異己的獨立思想。所謂獨立思想原是承受不同的西洋思想而來的一些人，其間彼此有異同，而又無組織，所以並無有意識的同他們對抗。最奇怪的是當時的國民黨一點不知道中共的戰術，還不斷的摧殘自由思想的生長，如胡適之批評孫中山「知」「行」學說就受到了打擊。而中共的策略上的理論是「三民主義是現階段的正確路線，孫中山是馬克思主義的同志，不聯共以後的國民黨是反動，所以是無法也決無意實現三民主義的。」

這個理論一直到抗戰後期還是如此。文化界思想界的口號那時候就是抗戰第一，聯合戰線是「抗戰」；而中共宣傳是：「抗戰的是中央，有決心抗戰的是中共，因為他是無產階級的領導。國民黨因為是資產階級的政權，所以有反動分子隨時在想議和。在這個政權下，因此必需要求民主自由，可以讓人民監視他。」而這些宣傳就混合了馬克思主義的理論成為一般思想的潮流。這這不但蠱惑了一般青年，即國民黨的權貴為表示民主與開明，也拉攏這些文化工作人。郭沫若、田漢之流都進了政治部做官，而忠於國民黨的文人如祝秀俠，如王平陵反而要在「民主」的表示中放棄文化工作。抗戰時所謂戲劇工作團以及到重慶後的劇團，完全是中共的文化人在幹。國民黨中堅人物趙子游所津貼的領導的戲劇工作，完全在共產黨夏衍、于伶之手。而所有的戲劇工作人員，如不是他們的「對口」，休想在舞台上參加一點即使是拉幕的工作。

所以國民黨的文化運動在抗戰時期及後來可以說完全操在共產黨之手的。而共產黨一面假作擁護三民主義，只指摘國民黨不實行三民主義，另外一面則極力打擊其他的獨立思想，往往借國民黨之手，以禁制其他的文化思想。

三民主義如果要重新振作，成為思想界的主流，無疑的一面要在政治上弄明白誰在操縱文化運動，一面則必須多多吸收其他的獨立思想，使其壯健深廣；共產黨的文化策略是驕縱三民主義，使其無吸收而枯乾。

所以談到這一個時期的思想界文化界始終是在中共操縱之中，表面是三民主義，暗流裡則是共產主義。

我不知道馮友蘭的思想起過什麼作用，使國民黨覺醒呢？還是使共產黨覺醒呢？他也許真是「懷昔賢之高風，對當世之巨變，中心感發，不能自已。」可是祇是大海中投小針，除了他兼了青年團一個官位，並沒有起個什麼波瀾。

可是按之實際，馮友蘭的三、四本《新理學》一類的書，即以通俗思想書的標準而論，雖非絕無價值，而條陳策論之氣甚濃，大有應時投機博人賞識之用意，離哲人學者的境界實在很遠。

當其出版後，許多愛惜他的學者都為他可惜，覺得他何必寫這些與學術哲學無關的通俗書。當時就有人謂他的的生活淒苦，寫幾本通俗書也許可增加一點收入，我亦深以為然。及讀其諸書，始悟其有做官之企圖，後來他果然做了青年團的什麼了。馮友蘭以為在思想上可以做馬歇爾後來在政治上所做的調和工作，而想博左右同情與愛戴，但是馮友蘭是失敗了。他似乎根本不明白當時思想界的需要。也因為他的思想有為國家致太平的自負，所以中共在思想檢討上對他特別苛刻了。實則馮友蘭的自負，祇是科舉時代的讀書人「學而優則仕」的想法而已。他說：「我國家民族，值貞元之會，當絕續之交，通天人之際，達古今之變，明內聖外王之道者，豈可不盡所欲言，以為我國家致太平，我億兆安心立命之用乎？雖不能至，心嚮往之，竊願學焉。」

這些話，何頭巾氣之重耶。以此為學的態度而較諸近代的一般在學問上、文藝上做工夫的朋友，其境界已不可以道里計矣。

馮友蘭到現在還以為自己的思想在當時是「進步」的，那真是有點肉麻了。馬克思思想來中國已經二十多年，而馮友蘭到「今日」才知道比他自己的「進步」，其無知也夠滑稽了。馮友蘭似乎始終不了解政治、時代與世界。抗戰後期這樣動盪的尖銳的社會中，他竟想以三寸不爛之舌，說些空泛的話，要為「我國家致太平，我億兆安心立命之用。」好像還是戰國時代的說客一樣的抱負，其幼稚亦誠可笑。像這樣的書生，在全大陸思想統制的今日，那麼為「個人致太平」而低頭，而「為一己之安心立命」，而自飾「轉變」，這也是當然的事。

馮友蘭對自己的哲學系統說：「一個哲學系統，若成為一個社會力量，它必是從一個社會的歷史生出來底。必須是如此，它才能有鼓舞群倫的力量，而不僅是研究室討論的義理。」這真是「坐井觀天」的自大，不但無知而且無恥了。請問他的哲學系統（？）什麼時候成為社會力量？

幾曾鼓舞過群倫？自從《新理學》《新原道》一類小書問世以後有什麼運動起來過？使青年從麻醉中覺醒過麼？使文藝作品中產生新的希望麼？除非他說鼓舞官吏更貪污，鼓舞軍人更貪生愛財，鼓舞奸商更囤積居奇，鼓舞學生更不安於讀書以外，鼓舞過什麼群倫？可曾產生五四運動時的光芒，北伐時候的氣象嗎？

曹聚仁以為馮友蘭的思想轉變是文化史的一件大事，比打垮了國民黨的百萬雄師還有意義。這話也許是被馮友蘭恬不知恥的自吹所麻醉。如果說因人物的思想轉變而影響現代文化史的，那麼可以提的，當然是陳獨秀與魯迅。陳獨秀與魯迅的轉變，是《新青年》派五四以來所造成的社會力量，鼓舞群倫的氣派的崩潰。陳獨秀轉變以後，《新青年》的領導氣勢已衰，魯迅的轉變則根本再無人可以支持當時的思想界，因而中共的一套思想席捲了所有在思想上尋出路的青年。如果要大書特書的話恐怕也只有這兩位大師了。他們的轉變是早於五百萬大軍的壓力，而他們的號召也的確曾經成為社會的力量。要是說在武力已經統制思想以後的轉變，即使說真有「社會力量」，也不過同一些被改造的流氓惡霸一樣而已。何況馮友蘭思想的社會力量還不及青幫紅幫的呢。陳獨秀與魯迅的轉變，一方面是他們兩個人始終沒有一個根深蒂固的獨立的思想體系，所以易於被空洞的虛偽的速成的光明所誘惑，一方面是五四運動的思想解放，始終就沒有與中國固有的思想文化有真正的接銜，這當然是中國思想與文化界真正的悲劇。

以純現代西洋所謂哲學範疇而論，馮友蘭的貢獻是毫無的。《中國哲學史》是一部有學術價值的書，但不是哲學理論的著作，而是一部整理的著作，當然在整理之中，有他自己的態度。這態度，有人批評他說：

根本未接上中國思想文化之核心。其上下五千年，如數家珍，好像無甚毛病，實則於……根本義理，根本精神全未抓住，因而也根本不相應。此其故因為他的學力是停在西方新實在論哲學的立場上，故根本不入，亦不相應也。

金岳霖說，馮友蘭的哲學史是沒有以一種哲學成見寫成的哲學史。這是一句好評，也是一句毀語。沒有哲學的成見，也可以說是沒有哲學的立場，因此不過是「數家珍」而已。

魯訊轉變後，做了地下官，就再無創作，但還可以雜感雜感；馮友蘭轉變後，想連雜感都不會有了。除非為「個人致太平」，憑三寸不爛之舌，罵罵自己的糊塗，「為一己之安心立命」，想幾句轉變的話自飾罷了。

一九五三，九，十七，夜。

鳴放與下放

文藝作為為統治者絕對的工具，在獨裁國家，是由史達林政權穩固而慢慢形成的。在史達林與托洛斯基爭權的時期，文藝政策雖早有理論的探討與實踐的推行，但尚無絕對的權力控制每一個作家的文藝活動。

在列寧時代，文藝似乎是更有自由。當革命成功之初，小說家寫革命家戀愛的一杯水主義，成為一種風氣，大家覺得對於戀愛婚姻認真與嚴肅都是小資產階級意識。列寧為糾正道個風氣，大聲批評這種混亂的「一杯水主義」，提倡嚴肅的婚姻制度。這種糾正對於當時的文藝界有一種很大的改革。列寧雖然主張革命文藝，但並不反對暴露黑暗與批評政治。最有名的是瑪耶闊夫斯基的事件。

瑪耶闊夫斯基（Vladimir Mayakovsky）是歌頌革命的詩人，但在革命成功之時，他寫了幾首諷刺革命政府新貴們的詩歌，當時輿論譁然，也有人指他是反革命的論調。但當時列寧站了出來，他說：「對於文藝，我是外行；但政治立場看，瑪耶闊夫斯基完全是正確的。」

瑪耶闊夫斯基得列寧支持，不但沒有人再敢批評他，而且成為一代驕子。

列寧是當時革命的英雄，他的話就是真理，沒有人去反對他。但事實上，這也正可見當時共產黨並無要把文藝為統治者喉舌的政策，而共產黨尚未失去要為人民服務的理想。

以後，黨為要維護政權，文藝就淪為政權的喉舌，作家成為政權的辯士；文藝就再無為人民利益著想了。這種政策，經過史達林與托洛斯基及布哈林……等的鬥爭，越來越形成一種特務文藝。

中共革命以來，文藝工作與政策，完全是抄襲史達林的整套辦法，在游擊地區多年推行，逐漸地改進。所以統治大陸以後，一開始就沒有半點可以反映人民的意志、理想與生活。

可是，在大鳴大放時期，人們忽然覺得毛澤東想廣開言路。民主政黨人士，或另有想法，但文藝界的人士，照以後發表的種種意見來看，實際上只是想到，以為這是做瑪耶闊夫斯基的最好時機。他們尊敬毛澤東如列寧，以為一切的錯誤都在其他的官貴，只要秉忠反映，一定可得毛澤東的賞識。一旦他要站出來說一句稱讚的話，自己不就是中國的瑪耶闊夫斯基或高爾基了麼？

這些幻想，終於個個都幻滅了。

這裡所論的是中共的文藝政策所形式的特殊背景，與一些抱這些幻想的作家與他們的天真的為人民服務的一些理想。

中共的文藝政策是長期地在游擊時代與邊區控制中形成的，因此它特別強調文藝要為工農兵服務，中不但是說題材要採取工農兵生活，而且作品要讓工農兵欣賞，必須盡可能的通俗化。

這裡特別要注意的是當時根本就沒有什麼工廠，工人不過是會些手藝的農民，所以口號雖是為農工兵，實際上不過是農與兵。

通俗化的要求是邊區政權下的一種政策，當時延安所產生的許多通俗、簡單、幼稚的作品，如《兄妹開荒》等等，會被譽為很大的成就。這與在都市發展的所謂左翼作家的理想與趣味完全是不同的。所謂左翼作家在解放以前，我們所知道的都是在都市裡成長的，那些作家對於無產階級文藝的知識是根據馬克思、恩格斯的理論，而大都來自德國、日本與蘇聯，而無產階級則是都市裡的工人。

這兩種文藝上不同的態度，自有他無法調和之處，又因人事的關係，形成了尖銳的衝突。它第一次見於抗戰時期，上海左聯的「民族革命戰爭的大眾文學」的口號與黨的「國防文學」口號的爭執。這個爭執，大家都知道是魯迅與周揚領導上的衝突，可是一直影響到十幾年以後胡風與馮雪峯輩之被清算。第二次衝突是在延安。當時在抗戰時間，中共的延安膨漲成一個重要的城市，許多都市裡的左傾人士奔附中共，他們對於共產黨的期望與革命的理想，與當地實際清況自然是不符的，新進去的成份同延安當地勢力的衝突，就引起了毛澤東的整風運動。文藝方面也是一樣，這些在都市裡進步的知識分子，對黨所領導當地的通俗文藝是看不慣的。一九四二年，毛澤東的〈延安文藝座談會的講話〉正是針對著這個衝突而發的。

在毛澤東的〈延安文藝座談會的講話〉中，他第一就是要作家去接近工農兵，改造自己；第二就是要文藝為工農兵而寫。文藝為工農兵服務，自然要通俗與淺近。這可以說毛澤東是很明顯的在支持延安原來文藝工作的方向。文藝是宣傳，文藝為政治服務，這原是共產主義共同的說法；但說文藝為工農兵而寫，則是中共第一個提出來，而實是為適合當時延安的需要。

毛澤東的〈延安文藝座談會的講話〉，當時就未為在重慶的許多左翼作家所贊同，胡風就是其中之一。

當中共統一大陸以後，文藝路線，一直是遵循毛澤東的〈延安文藝座談會的講話〉。這篇講話已經是不能改變的經典，因此也是不能反對的信條。最多是有人想在這些原則上來作不同的解釋，但沒有人再敢批許這些原則的，一直到中共提倡「百花齊放，百家爭鳴」的時候。

中共文藝政策的失敗實際上即是要不要文藝的問題。如果不要文藝，只要政治的宣傳，那就取消一切的文藝活動就是，那是很簡單的。如果要文藝，那麼在這樣的教條的高壓下，文藝就很難發展。如果毛澤東理論是對的，那麼在延安時代所稱讚的文藝，應當仍為我們所欣賞才對，為什麼如《兄妹開荒》、《白毛女》一類的作品，就就再沒有存在的價值與意義了呢？這是毛澤東文藝理論無法解釋的事情。當毛澤東的文藝理論無法解釋那些為工農兵所寫，為暫時的政令服務的文藝都不能成文藝時，那些作家們很容易想到當年魯迅所領導左聯時代的精神，與乎魯迅在文藝與政治間的主張與態度。許多作家以為中共既然這樣推崇魯迅，魯迅的主張應當可為中共所接受，可是事實上是不對的。即以魯迅式諷刺的短評來說，中共認為這是因為魯迅處於國民黨治下不得已的一種戰術，在共產黨治下，如果再去暴露黑暗，惡意諷刺，就成為反人民了。

自從延安文藝整風清算王實味以後，一直到現在，整風與清算可以說是一直沒有停過，其間被清算的作家，許多都是多年黨齡的黨員，許多還是在共產黨治下長成的。如果我們一定要在理論上或主張上找出他們不同之處，實際上不過是魯迅的文藝主張與毛澤東的文藝政策的不同，也可以說是文藝與政治基本上的無法調和的矛盾。因這些理論與主張上的不同就成為派系，宗派，而變成了權力的爭取。如眾所週知，在極權政治之下，不是治人，就是被治，只有獲得權力才可能有自由，在文藝界也是一樣。沒有實權在握，你想出版一本書或發表一篇文章都非常困難，其他更無論矣。這些人在爭取權力時有一套說法，在獲得權力後往往又是一套說法。而這些說法不過見一種戰術的運用。所以論者以為那些被清算的作家都是覺悟的民主主義者，那完全是一種可笑的論斷。

在清算胡風的過程中，胡風透露了中共的文藝機關報《文藝報》如何嚴密地操縱讀者，控制輿論：

《文藝報》把同意自己的讀者組織成一個通訊員網，發行了一個內部刊物《通訊員內部通報》，在這個《內部通報》裡面，向通訊員發施號令，要批評打擊什麼人，就在那上面發出號召，要求通訊寫信，開座談會，寫文章，造成「群眾基礎」。如果通訊員積極做了，就給以獎勵，如果通訊員提出了反對意見，輕的是批評他的思想有問題，重的是取消他的通訊員資格，開除他的「員」籍。（見一九五四年第二十二號《文藝報》）

胡風說的是《文藝報》，而《文藝報》是一個黨報，當然也即是中共控制文藝的黑手。如果這種控制沒有被允許，那麼胡風揭穿了以後，《文藝報》的編者當然會受到黨的批評，而現在被打倒的則是胡風，所以這種控制正是黨的控制。

胡風被清算以後，文藝界的人士凡是與胡風有關聯的都受到了清算打擊與壓迫。控制加強，文壇上可以說一點也沒有生氣。

遠在一九五三年十月，中國文學藝術工作者第二次代表大會以後，中共承認了黨對於文藝領導的偏差，《人民日報》開始作以下的檢討：

……有的採用簡單的行政方式去領導，甚至不顧作家具體條件和創作意願，主觀地，生硬地，規定題目題材，作品式樣與創作時間，向他們「訂貨」，並且對作家的作品實行任意的修改和輕率的否決。他們認為，目前文學藝術最迫切的任務，就是用一切辦法來鼓勵創作，幫助有創作才能的作家走上創作的崗位，使作家的創作活動和作品的發表（包括出版表演放映和展覽）得到必要的便利和親切的關懷，鼓勵作家和藝術家堅持不斷的創作和表演，使好的作品和表演能夠得到廣大群眾的欣賞和得到國家的鼓勵。……

可是與胡風有關聯的一群作家不但沒有被鼓勵幫助，而且還一直在被壓迫與扼殺。一九五六年五月開始，中共提出「百花齊放，百家爭鳴」的口號，但大家不敢響應。經過了無數的醞釀，人們還祇肯在私底下談談，不敢公開鳴放。正如費孝通在〈知識份子的早春天氣〉一文中所說：「知識份子的早春天氣，意味著他們的積極性是動起來了，特別表現在業務的要求上，但是消極的因素還是很多，他們對於百家爭鳴，還是顧慮重重，不敢鳴，不敢爭。」可是文藝上以前被打擊的人，開始有許多牢騷，如王蒙的小說〈組織部新來了的青年人〉引起了一場惡毒的打擊。據他四月十七日在《北京日報》發表的信說：「有人說我的小說，和路翎的〈窪地上的戰役〉和王實味的《野百合花》一樣，聽了這意見，真是吃不下飯，睡不著覺。」因為是正在提倡鳴放，這些牢騷都允許發表，而上海的《文藝月報》也有人替他解脫，他說：「……從那些判決看來，這位年青的作家真像犯了滔天大罪一樣，但是實際上作者不過是寫了一篇小說而已。」如果寫一篇小說，可以開脫，那麼當初王實味也不過是寫一本小書而已，為什麼是那麼嚴重？這種開脫，事實上為鼓勵鳴放。鳴放的政策，在中共幹部裡本來就有許多人反對，可是黨中央則認為：「這是由於，到現在為止，黨內還有不少同志對於『百花齊放，百家爭鳴』的方針實際上是不同意的，因此，他們就片面的收集了一些消極現象，加以渲染和誇大，企圖由此來證明這一方針的『危害』，由此來『勸告』黨趕快改變自己方針，但是黨不能接受他們這種勸告，因為他們的方針並不是馬克思主義，而是反馬克思主義，和宗派主義。」

這以後，中共用座談訪問等方式，解釋對於鳴放的決策與意義，又發動幹部作示範的鳴放，極力批判「教條主義」、「官僚主義」與「宗派主義」。文化部還召集了直屬的機構與各協會舉行會議，認為文化部門內部矛盾：「特別重要的和突出的就是貫徹『百花齊放，百家爭鳴』的方針和幹部思想中教條主義的矛盾。」

毛澤東之決意要掀起這個鳴放運動，是見於二月二十七日最高國務會議中的「關於正確處理人民內部矛盾的問題」的講話，這講話在發表時還被刪改了許多，據鄧初民後來在《上海文匯報》上的文章，毛澤東是認為要做到「知無不言，言無不盡。言者無罪，聞者足戒。有則改之，無則加勉」的程度的。

三月五日，陸定一在《人民日報》發表〈紀念整風運動十五周年〉的文章，裡面就產生了一種鳴放的理論，他認為歷史的發展已到了：

一、我們國家已經是一個社會主義國家，階級已經基本消滅，反革命勢力已經基本肅清，知識分子經過了思想改造，全國人民已經組織起來，這種情況，就與革命暴風雨時期不同了。

二、我國有極其廣大的小資產階級，民族資產階級也參加在統一戰線之內，因而人民內部的矛盾不是很少而是很多。

三、人民已經取得政權，而且共產黨已成為領導政權的黨。不熟悉的任務，艱苦的工作，對黨提出了極其繁重的要求……。這種地位會便於主觀主義的發展，因而也便利於官僚主義和宗派主義的發展。

因此，中共要發動一個整風運動，這次要整的就是幹部的主觀主義，官僚主義與宗派主義。文藝工作上的響應則見於六月號的《文藝月刊》的社論，題目是〈在新形勢面前〉它說：

……恰如許多同志所指出，束縛和阻礙文藝工作的原因是複雜的，有的由於領導部門對於文藝工作的特性缺乏認識，有的由於某些不切合實際的形式主義的制度，有的是由於某些幹部以「任務觀點」的辦法來處理文藝工作，有的來自部分文藝幹部的宗派主義和狹隘觀點……但是，我們以為最根本的原因還是如中央所指出的，由於我們對於一九五六年初基本上完成了對農業、手工業和資本主義工商業的社會主義改造之後的革命形勢缺乏明確的認識。從文藝方面來說，大家都一致地承認：文藝整風，知識分子的思想改造，對資產階級文藝思想的批判，以及反對胡風集團等運動的必要性和在這些運動中所得到的巨大成績，而且，也由於經過這些運動，才給「百花齊放，百家爭鳴」的政策奠定了基石。但是，在全國範圍的敵我之間的大規模的階級鬥爭的歷史基本上結束，曾經長期是國內主要矛盾的敵我之間的矛盾基本上解決之後，國內主要矛盾的性質已經發生了一個根本性的改變——由敵我之間對抗性的矛盾轉為人民內部的非對抗性矛盾。而我們文藝工作者——特別是文藝事業領導幹部絕大部分都對這新形勢缺乏明確的認識，因而，就必然會承襲前一階段的作風和作法，來對待新階段中的問題，以舊的眼光來看新事物，把過去敵我鬥爭中的經驗當作一成不變的規律，這就必然會阻礙文藝事業的發展，形成與「百花齊放，百家爭鳴」方針背道而馳的種種清規戒律。……

這就是說，中共認為在文藝工作上，胡風集團清算了以後，敵我的矛盾已經沒有，以後的矛盾都是人民內部的矛盾，解決人民內部的矛盾，祇要「風和雨細」的討論，用不著「狂風暴雨」的打擊。

可是大鳴大放不到一個月，這一個說「敵我對抗性的矛盾已經轉為人民內部非對抗性的矛盾」的判斷就完全破產。這一個月內的鳴放，中共所看到的到處都是對抗性的矛盾，不用說民主黨派對中共存在著對抗性的矛盾，連自己黨員與黨員，幹部與幹部之間也都存在著對抗性的矛盾。連本來應當是人民內部的矛盾的，在鳴放中出現的都轉為敵我的矛盾了。

我上面所說的在文藝也可以說是文化上的兩種份子，一種是從都市生長的左傾作家，一種是從游擊區產生的老幹部作家，他們間的矛盾當然是人民內部的矛盾，可是在解放以後，如清算胡風集團所表現的，則顯然已轉為敵我的矛盾。如今胡風集團已經消滅，中共相信再不會有敵我的矛盾，這原是極合乎邏輯的，但是出乎意料的，在鳴放之中，所表現的，無論在政治上，在文化上，思想上，在教育上一切人民內部的矛盾一一轉為敵我的矛盾了，文藝也不能例外。

究竟所謂左傾作家與幹部作家的矛盾到了什麼樣的地步，在鳴放反映出來很多，我且舉王若望在六月份《文藝月報》上的〈挖掉宗派主義的老根〉裡的話，也可見那些老幹部作家的一般面目了。他說：「當此紀念毛主席〈延安文藝座談會的講話〉之際，我感到痛心的是，毛主席這個文獻竟被某些人作為宗派主義的護身符。比如：個別從解放區來的黨員作家，他們曾經以『我是解放區來的，我是一貫執行作主席的文藝為工農兵服務的方針的，我的作品就是體現了工農兵方面的。』自豪……問題是他們的這種自豪產生了合乎邏輯發展的排他性。說完這段話以後，緊接著還聽到這一類的語言：『你們是未經改造的，你們是缺乏工農兵勞動階級的感情的，誰知道你們在國統區做些什麼？要知道：我們有熟記一切作家過去歷史的天性。……』」王若望就認為這種以毛主席的講話為護身符的解放區的黨員作家這種態度是「宗派主義」的老根而應當「挖掉」的。

王若望也是黨員，是「曾經在國營重工業工廠擔任過好幾年黨委副書記和代理廠長的作家。」他這裡所說，正是老解放區幹部作家的面目。

真正大鳴大放的日期不過一個月，一九五七年五月六日到六月三日就發動了反右派鬥爭。這因為中央所認為僅是人民內部的矛盾的都呈現出敵我的矛盾，再不壓制，局面就會演出匈牙利那樣的革命了。

綜觀大鳴大放的言論中，文藝界的鳴放是最溫和與小心的，對於毛澤東，對於黨都沒有觸犯，也沒有揚棄過黨的領導。可是在反右派鬥爭之中，文藝界的震幅特別廣大，幾乎沒有一個地區沒有被清算的人。我們細究這些被清算的作家的罪愆，歸納起來不外四種：第一種是不要黨領導，第二是暴露黑暗，第三否定政治標準第一，第四種是否定民族形式。

這四種罪狀，也就是四個老問題。

第一是領導的問題。沒有人敢明目張膽的說文藝不要黨領導。但中共自己也承認，要發展文藝，黨領導就是一種阻礙。在上面所引的《文藝月刊》上的社論中，就有這樣的話：「束縛和阻礙文藝工作的原因很複雜，有的由於領導都鬥對於文藝工作的特性缺乏認識，有的是由於某些幹部以『任務觀點』的辦法來處理文藝工作，有的來自部分文藝幹部的宗派主義和狹隘主義。……」其中自己明明承認了黨的領導阻礙文藝工作的嚴重。那麼，那些身受其厄的同志們，在鳴放中希望黨在領導上可以有所改進，當然是很自然的事情了。

由於黨領導的問題，也就產生「黨權」的問題，誰掌握這黨權自然就是誰代表黨，因此這就是權力的紛爭，尤其是老解放區的幹部作家與所謂左翼作家的爭權問題。胡風之被清算，也正是想爭權與分權（因爭不到領導權而想分掌領導）的問題。

第二是政治標準與藝術標準領先的問題。自從毛澤東〈延安文藝座談會的講話〉發表以後，再沒有人敢明目張膽的說藝術標準第一了。但是，在實際取捨上，如果是一個編輯，這就很有問題。一篇是「蘇聯萬歲，共產主義萬歲，毛澤東萬歲，」一類口號的文章，其政治標準雖然是沒有異議的正確，可是是否可比一首政治意識略略糢糊的真正文藝作品而優先選用呢？

魯迅的說法是這樣的，他認定文學是宣傳，但宣傳不一定是文學。宣傳可以有標語，有口號，作為文學就必須先要是文學——這也就是說先要有藝術標準。因此在魯迅意念上，藝術標準乃是文學所以為文學的標準，顯然是在政治標準之上。所以這問題正是魯迅與毛澤東的矛盾。

這個問題，除了「政治思想」外，還有「政治效用」問題，也就是文藝為工農兵服務問題，與普及與提高問題。這即是說文藝要通俗化而為工農兵所欣賞，題材要採自工農兵的生活，而必須為工農兵所能了解。

第三是暴露黑暗與歌頌光明的問題。這也是老問題。王實味與蕭軍之被清算，完全是因為暴露了中共的黑暗。以魯迅來說，作為一個革命的作家，他的功績自然也衹是暴露黑暗。據毛澤東解釋，魯迅暴露的是舊社會的黑暗，現在人民當政，當然不應當再去暴露了。但是文藝如果一定要限於歌頌，那就一定是概念化與公式化了，這是遠在一九五三年，中共自己也提出過的意見。

第四是民族形式問題。中國自五四運動以來，所謂新文藝完全是吸收外來的形式。魯迅一再主張青年人不讀線裝書。現在中共則儘量提倡民族形式。所謂民族形式也即是各種流行在民間茶館市集的玩藝，如大鼓、彈詞、說書、民歌以及草台戲、秧歌舞……等。中共提倡這一切的民族形式，而加以新的內容，這原是為宣傳的方便。也即是文藝通俗化的一種運用，可使工農兵易於了解與接受。現在要把這些當作正宗文藝，或叫正宗文藝去走這條路，這自然不為許多作家所贊同。但這則是那些從未接近西洋文藝的老幹部作家所擁護的。

蘇聯革命後，也有西方派與國粹派的對立，中國情形也許與蘇聯相同。這個民族形式問題，實際也是為達到易於為工農兵服務的一種手段。

幹部作家與左翼作家的矛盾，發展到敵我的矛盾時，那就變成了被清算的罪案。這些罪案，實際上都可以說是上述四大問題的枝葉，如藝術的真實與社會主義的現實主義爭執，就是暴露黑暗與歌頌光明的問題；資產階級個人主義或所謂獨立王國，也就是服從領導的問題……

上面所說的四個問題，是有一些主要的分歧的；代表這個分歧，我已經說過是老解放區的幹部作家與左翼作家。這兩個名詞，並不很好，因為解放後，許多左翼作家也成為幹部，而領導左翼作家的，當初也是解放區派去的老幹部，二者很容易混淆。如上面所引的王若望的「挖宗派主義的老根」裡的話，他把他們叫做「從解放區來的黨員作家」，可是王若望自己也是黨員。為清楚分別起見，這些老解放區的幹部作家可以說是正統派，那些在大都市裡歸附過去的作家，可以說是地下派，因為當時在國民黨統治下，他們都是從地下左傾過去的。

這兩派的代表人物，正統派是黨所支持的正統幹部周揚，地下派是左傾份子所擁護的魯迅。

如果是自由發展的話，地下派的主張自然容易被人所接受。可是解放後，毛澤東的〈延安文藝座談會上的講話〉變成經典，再沒有人敢倡異議，好像表面上已無分歧了。直到胡風事件發生後，方知這分歧是一直都存在著的。到鳴放時期，大家說出一些心裡的話，這才發現許多不是地下派的人的主張，竟都與地下派主張相接近。奇怪的是從解放後長成的一些作家，也可以說是黨所培養的年青一輩的黨員作家，也有許多是傾向於地下派的主張的。

同一切對立的主張一樣，在這四個問題之中，並不是非黑即白這樣的分明，事實上兩者之間是有各種灰色立場的。既然毛澤東的主張是一部經典，誰也不敢明確的反對經典上的理論，所以僅是從不同的角度對經典作不同的解釋而已。因此，這就成了很複雜的問題。

以領導問題而論，誰也不敢反對黨領導；但毛澤東經典是有批評教條主義與宗派主義的，因此有人對於個別的幹部的領導不滿，就用反對教條主義與宗派主義來措辭。其次階層與地域不同，則反對的人物也不同。如馮雪峰反對周揚的領導；而許多地方上的作家，他們反對的往往是當地的作協的黨組織領導人物。

譬如「政治標準第一」問題，也有許多解釋。雖然沒有人反對政治標準第一的原則，也沒有人反對文藝的方向是工農兵。但有人以為既然是以工農兵為方向，作家就得長期地與工農兵生活在一起，在火熱鬥爭中學習；有人覺得這不重要，因為中共所認為偉大的作家們並沒有經過這些學習。還有譬如題材問題，文藝雖是為工農兵服務，但是否一定要以工農兵生活為題材呢？有人又說，自然應當這樣，因為工農兵所能了解的是他們自己的生活，如果一個作家寫的生活不是他們所能了解的生活，那怎麼可以說為他們服務呢？在鳴放期中，針對著作品的公式化與概念化，有人就說現在工農兵的生活已經改善，他們已經有餘暇注意自己生活以外的生活，也有興趣要知道小資產階級的生活，所以題材可以不限於工農兵的生活，不過立場必須站在工農兵的立場。這種立論不能說是錯誤，可是在反右派運動以後，這種立論被認為是個人主義的觀點，目的是想恢復資產階級的自由了。這裡雖然沒有人敢說藝術標準高於政治標準，但有許多在藝術標準與政治標準之間受過苦難的人，在取捨之中透露了他們身受的被打擊與譴責的痛苦。這裡我特別選節《文藝月刊》上魏金枝的一篇文章。作者委曲求全，非常小心翼翼報告他在編輯上的際遇說：

……對於黨團作家，這是經過黨的選拔，先有一個良好基礎的，我們自然要加以特別重視，這和科學工作，是應該有分別的，因為文學是魂靈的工作。然而我不喜歡那一個黨員擺出特權的臉孔，來盛氣凌人。可是在上海，這樣的事情，卻時常發生。在我自己所經手的創作部門，最叫人傷腦筋的就是這件事。老實說，經過了好幾次的困難以後，我看見某些黨員作家的作品好的我就大為高興，高興他寫好了，一逢要退稿，我的手就發抖了，只好去求助於編輯部的幾位黨員同志，希望他們用黨員同志的聯繫通一通氣。為什麼這樣呢？局外人是難以想像的……

魏金枝是一個老作家，他擔任上海出版的《文藝月刊》的創作部門編輯。他在這裡所說的困難，也一是藝術標準與政治標準的矛盾。黨團員的作家，他們仗著自己的「政治標準」，寫稿子來投稿。編者可不得不要考慮它的藝術水準，藝術水準不夠，還是要退稿。這時候，問題就來了：「編者為甚麼要登些政治上有錯誤的作品，而不登我的作品呢？即使我的藝術水準稍低，但是我是黨團員，政治上完全正確的。你不是把藝術水準放在第一了麼？」這也可見，這一類的矛盾衝突是普遍地存在而永遠無法解決的。

關於領導問題與政治標準第一問題。茅盾在一九五七年九月十七日作協黨組大會講話，他說，所有右派分子雖然各有各的面目，各有各的作法，但在八個根本性問題上他們有「共同的言語」的。

第一就是反抗共產黨的領導。他說：「黨外右派分子，文藝界和文藝界以外的，在大鳴大放期間，異口同聲攻擊黨。他們有兩個口號，一個是『外行不能領導內行』，另外一個是『非黨幹部有職無權』。』第一個口號是從正面來反對黨的領導，第二個口號是從側面來詆毀共產黨的領導。我看高喊有職無權的人，有的實在沒有盡職，有的要濫用職權，達到私人目的，或者達到小集團目的。」

這種「有職無權」的牢騷，因為是事實，所以鳴放的人很多，巴金也就是一個。

第二點，就是關於政治標準第一問題，茅盾說：

懷疑……乃至反對工農兵的方向，也是右派份子共同言行的一種。雖然他們的調子各不相同，實質上並無二致。他們之中，好像還沒有誰在文字上公然反對工農兵方向，但是，他們在另外一些基本問題上所持的，所散佈的主張，即是從實質上取消工農兵的方向。這就是在「普及和提高」，「政治標準和藝術標準」的問題上，他們歪曲了毛主席的思想。老作家馮雪峰是這樣，青年作家劉紹棠也是這樣。他們說，「普及」的作品是低級的（有時說的客氣一點，是通俗的）作品，是為了適應人民大眾的低下的文化水平，專為達到宣傳效果而寫作的東西，因此，普及作品的思想性和藝術性不可能高。他們完全無視毛主席對於「普及」和「提高」的主要之點正是駁斥那些脫離群眾，脫離現實，脫離政治而幻想著什麼「藏之名山，傳之後世」的資產階級文人的觀點；正是警告我們不可以把叫「普及」和「提高」分為兩橛，而應當辯證地來看待。文學史上的事實也證明，凡是人民所喜歡的作品，同時也是高度藝術性的作品。認為普及作品是低一級的這種看法，是侮辱人民大眾的。毛主席的「普及」和「提高」的理論正是工農兵方向的一個主要構成部分。右派分子對於這個問題的歪曲，實質上就是企圖取消工農兵方向。在政治標準和藝術標準問題上，他們的錯誤同樣嚴重。政治標準第一，藝術標準第二的提法，不應當解釋為內容革命的作品可以缺少藝術性，而是指出，在我方評價作品時，首先要考慮的，是它的政治內容，換言之，即使作品的藝術性高（技巧好），但是內容不健康（更不用說反動的內容），我們必須否定它。（這是〈延安文藝座談會上的講話〉中，說得很清楚的。）因此，政治標準第一，藝術標準第二的問題正是表現了階級的立場。

這裡的問題很清楚，但是什麼是合於「政治標準」中的「內容健康」的作品呢？一個作家長期投入火熱的鬥爭中，長期地與工農兵一起生活。如果這個作家稍稍有點人性與同情心，他很自然的會站在工農兵一起，這話應當不會錯。假如這還是革命的時期，工人在資本家剝削下工作，農民在地主剝削下工作，士兵與日本兵或國民黨軍隊鬥爭，作者所表現的很容易正是革命的要求。可是如今工人乃在共產黨剝削下工作，農民也是在共產黨剝削下工作，士兵是在共產黨控制下壓迫人民，作家目睹這些被剝削與壓迫下的人民的疾苦，他想要表現的工農兵，想服務的工農兵會是什麼呢？積極方面，那就是對共產黨的反抗與怨恨；消極方面，那就是悲觀、消沉與絕望。作品如果反映真實的生活，那麼這於共產黨是不利的。這就是暴露黑暗與歌頌光明的問題，也是悲觀消沉與樂觀精神的問題。黨所要求的是作家應創造社會主義的新人物，他對於打擊能忍受，對於黑暗看作都是暫時的現象，對於未來有信心，對於領導，對於黨絕對信任與服從。凡黨在領導上的偏差，一定要看作是暫時的黑暗，而上級永遠是正確與公正。但是這一切的要求，往往正是與作家在工農兵群中所經歷所體驗的完全相反。因此，如果必須依照黨的要求，那麼所有的作品都成為毫無生氣，變成概念化與公式化了。大鳴大放期中，許多暴露黑暗的反官僚主義的，為工農說話的作品如雨後春筍，這就是成了反右派期中的另一種罪案了。

鳴放不到一個月，反右派鬥爭就開始了。這是多方面的全國性的鬥爭。文藝界的鬥爭，也在各地蜂起，其中最鬨動的是丁、陳反黨事件。這可說是一件繼續胡風事件而來的事件。

原來在清算胡風時，關於《文藝報》編務的批判，也曾牽涉到丁玲，說她在主編《文藝報》時，不但根本沒有指出朱光潛的美學思想的資產階級唯心論實質，還讓朱光潛狂妄地向黨進攻。我們相信當馮雪峰任《文藝報》主編時，丁玲仍是有實權的，因為副主編陳企霞是在丁玲任內繼任下來，並沒有變動。

一九五四年，因胡風事件，中央宣傳部，中國文聯，中國作協檢查《文藝報》，改組了編輯部，馮雪峰、陳企霞下台，丁玲自然也失勢了。

一九五五年，黨組肅反丁玲、陳企霞。陳企霞寫了三封信給中央負責同志，污蔑中共中央宣傳部和作協黨組織，要求推翻《文藝報》的檢查結論。他說檢查《文藝報》是「打擊壓制」、「假公濟私」，說作協黨組織「摧殘民主」、「無中生有」。

當時黨組織由追查匿名信而「發現」了「丁玲陳企霞的反黨小集團活動」。於是在一九五五年八月九日，作協黨組曾連續召開了十六次擴大會議，鬥爭丁玲陳企霞反黨集團活動。那次鬥爭情形與經過，從未公佈。當時丁玲陳企霞都曾認罪。事後他們雖是失勢，但仍負有許多空銜職位。丁玲有一個很長時期的沉默。鳴放開始，大概丁玲陳企霞以為鳴放的意義正是他們以前的主張，他們在反宗派主義、教條主義的整風會議中，想謀翻案，以致成了反右派的對象。於是一九五五年的對他們的鬥爭也就公佈出來，說他們當初的認罪原來心裡並不心悅誠服。

丁玲是一個有二十年歷史的黨員，名位重於一時，作品《太陽照在桑乾河上》曾獲史達林獎金第二獎。她之被清算其重要性是遠超於胡風的案件的。

一九五七年六月六日全國作家協會黨組召開整風會議。丁玲在那會議中大概大肆攻擊領導上的宗派主義，很占優勢。但是三次會議以後，到七月十七日第四次會議起，中共把會議擴大，改變了性質，號召了中宣部、文聯以及許多黨外作家參與會議，動員二、三百個人。會議的內幕都沒有公佈，一直到八月六日第十二次會議以後，《人民日報》出現了這樣的標題：「文藝界反右派鬥爭重大進展，攻破丁玲陳企霞反黨集團」。以後一直到九月底，會議開了二十六次，丁玲就此被清算了。我們很難知道六月六日到八月六日兩個月會議的詳細情形。但從可見的報導，這次雙方鬥爭相當激烈，如《文藝報》（十九日）上所說：

> ……他們污蔑中共中央宣傳部和中國文聯，中國作協在一九五四年對《文藝報》的資產階級方向的檢查；他們企圖批翻作協黨組在一九五五年對丁玲陳企霞反黨活動所作的結論；他們攻擊作協在一九五六年進行的肅反工作；他們通過會前的陰謀活動與會上的公開煽

動，影響和博得了一部份出席會議的人對他們的同情，製造輿論，要求作協黨組重新討論他們的問題，並公然瘋狂地要追查一九五五年作協黨組開會鬥爭他們的責任和動機，要求查看中央宣傳部辦公會議的紀錄。

在八月十八日《光明日報》上，有臧克家的報導：「我是一個非黨員作家，但我也聽到一些『竊竊私話』，甚麼『黨組在整周揚了。什麼事件要翻案了。丁陳事件不解決，作協整風便搞不起來。』等等。我是局外人，不明真況，當時聽了這些傳言，迷惑不清。有一天在北海公園開聯歡會，遇到周揚同志，我看他精神不大好，心裡暗想：『周揚同志被他們整瘦了。』還聽見說，李又然在黨組會上指著周揚同志大叫：『即使我李又然饒恕了你，歷史決不饒恕你！人民決不饒恕你！』從這裡已經可以看出，說丁陳反黨是多麼冤枉，他們反的是作協黨組，就是周揚。」

一九五七年九月七日邵荃麟在《人民日報》上對於清算丁陳反黨集團為了「文藝上兩條路線的大鬥爭」一文，裡面說：

首先，這個反黨集團，和其他反黨的人一樣，不敢公然承認自己在反黨。為了掩遮他們的面目，他們總是先把黨的領導機構或某些領導人，說成一個「宗派」，從而把黨對他們的批判說成一種「宗派打擊」。他們說，黨內有一批人是整人的，有一批專門挨整的。丁玲說「周揚統治了文藝界二十多年」，意思說，這是一種宗派統治。可是這種說法，都是和胡風一致的。胡風的三十萬言上書中，攻擊黨最主要的一條就是宗派統治。……

共產黨的「黨」與「人民」這類概念是非常模糊抽象的，誰有權力，誰就可以代表「黨」、代表「人民」，誰也就代表真理。丁玲、馮雪峰本來也都是二、三十年的黨員，為什麼不能代表「黨」的意志呢？如果他們勝利，周揚及其幫口不就此「反黨集團」了麼？這使我們想到當初以杜威為首席審判員在墨西哥審判托洛斯基一樣。當時史達林說托洛斯基叛國反黨，可是墨西哥的公審，祇證實托洛斯基是反史達林，並沒有叛國與反黨。中共對於丁玲、陳企霞、馮雪峰的清算也是一樣，這祇是權力之爭而已。

從這次清算中，我們可以看出在共產黨統治之下，權力是一切，它是生命，也是自由。這也是為什麼這些作家，無論是胡風、丁玲、馮雪峰不好好去寫作，而要爭領導權。這因為一個作家如果不在領導階層，據有實權的話，他什麼就也不能自主，一切都要被人支配了。

在這次清算丁玲事件中，可以看出領導階層的暗鬥是永遠存在著的。仔細分析起來，這件事情經過是這樣的：六月六日所召開的原是全國作協黨組整風會議，目的在改善領導。不意丁玲、陳企霞等想借此爭取領導，實施報復，要求把一九五五年肅反時對他們的結論翻案。這是周揚等卒不及防的。所以開了三次會議，一再對丁陳道歉，而丁陳等則不但不氣消意平，反而越攻擊越厲害，想一舉而推翻周揚。所以周揚把第四次會議拖到七月十七日，重新佈置一過，把會議的性質改為鬥爭丁陳的大會了。

據九月八日《文藝報》，他們不但是想全盤推翻一九五五年肅反的結論，而且還想推翻一九五四年中央宣傳部和中國文聯與中國作協關於《文匯報》檢查的結論與議決。這可見丁玲當時攻勢之激烈了。

在前三次會議中，周揚與其黨人劉白羽曾正式對丁玲、陳企霞道歉，部分的接受了一九五五年肅反的翻案。可見丁陳等在當時是勝利的。他們或者以為趁勝窮追，可以把二十多年統治文壇的周揚打倒，換一個局面。大概是上級核心的人物並不同情丁玲、陳企霞這個企圖，第四次會議就完全改變了性質，當時被邀參加會議的有中宣部文化部、文聯各協會，包括非黨員作家，一共有二百多人。這一次周揚還找出一個女作家柳溪，她是為了兩篇文章在天津作協被鬥爭過的人。周揚找出她，說她供述了這兩篇攻擊文藝界黨領導的文章，是陳企霞授意，而她的反黨活動也是陳企霞所指使的。到第七次會議周揚還把柳溪從天津調來出席，還調來曾經被《文藝報》批判過的黨員作家方紀，從此丁玲、陳企霞的聲勢就被壓倒。會議一直開了二十幾次，陳企霞失敗屈服，出賣了丁玲，丁玲最後終於低頭認罪。丁玲於一九五五年肅反時被鬥爭後，雖是失勢，但仍有作協副主席，人民代表大會的山東代表等頭銜。這次被鬥以後，丁玲不但失去了一切職位，還被開除了黨籍，一度傳說在作協掃地板。

丁玲的黨齡近三十年，是中共最紅的作家。她本名蔣冰之，一九〇七年在湖南出生，到長沙讀中學。後到北平從事寫作與胡也頻交識，結為夫婦，從那時候起就開始左傾。一九二七年在《小說月報》發表《莎菲女士的日記》，始在文壇上露頭角。胡也頻不久被捕處死。一九三一年，她正式入黨，主編《北平雜誌》。一九三三年丁玲被捕，有的說她是自首變節，不知怎麼，自首後即與國民黨特務馮達同居。馮達病死後，丁玲到延安，清算時說她對這一段歷史也沒有交代清楚。

丁玲在延安時任《解放日報》副刊編輯。一九四一年王實味的《野百合花》就是在她所編的副刊上發表的。丁玲自己還寫過〈三八節有感〉。這篇文章是說當時在延安婦女們的生活與心理的隱暗與痛苦的。在這次清算時被重新印發，認為她在黨的最困難的期中作破壞的暴露，當然是反黨的行為。

解放後，她曾任《人民文學》的主編，《文藝報》主編，文藝研究所主任，中宣部文藝處處長。作協的副主席。周揚在清算丁玲的黨組擴大會議上說：「……她是黨的文學事業的領導同志。黨不是不相信丁玲同志，黨把權交給丁玲同志，但丁玲同志則把個人放在黨之上。她的個人主義是一貫的。在前年的會議上，丁玲同志承認了錯誤，說黨挽救了她。後來她不承認了，說是在壓力下講的。」而丁玲的個人主義則是「極嚴重的個人主義，自由主義。把自己放在黨之上，向黨鬧獨立性。她和陳企霞之間的關係是不正常的。是反黨的宗派結合。」

這裡可注意的是周揚說丁玲與陳企霞是宗派結合，而丁玲則說周揚是「宗派統治」。所以所謂「宗派」，正是領導的人事。丁玲與周揚的對立，是遠在延安的時代，到這一次，丁玲算是完全為周揚所鬥垮了。

丁玲反黨事件中，一個很重要的人物，是馮雪峰。一九五四年，馮雪峰主編《文藝報》，他對於俞平伯《紅樓夢研究》一書，推薦讚揚甚力。這本書後來被批判了，第一篇批判它的文章，作者是李希凡與藍翎，《文藝報》轉載那篇文章時，馮雪峰在後面加上了貶抑的按語。後來，俞平伯被鬥爭，牽涉了馮雪峰。俞平伯倒沒有什麼，馮雪峰反而很嚴重。不意這時候出來一個胡風，胡風被邀去，原是為鬥爭馮雪峰的，不意胡風為洩多年來之積憤，借此機會對周揚及其同黨袁水拍大肆攻擊，揭穿許多壟斷操縱文壇的種種內幕。當時周揚與袁水拍等就移轉目標，清算胡風。從這件事件上看來，若胡風當時不攻擊周揚與袁水拍，也許馮雪峰會先被清算的。因為胡風借此反擊，所以就索興先鬥了胡風。馮雪峰當時雖也受了打擊，失去《文藝報》主編的位子，但仍是作家協會的副主席，人民出版社社長。這些職位大概是並無實權的空銜。

馮雪峰與周揚的不和，也是很早的事情。馮雪峰在上海的時候，是最接近魯迅的人，據馮雪峰說，爭取魯迅親共，大部分是他的功勞。胡風之接近魯迅，第一次也是馮雪峰引進的。一九三四年馮雪峰去江西瑞金。胡風在上海，無形中代替馮雪峰，經常接近魯迅。凡是文藝界的人要見魯迅，要預先由胡風聯繫，據說張天翼要同魯迅談一次話，曾給胡風壓了大半年。胡風參加左聯，很快的參加領導，也是馮雪峰的關係。一九三六年馮雪峰回到上海，那時等於是黨的文藝欽差大臣。他似乎沒有把上海文藝界的黨組看在眼裡，他追隨魯迅，支持胡風。當時黨組所提出的口號為「國防文學」，但是左聯議決的口號為「民族革命戰爭的大眾文學」，據說這口號是胡風提出的，可是魯迅、茅盾都擁護他。當時馮雪峰還同胡風辨一個《作家》雜誌。在《作家》九月號中有呂克玉（即是馮雪峰的筆名）對文學運動的意見，十月號中指明這是「對周揚先生的關門主義與機械論的批評」。

「機械論」這個名詞是從列寧的話而來，列寧於一九〇五年，在〈黨的組織的文學〉一文中說過這樣的話：

> 無可爭辯的，文學事業不允許機械的平均、劃一，少數服從無數。無可爭論的，在這種事業裡無條件地必須保證個人的創造性，個人所愛好的廣大領域——思想和幻想，形式和內容的廣大領域。

馮雪峰用機械論批評周揚，這意見可說是代表了魯迅所領導的左聯的態度。二十年後，胡風被清算時，也說過「機械論統治文藝二十年」的話。

這裡可以看出，所謂左聯的理論完全是服膺蘇聯革命前夕的文藝觀點，而中共的文藝政策則是在延安這個現實環境形成的。其中的距離是很大的。遠在一九四五年，馮雪峰在重慶《新華日報》副刊上寫過一篇文章，是具體地與毛澤東〈在延安文藝座談會的講話〉的意見是相反的。他用輕蔑的口氣說：「提倡政治性的先生們，如果我問三次，你能回答出來嗎？」

大家都知道，中共正是普遍地在提倡，利用一切通俗的民間雜戲歌曲等形式，可是馮雪峰於一九四五年，寫這一篇〈論藝術力及其他〉他說：「舊形式可利用的有效的是非常的少」，而民間藝術裡面「有很多有毒的反動的要素和過於落後的東西。」這與他在一九四〇年他所寫過「民族性與民族形式」的文章，說：「民族形式必然而且必須在世界化著，國際化著」，「『民族性問題』在文化上是失去了獨立的意義的」，「文化的『民族性』正是處在被揚棄的過程上」，完全是一致的。

在這些方面，在鬥爭時說他的文藝思想與胡風是一致的，恐怕不能說沒有道理，而這些文藝思想，也可說他們兩個人都是承繼於魯迅的。

馮雪峰入黨甚久，還是二萬五千里長征的成員，到陝北後被派到上海。一九三四年回到江西瑞金。一九三六年又回上海。抗戰軍興，他回到故鄉，不聽黨的指派，還對黨的負責人發牢騷。一九四一年他被國民黨所捕，在上饒集中營待了兩年。解放後，任中共「上海文聯」主席。後赴北京，任「全國作家協會副主席」。一九五二繼丁玲為《文藝報》主編。他與丁玲大概很投機，尤其是在彼此反對周揚的關係上。他繼丁玲任《文藝報》主編後，丁玲與《文藝報》似仍有很深的聯繫。陳企霞在丁玲任內本為《文藝報》副主編，在馮雪峰任內也仍沒有更動。

在丁陳反黨事件中，主要的人物倒是丁玲與馮雪峰，其所以叫做「丁陳反黨集團」，是因為這名稱在一九五五年肅反時就有了。丁、馮以外，牽涉的人甚多，比較重要的有陳企霞與李文然。

陳企霞在延安時，也在《解放日報》工作與丁玲同事。丁玲、馮雪峰任《文藝報》主編時，他都是副主編。一九五五年肅反後，他曾寫了三封匿名信給黨的上級領導同志，大概是寫給劉少奇。因為關於文藝上的種種是要由「林默涵同志向劉少奇同志彙報」的。在另一個會議上，《文藝報》黨員總編輯室主任唐因要追查的就是林默涵向劉少奇彙報的談話紀錄。

李又然是丁玲所主持文學研究所的教授。一九三二年在法國參加過共產黨。後來脫節，於一九四〇年到延安，由丁玲等介紹，恢復黨籍。在延安也寫過同情王實味的文字。這次反右派鬥爭中，大罵周揚，謂「歷史不會饒你」，又要求清查劉白羽的黨籍。

在丁陳事件中，被牽涉的作家很多，但祇有這幾個人好像是比較有密切的關係的。其餘的不過是一些偶而的往還，與零碎的對他們主張有所同情而已。如艾青，說他做反黨的穿針引線工作，勾結《文匯報》記者姚芳藻，供給他文藝界鬥爭丁陳等的祕密消息人。艾青是黨員詩人，而常把黨內事情洩露給黨外人士，這在共產黨看來，當然是犯紀律的行為，實則艾青因私人行為卑劣，被整肅過多次，最後受「留黨察看三年」處分。大概因為近年來不得意而牢騷特多，於大鳴大放期間，自然不免說了些反黨的言論。

反右派鬥爭在全國展開時，被鬥爭的人數以千計。因為丁陳事件的重大，別的事件變成不被人所注意。在這裡我自然不能也不必把這些鬥爭一一從詳敘述，因為這些被清算的人所犯的錯誤，都不外我上面所說的幾種。在理論與思想上並沒有超於馮雪峰所主張的一些「錯誤」。但是我必須還舉幾個有特殊性的事件，可以讓我們知道更多的黨與文藝的對立詳情。

吳祖光事件

丁玲、馮雪峰、陳企霞都是中共的老黨員，對於黨的一切應當無所不知。他們爭的是領導權。自然希望黨的文化事業有所改進，但覺得非由改變領導入手不可。吳祖光則是一個對於馬列主義，社會科學很少了解的人。他在抗戰時因為左傾，做了共產黨的外圍。當時共產黨的統戰工作，是極力吸收青年作家做它外圍，對於依附共產黨的青年作家無不讚譽捧獎，使其完全為共產黨所領導。吳祖光就是這樣一個被共產黨提拔出來的作家，實則他的作品一直沒有很成熟。

解放後，當初捧他爭取他的朋友，現在都做了官，他自然很感寂寞。於是同一輩年青的朋友來往，無形之中陶醉在一個小圈子裡。把他的家作為沙龍，常常聚集一些較空閒的，也都是較無地位或較失意的文化人在一起。談話中自然常常批評文藝界、戲劇界的種種。鳴放期中，他毫無保留的發表了幾篇很大膽的文章。因此反右派運動他就被清算。他之所以敢如此大膽，也正證明他的天真與無知。他似乎始終不了解黨與政治，以為大鳴大放真可以言所欲言了。較之上面所說的魏金枝、巴金一類人，對於宗派主義領導上批評的措辭，其小心翼翼真不是可同日而語的。

他在文聯第二次整風座談會發言（一九五七年五月三十一日）直接地叫黨趁早別領導藝術工作。他說：「有很多有稱號的作家、演員，長期不演、不寫、不作、不工。在舊社會這樣便會餓死，今天的組織制度卻允許他們照樣拿薪金，受到良好的待遇。作了工作的會被一棍子打死，不做的反而能保平安。鼓勵不勞而食，鼓勵懶惰，這就是組織制度的惡果。解放後，我沒有看到什麼出色作品。一篇作品，領導捧一捧就可以為傑作，這也是組織制度。」又說：「組織力量把個人的主觀機動性排擠完了。我們的戲改幹部很有能耐，能把八萬個戲變成幾十個戲，行政領導看戲稍有不悅，藝人回去就改，或者一篇文章，一聲照應，四海風從。……」

這不但攻擊組織制度，而且攻擊到「行政領導」了。對於領導問題，他又說：「……組織制度是愚蠢的。趁早別領導藝術工作。電影工作搞得這麼壞，我相信電影局的每一個導演，演員都可以站出來，對任何片子不負責任，因為一切都是領導決定的。甚至每一個藝術處理，劇本修改也都是按領導意圖作出來的。一個劇本修改十幾遍，最後反不如初稿，這是常事。

我和蔡楚生同志過去是朋友，對於藝術問題常常爭論，可是，現在他是局長，是領導，他說的我只能照辦。」

關於吸收黨員問題，他說：「有人攻擊積極分子，這樣提出來是必要的。因為積極鬥爭別人而入黨的人，假如現在證明鬥錯了，這樣的黨員的人格就有問題。這樣的黨員多了，非黨之福。」

關於文聯，他說：「文聯是人民團體，但是也和文化部一樣衙門化了。今天的政府機構和過去封建統治的機構有什麼兩樣呢？」

關於文藝評級，他說：「文藝評級也是等級制度，不評還好，一評意見就大了。毛主席也沒有法子公平。由於文藝評級，造成許多隔閡。」

關於肅反：「肅反這種鬥爭方式，即使在專制時代，也都是罪惡的。如電影局，在肅反時，有一位同志被鬥，他的愛人因之便和別人結了婚，後來證明鬥錯了，結果卻拆散了人家的夫妻。」

對於整個文藝界，他說：「……過去從來沒有像這樣『是非不分』『職責不清』，年青的領導年老的，外行領導內行。無能領導有能。最有群眾的黨脫離了群眾。這不是亂，什麼才是亂？」

吳祖光這些話是在整風座談會講的。這所謂整風，原是對宗派主義、官僚主義的一些幹部的整風。吳祖光這些話倒是盡了鳴放的責任。他大概也是根據「言者無罪，聞者足戒」的諾言來說，可是這也註定了他的被清算。

吳祖光還寫了一篇〈談後台〉的文章。他說，革命以前的後台常見生氣勃勃，快活愉快，是溫暖的家庭，是創作的泉源。而現在，「後台每一個人都好像倒提一口氣」。說到有一次到後台去，他寫道：「有一天晚上，春風坦蕩，我央求一位劇院的行政幹部同志帶我去一下後台。我忽然感到今天後台那樣冷靜，後台的每一個人都倒提一口氣。安靜是必要的，但是這樣好像有一種不必要的緊張。我爬了三層樓，悄悄的推門進去找到了扮演玉春的楊薇同志，悄悄的講了不到三句話，忽然房門悄悄的推開了，一張面孔伸了進來。於是陪我到後台的那位同志立刻走出去了，過了幾分鐘又進來，對我說：『沒事了，是保衛工作的同志問你是幹甚麼的。說明白了。』」

吳祖光的〈談後台〉倒是第一次揭露了中共特務怎麼樣在監視控制每一個演員了。

吳祖光同丁玲、陳企霞、馮雪峰，雖然都對領導上不滿，但是性質是不同的。丁玲、馮雪峰很想爭取領導，吳祖光不過是覺得黨對他冷待，沒有像解放前一樣把他看重的牢騷。吳祖光的圈子據說也形成了一個小家族。往還都是年青的文化界朋友，彼此欣賞，自我陶醉，把吳祖光的家當作家長的懷抱，使彼此得到交流的溫暖。清算時他的罪狀雖也是與黨爭群眾，服膺胡風的文藝理論，以及「個人才華」「自由」與「玩世不恭」這一類的陶醉。但是與丁玲、馮雪峰的所謂反黨集團，自然是完全不同的。

鍾惦棐

如果把吳祖光代表戲劇界的右派，那麼鍾惦棐正是電影界的右派。他是一個黨員，曾長期地任黨的宣傳機構的工作，以黨員身份進行電影評論與文藝批評的人。曾任《新影》第二總編輯，後任《文藝報》的編委。他在鳴放時期寫了幾篇〈電影的鑼鼓〉〈為了前進〉等文章。他說電影工作一百個為工農兵，但是工農兵並不愛看這些電影。他公開提出修正黨的文藝方針，否定黨對文藝事業的領導。一九五七年三月他親自主持了長春電影廠座談會，說是分裂了黨、群的關係。六月上旬，長春電影製片廠的右派分子鬧事，鍾惦棐意識到是那次座談會起了作用。六月中，當丁陳集團被清算時，說他還響應了他們。他的罪狀是：一、抹殺人民電影事業的成就；二、企圖動搖電影的工農兵服務的方向；三、全面反對思想上與行政上的領導；四、用狡猾的手法，提出外行不能領導內行；五、無條件的提倡票房價值，企圖使資產階級電影復辟；六、不許反批評，說成績，否則就是打悶棍，不虛心；七、分裂黨、群關係。

鍾惦棐是一個被清算的電影界的代表，他的罪狀也正是任何右派及修正主義的罪狀。

清算鍾惦棐是從八月四日開始，繼續十五次會議，到九月底才告段落。他自然低頭認罪，並且承認在文藝界紀念〈在延安文藝座談會上的講話〉十五週年時，就已經認為黨對文藝工作所指示的一些基本原則已經過時了，黨不能在政治上領導藝術；領導各部門的藝術創作，應通過各部門的美學如戲劇美學，音樂美學。他於是就狂妄地計劃化五年時間寫一部《電影美學》來代替人民電影事業的領導。所以鍾惦棐也可以說是個人主義型的右派份子了。可是他是一個有很高黨齡的黨員。

蕭乾

與鍾惦棐、吳祖光不同型的，有作家蕭乾。蕭乾本是《大公報》的記者，解放前曾派駐英國多年。解放後，他在《文藝報》任外文室的副總編輯。在鳴放時期，正巧輪到蕭乾掌管《文藝報》總編輯的工作。他當時就寫了〈人民的出版社為甚麼變成衙門〉〈今不如昔〉一類的文章。他鼓勵張友松、馮亦代等寫文章向黨攻擊。張友松寫了一篇〈我昂起頭，挺起胸來，投入戰鬥〉發表在第九期《文藝報》，人民文學出版社總編輯室來函駁斥，但是蕭乾不主張發表這封信。六月一日蕭乾在《人民日報》上發表一篇文章，題目叫做：〈放心，容忍，人事工作〉，他在「放心」一段說是因為教條主義而形成了一種「革命世故」，說「挨了批評，明明心裡不服，不還嘴，反而搶先檢討之類」，「對人不即不離，發言不痛不癢，什麼號召都人云亦云地表示一下態度，可對甚麼也沒有自己的看法。」這種情形都因為對黨的領導不夠放心之故。在「容忍」一段裡他提倡「自由」。他要黨容忍異己，「應該包括你所不喜歡仇人，容忍你所不喜歡的話」。這些都沒有甚麼新的意見，但是在第三段「人事工作」上，則給我們一個很清楚的中共在各機關的所謂人事科的一個真確的面目。他說：「我知道有些非黨幹部乾脆把人事科看作駐在機關裡的派出所。」一個「派出所」所掌握的是一個「保險櫃」，這個「保險櫃」裡放著每個人的人事材料。這些材料，都是「少數」積極分子的反映，自然不見得可靠。負責掌握這個派出所的人則是跟大家不大往來的老幹部，他們「平時對幹部成見一大堆」，呆頭呆腦文化很低，祇是保險櫃的一個看守者。

蕭乾暴露中共人事制度的可怕，這自然是免不了要遭清算的。但是值得一提的是對於蕭乾的清算不光是在思想或作品上，而特別看重在他的歷史與性格上，說他是一個徹頭徹尾的洋奴與政客。說他在《紅毛長談》一書中，又大肆污蔑蘇聯，發表反蘇謬論，並且把人民解放戰爭描寫成為「極端恐怖」「禍國殃民」的「不義之戰」。

參加鬥爭蕭乾的有他的前妻梅韜。她說：「蕭乾的靈魂是極其黑暗腐朽的。如蕭乾曾對她說，他向來是腳踏兩隻船，從不落空，嚮往著資產階級的生活方式：『名譽地位和女人』」。她又說：「蕭乾確是按照他這種人生哲學辦事。在解放以前，蕭乾一方面同共產黨人接觸，另一方又在美帝國主義和宋子文支持下，籌辦實際由國民黨出錢，而標榜所謂『中間路線』的反動的《新路》雜誌，並同美國駐華大使司徒雷登過從甚密。解放以後，蕭乾身在北京，心在英國。他以前存在倫敦的兩千鎊錢一直遲遲不取回，以備『不時之需』。」梅韜還說：「卑劣透頂的蕭乾在找職業甚至搞女人時，也都是『腳踏兩隻船』的。」

這裡梅韜所刻劃的蕭乾大概沒有大錯，這使不同情這清算的人，恐怕也很難同情蕭乾的。蕭乾型的人在中國很多，也正是政權交替時的一種普遍典型。這是與上面所說的幾位都是不同的。

劉紹棠

與上面所說的一些人都不同的，那是劉紹棠的事件。竹幕外的人們，因為大家都知道丁玲、馮雪峰等一輩人，所以沒有看重劉紹棠，以為這是一件大同小異的事件，實則劉紹棠事件比別的事件都為重要。因為劉紹棠是他們共產黨一手所造成的人物。

鬥爭丁玲、陳企霞、馮雪峰的大會，最多不過三、五百人，可是鬥爭劉紹棠的大會，則有一千餘人。由中共青年團中央宣傳部，中國作家協會青年作家工作委員會和《中國青年報》三個單位聯合主持。在這個大會以前，三個單位早已分別開了好幾次會。現在聯合主持這個大會，大概是為教育其他青年作家的關係，召集了所有在北京的青年作家。在大會上有中國作家協會主席副主席，茅盾、老舍，作協書記處書記嚴文井，作協黨組副書記郭少川，《中國青年報》陳椂等人。這也可以說中央對於劉紹棠事件的看重了。

那麼，劉紹棠到底是一個怎麼樣的人呢？

原來劉紹棠是一個年齡才二十二歲的青年作家。解放那年，他不過是戴著紅領巾的十三歲的初中一年級學生。十七歲正式為共產黨黨員，他可說是一個「一直在新社會成長的人，是完全經黨的教育中長成的人。」

他生長在河北運河平原的農村，對黨領導下的新農村生活有著純樸又深厚的愛情。從他看到一些人物與聽到的一些故事上，他在中學時代就寫了〈紅花〉〈青枝綠葉〉〈大青騍子〉〈擺渡口〉等小說，當時河北文聯就發現他的文學才能，把他調到編輯部實習了一個時期，以後又送他繼續上學。

一九五一年開始，《天津日報文藝週刊》就發表他的作品，給他鼓勵幫助。以後《中國青年報》也提攜他，介紹他認識周立波，康濯，沙汀，嚴文井等老作家，經常給他指導和幫助，還供給他到東北、河北、湖南等地方的農村去體驗生活。團中央書記胡耀邦也特地找他談話，在政治思想上給他指導。河北通縣中學的黨團組織，也在政治上幫他進步，吸收他入了黨。劉紹棠後來出版了他的第一個小說集《青枝綠葉》，在後記裡寫著這樣的話：「我，一個直接由黨栽培起來的青年，即使有星星點點的成績，也都是滲透著黨的心血的，因此我沒有理由驕傲自滿。我要遵循毛主席的文藝方針，長期地投身到火熱的鬥爭生活中去，在堅苦的鬥爭生活中鍾鍊自己，也要努力學習政治理論和文藝作品，求得把寫作水平提高一步。」一九五四年，劉紹棠進北京大學中文系。由於學校功課忙，寫作很少，許多敬愛他的青年人關念他，希望他多寫來西。劉紹棠就覺得大學生活妨礙他寫作，他於是要求退學。當時康濯同志就勸他讀完大學，他沒有接受。《中國青年報》也勸他不要退學。後來他自己一再保證退學後決心長期回到故鄉，在農村基層黨政組織中，擔任實際工作，這對深入生活，改造思想，進行創作都是有好處的。報社才設法幫助他退學，又介給他家鄉的黨組織，希望安排他作些實際工作。但是他祇是在那邊掛名，並不做任何工作，覺得這些「亂七八糟」的工作既麻煩，又耽擱寫作時間。他還看不起農民，覺得他從農民那裡學不到甚麼，認為從鄉親和家人聽來的素材已經寫不勝寫。這樣，他就在北京買了房子，偶而回鄉幾天，也要北京家裡蒸好了一籃子上等饅頭帶下鄉去吃。他還經常三兩個月脫離黨的組織生活。《中國青年報》關心他，請他開會或談些什麼，他都很反感。他還寫給報社黨委會，說他已是一個各方面都相當成熟的黨員作家了，盼望黨少管他些。他需要的彷彿只是學習資產階級古典作品的藝術技巧和進行創作的充裕時間，而不是什麼深入生活和思想改造了。（這是《中國青年報》記者高屏今所說的劉紹棠過去的歷史。）

於是隨著匈牙利事件發生，劉紹棠忽然想「大膽懷疑」「獨立思考」「發表創造性見解」了。在大鳴大放時間，他發表了一些文藝理論文章。他說蘇聯近二十年的文藝作品比前二十年「遜色」。中國近十五年來為工農兵服務的文藝絕大多數都是公式化概念化的圖解政策條文的作品，並說其原因就源於我們的文藝領導長期都是以教條主義為「正統」的理論指導思想的。他還把毛澤東〈在延安文藝座談會上的講話〉劃分為「綱領性」與「策略性」兩部分。他認為面向工農兵以普及為主以文藝為政治服務的方針是策略性的理論，這理論在文學藝術上不但起不了「促進」，反而起了「促退」的作用。他認為毛澤東策略性的理論是指導當時的文藝運動的，綱領性的理論是指導文學事業的。因此根據這策略性的運用而寫的作品因為「由於這些作品反映的生活有一定的時間性，由於作家創作的過程的匆忙和短促，所以這些作品的藝術性一般很差，思想性也有很大局限性，因此這些作品絕大多數藝術生命是不長的，能夠保存下來是不多的……」

於是劉紹棠覺得自己早年寫的那些歌頌「祖國的幸福生活，可愛的人物與模範的故事」「寫實性很差」，不過是「對故鄉的孩子氣的安慰」，他開始主張「寫真實」，於是寫了幾篇暴露黑暗的創作，作為響應大鳴大放的鳴放。

不但如此，劉紹棠對於社會，說：「只有同志，沒有朋友，說話都得小心，不然彙報上去，就都算做罪證。」對於大學裡生活，說：「減少政治課，減少組織生活，多寫文章，多坐圖書館」。對於農村，他說：「由農民幹部搞生產，知識分子搞精神建設」。甚麼是精神建設呢？「就是要把農村過去的婚、喪、節日、走親家等等風俗保存下來，再加上我從蘇聯、東歐、西歐小說中看到的那些農村色彩加進去，通過文化娛樂活動，把農村搞得五顏六色。」對於糧食政策，他認為「留給老百姓糧食太少，」說：「老百姓很苦，缺吃穿。」……

是這樣一個青年，是這樣一個作家，是這樣一個黨員，他被認為是一個具有資產階級的文藝思想的個人主義者，成為右派分子而遭到了清算。

茅盾於十月十一日（一九五七年）在批判劉紹棠大會上講話，有這樣的話：「過早地讓青年作家來做職業作家的辦法必須改變。把青年的業餘寫作者過早地提為職業作家或者要他到編輯部去『提高』，使得他們脫離了生活。使得他們容易滋生驕傲自滿的情緒，而在職業作家自給的辦法下，又使得他們粗製濫造。劉紹棠如果一直在農村，在那裡做一些工作，也許不會墮落到現在這個地步。」茅盾最後說：「我們年紀大一點的，也應把劉紹棠當作一面鏡子照照自己；但我們還多一個責任，就是改進培養青年作者和業餘作者的方法。」

這大概也是說明，對青年作家應多加控制了。

劉紹棠可以說是一個很好的例子，說明一個人在長成之中，當他的觀察能力及思考能力慢慢地成熟起來，他的生活擴大，體驗深入，自然而然就會發現共產黨所教他的一套完全是謊話，而他受了藝術良心的指使，如果要忠於藝術，要忠於生活，他就必然的會暴露黑暗了。大概劉紹棠在生活中因為一直很順利，沒有遭受什麼打擊，所以不懂政治世故，有感想就心直口快的說出來。這大概也是他遭清算的主要原因。

徐懋庸

在舉了這些同樣罪名，但是不同的典型的一些作家之後，我還想舉一個徐懋庸。

徐懋庸有黨齡二十多年，一九三六年，當周揚與魯迅在上海爭左聯的領導權時，徐懋庸曾經寫了一封信給魯迅。我們知道在清算馮雪峰的時候，揭露了魯迅對徐懋庸的回信是由馮雪峰起草的，馮雪峰在這點上罪名是挑撥離間魯迅與黨的關係，當然是罪大惡極了；現在清算徐懋庸時，則說他「背著當時共產黨在上海文化界地下組織，擅自寫了一封極為惡劣的信給魯迅先生，給黨和人民的事業，造成了損失。」徐懋庸的信也成了一個罪案。

清算徐懋庸是在十一月二十六日到二十九日，由中國科學院社會科學部和中國作家協會主持，參加了三百多人。

徐懋庸最大的罪惡就是曲解恩格斯的學說，說當前中國的資產階級和工人階級幾乎已經沒有區別，主張兩者之間求同而不應求異，認為求異就是宗派主義。

徐懋庸認為黨的領導幹部是一群不學無術，只靠地位來實行領導的官僚主義者。

徐懋庸主張人有「共同人性」，不承認這「共同人性」者為矯情，資產階級分子之所以可能改造成為社會主義制度下的勞動者，乃是由於有「共同人性」的基礎。

徐懋庸在半年之中寫了近百篇的雜文對黨諷刺。他說：「看近來的趨勢，小品文的鋒芒，大都指向較小的幹部，很少接觸到大幹部的思想作風。但小品文自己的『驕傲』，卻很不願意只給小幹部充盤尼西林。怎麼辦？」這裡徐懋庸的小品文想瞄準高級幹部了。徐懋庸攻擊高級幹部，據說，把那些「八級高幹」「九級高幹」「省委書記」「部長級領導」和一個「更高級的領導」等等，竟寫得連一個像樣的也沒有。他們或者被辱罵為「順從主子而又制服主子」的奴才，或是被挖苦對「不學無術」只是靠兜售「祕本」兜售「靈丹妙藥」的江湖騙子；或者被醜化成「昏庸」「多忌」「怯懦」「心胸狹隘」的膿包樣的統治者。

但是徐懋庸自己是甚麼呢？他在解放後曾任武漢大學副校長，也只是八級幹部。據說他因為破壞了黨的關於知識分子的政策，被檢查，批評，教育，調到一個較小的範圍去，但他又利用「權」搞小集團，又受了檢查，批評，教育，於是被放到科學院去做研究工作，但他利用「心有常閒」的時候，半年中間，「寫了二十多萬字的雜文想來報復」。

當共產黨清算右派分子時，徐懋庸寫了一篇〈武器，刑具，和道具〉，他說：「同是一把刀子，在戰士手裡是武器，在劊子手手裡就是刑具。」他又說：「對於一個並不是敵人的人，用了種種力量，使之處於毫無爭辯的地位，然後從『捕風捉影』的『確鑿證據』出發，而無情批判之，殘酷鬥爭之，指為偽馬克思主義，判予反動，終於取得偉大的勝利。那麼，這『勝利』也不過是劊子手的勝利。」而徐懋庸也終於「使之處於毫無爭辯的地位」被無情批判與殘酷鬥爭而被判為反動了！

鳴放以後，在反右派運動中被清算的作家數以千計，上面一些人，不過是比較突出的典型。所謂罪名，個個都是大同小異，推其本質，則並無有超出上面所說的四個問題的。

對於領導上的批評，除了丁玲、馮雪峰是針對著周揚，或者可說是與周揚爭領導權以外；其他只是響應黨中央鳴放的號召，對宗派主義、教條主義，官僚主義的一些鳴放而已。沒有想到這已經偏差到修正主義右派的階段了。

至於原則上說文藝最好讓文藝來領導文藝，不要黨來領導，這也不是說文藝想脫離黨，而是在工作上，細節上不必隨時隨地來控制就是。這正是說教授治校一樣，誰也沒有奢望過學校可獨立地離開政治，不過在細瑣的管理方面，覺得外行不如交給內行罷了。

對於作為經典的毛澤東〈在延安文藝座談會上的講話〉，假如說當初曾有人不同意，現在可再沒有人敢想改竄它了，唯一可努力的是加以新的銓註，俾可比較活潑地運用使其對現實能配合。可是中共並不如此想。毛澤東〈在延安文藝座談會上的講話〉基本上雖是支持土著的文藝幹部以打擊都市來的左傾文藝同志，可是含糊兩可的地方很多。共產黨的理論，永遠不願意模稜兩可之間有清楚的規定，因為這樣才可使他們有應地應時作辯證的把握的方便。對宗派主義、教條主義的整風，原意或者真是想對那些以地位黨齡，不是以才能在領導的幹部有點糾正或教育，可是竟因此動搖了整個領導體系。反右派、反修正主義，一方面固然是違反了自己對鳴放的諾言，另一方面則也使統治者覺得這個統治的體系，除了硬支持下去外，是沒有法子可有一點點改善的。

上面我舉出的是一些被清算的人與他們的見解與思想。現在我想舉幾篇被批判的文藝創作，這些所謂「暴露黑暗」，「寫真實」及「反映現實生活」的文藝創作，這些作品，實際上都是鳴放期中出現的，也正是響應黨的整風的號召而產生的。這些作品，在形式與內容上可說都是很平庸的，而所暴露的黑暗，也多是大同小異的官僚主義。我這裡舉的雖只是幾篇，但也是可以見其一般。

王若望的兩篇特寫

一個具有「大炮」性格而又被工廠黨政領導劃入「一貫調皮」那一類的車工張愛良，有一次在「過年的最後一天」因為批評了一個車間主任（一個黨員）不該宣佈提前半小時關車，舉行車間裡的清潔大掃除的命令，而遭到批判。那位車間主任也不問個青紅皂白，就給他扣上一頂「抗拒領導，損害威信」的大帽子。他一急，也以「官僚派，不講理，領導破壞勞動紀律」回敬一下。於是車間主任又下一個命令：決定扣發他一個月獎金，作為處罰，理由是平時「這傢伙，一貫搗蛋，經濟主義嚴重，幹活不老實，虛報定額，想多得獎金」，就索性扣他的獎金，叫他腦袋裡印象好深一點，這叫做對症下藥。張愛良對這個處罰表示不服，就向監察室去「告狀」。一場富有喜劇性的矛盾衝突就這樣展開了……

這件「公案」鬧得黨政領導和工人群眾都六神不安起來。人事科長認為車間主任對張愛良的處罰是錯誤的，可惜無權過問；監察室副主任明知車間主任不對，就因為怕黨政領導，故而不敢向黨員提出批評；黨委組織委員會也認為處罰不當，但只是皺眉頭，馬上考慮到「要是收回成命，將來車間主任不好當了。」他又是黨員幹部，遷就了張愛良，黨的威信和主任的威信就會受到影響。最後結論是：怎麼辦呢？扣一個月就扣一個月吧！誰叫他「一貫調皮」。副廠長對這件公案看法是這樣的：車間主任這樣做是不對的，感該批評他。可是當他知道了黨委組織委員的意見時，口氣馬上改變了，認為組織委員的意見就是「黨委的意見」，總是正確的，也不能不隨聲附和：「就這麼辦吧。」關於廠長呢，覺到這種處理上有毛病，但為了照顧黨內團結，不好改變他們的決定，結果只是把扣一個月獎金，偷偷地改批為扣十天。車間裡工人群眾都同情張愛良，然懾於「車間主任，廠長，黨委書記」的威勢，都不敢替張愛良講一句公道話，只能「悄悄地」說話，你要問他們，他們就會「繃緊了嘴巴，擺擺頭。」

張愛良因此招來了工廠黨委和行政領導照從上到下「永遠拔不掉的歧視」。他在廠裡變成到處碰壁，申訴無門。因此他想告到外面去，告到全國總工會華東辦事處，告到黨報去。可是監事室副主任說：他們忙得很，哪有時間管你這些小事。他也就不再妄想。不幸的是他的這個「念頭」竟招來了黨委組織委員會更大的報復和打擊。組織委員會一方面找他談話，「穩住他」，一方面利用車間黨支部去搜集他的資料，準備開會鬥爭。這樣黨委由被動取得主動，這個一直被歧視的工人最後被借故踢出他勞動過多年的工廠。那位膽小怕事，看黨委眼色行事的監察室副主任，忽然領悟到張愛良是個無辜者，甚至他的大炮搗蛋的性格也不是他的錯處，而是在「不斷受歧視之後才形成的」，都要領導負主要責任。並且意味深長地對他作了「進一步教育」：

「你這個人一向態度不好，為什麼你總是要和領導對立呢？你要知道，現在的領導都是共產黨呀！」

這一篇特寫題目叫做〈成見〉，是被批判為作者對黨所領導社會主義建設抱著不滿心理與敵對情緒的。另外一篇是五分鐘電影特寫〈見大人〉：

一個「六十歲光景，挾著一件簑衣，背上馱著一個包袱」的農民父親，從山東千里迢迢的到上海來探望他的在高級領導機關當部長的兒子曹廷中。他走到「門口掛著一塊足有一丈五尺長的招牌的他的兒子在做官的政府機關」時，就被那個機關的傳達奚落後而遭了擋駕，直到他說出他兒子的名字是曹部長，才「轉為恭敬」，替他通報到部長辦公室的祕書。祕書聽說是部長的「太爺」，馬上誠惶誠恐的通報了部長。

接著，鏡頭搖到父子會面了，先是「保持相當距離」，繼之又嘲笑一番「鄉下老頭」的簑衣和他帶的「土產」。兒子於是命令祕書用「走七十里要化一挑麥子」的汽車送父親回公館。

兒子的公館是有衛兵把守的，豪闊萬分，沙發、彈簧床等等佈境使父親的樣子更顯得寒傖。部長太太就認為那個「一副叫化樣子」的農民公民住在家裡影響部長的威信，於是就接著「人要衣裝，佛要金裝」的原則去改造父親。連七八歲小孫子也譏笑「猴子爺爺」，把他山東帶來的土產當作「餵豬的東西」而任意糟蹋。

最後這個農民父親不得不「很傷心」的結束了這一次不如意的訪問。他氣咻咻地說：「這裡是衙門？實在呆不慣，素性我走了。」於是：

「老人孤獨地在大街上躑躅著，身後拖著一個長長的影子。」

像這樣的特寫，正是反映生活的真實的，但是這是違背了社會主義的寫作原則，所以是必須被清算的。

劉紹棠的兩篇小說

劉紹棠被認為反動的兩篇小說，一篇是〈田野落霞〉，一篇是〈西苑草〉。前者是寫農村的，後者是寫大學生活的。

在〈田野落霞〉中，作者創造出幾個農村黨員與領導者的形象：

一個是高金海——遊擊戰爭時騎兵一連的排長，參加過掃蕩。他是區委的副書記，他對「這一職務已經鑽營很久，他的老上司張震武也替他四處奔走」，最後總算抓到了這個職位。

一個是劉秋果——是新調來的代理區委書記，未經改造，心理上時呈狂熱，時呈陰暗的小資產階級知識分子。他與高金海是對立的。高金海就拉攏區委裡一群老油條專與劉秋果作對。

一個是楊紅桃——她在游擊戰爭時期死了丈夫，守了五年寡才嫁給高金海。高金海在這個女人身上施加了慘無人道的蹂躪。她還說高金海明目張膽的在農村裡找了一個十八歲的富農女兒做他「姘頭」。這個女黨員，在黨的鬥爭中生活了十二年，而現在竟也是一個沒有生氣，道德墮落，一無可取的女人。她還是黨支部書記。

一個是副縣長張震武——他在游擊戰爭時做過運河地區的區委書記。但他竟是一個非常庸俗的人，愚昧無知，把唯物論辯證法說成了「辯證論唯物法」。當高金海受到黨紀處分的時候，他還千方百計的包庇高金海。因為楊紅桃批評了他，他取消了楊紅桃黨支部書記的職位。

故事就在這些人糾紛中展開，所暴露的是黨組織的癱瘓，黨領導的墮落，這些雖有多時在黨中鍛鍊的黨員們的愚昧無知。

〈西苑草〉則是反對主義教育的一篇小說。寫出大學生活的不民主，不自由，任憑別人擺佈。唱歌要集體，跳舞要集體，進公園要集體。同學間沒有友誼，愛情也比「目前文學作品所描寫的愛情還要公式化」。一個月，兩封信，見一次面。每封信一頁信紙，每次見面兩個鐘頭，如此而已。要是星期日跟愛人一起出去過多的時間，要被批評為脫離群眾。最後連學生投稿的自由也被壓制。

上面我們談到過劉紹棠在北大中文系讀過書，後來要求退學。這裡所寫，當然是他的經歷。他大概是受到了「投稿被壓制」，所以想退學的。

流沙河的〈草木篇〉

一九五七年春，在四川出版了一本詩刊，叫做《星星》。創刊號上，發表了流沙河的〈草木篇〉。這不是什麼了不得或新鮮的作品，只是一組把植物象徵社會裡的人們與世態，一共也不過短短幾百字，但是竟掀起一個大鬥爭。批評、檢查、反批評一類的文章發表的少說也有三十萬字。進行鬥爭有半年之久，牽涉了《星星》詩刊的編輯石天何，《文匯報》記者范琰，以及四川大學民盟的教授們。關於這一件鬥爭的案子，這裡不擬詳述，這裡只將〈草木篇〉全文轉抄這裡。特別要說明的是作者流沙河是一個青年作家，是四川省文聯的一個幹部，是共產黨青年團的團員。他的父親是一九五一年鎮反時被鬥爭死的。

〈草木篇〉具文如下：

寄言立身者，勿學柔弱苗——唐．白居易

白楊

她，一柄綠光閃閃的長劍，孤另另地立在平原，高指藍天。也許，一場暴風會把她連根拔去。但，縱然死了吧，她的腰也不肯向誰彎一彎！

籐

他糾纏著丁香，往上爬，爬，爬……。終於把花掛到了樹梢。丁香被纏死了，砍作柴燒了。他倒在地上，喘著氣窺視著另一株樹……。

仙人掌

她不想用鮮花向主人獻媚，遍身披上刺刀。主人把她逐出花園，也不給水喝。在野地裡，在沙漠中，她活著繁殖著兒女……

梅

在姐姐妹妹裡，她的愛情來得最遲。春天，百花用媚笑引誘蝴蝶的時候，她卻自己悄悄地許給了冬天的白雪。輕佻的蝴蝶是不配吻她的，正如別的花不配被白雪撫愛一樣。在姐姐妹妹裡，她笑得最晚，笑得最美麗。

毒菌

在陽光照不到的河岸，他出現了。白天，用美麗的彩衣，黑夜，用暗綠的燐火，誘惑人類。然而，連三歲的孩子也不去採他。因為，媽媽說過，那是毒蛇吐的唾液。

就是這短短的幾段，不過幾百個字的東西，可是批評它，鬥爭它，以及清算它的報導至少有三十萬字。要說是錯誤吧，也祇是個人主義脫離群眾的作品，並沒有甚麼重大的對政治的諷刺。我想它之所以引起這麼大的風浪，大概是這〈草木篇〉所指的，或許正是四川文聯或共青團裡一些現實的人與世態，所以就遭受到清算的命運了。

曉風（黃澤榮）的兩篇〈向黨反映〉

曉風是四川《成都日報》的編輯，是與流沙河一起，作為四川的右派份子小集團而遭清算。這裡是他是兩個續篇：

（一）在糧食統購統銷區、鄉、村三級會議中，宣傳動員結束，立刻轉入摸底排隊。大多數鄉的摸底所統計出來的統購數字，與區委分配的任務符合。其中方順風所在的太平鄉——全區重點鄉，還超出任務百分之三十八，只有陳望重負責的單石鄉，工作進行緩慢，其統購數字與區委分配任務相差為百分之二十五。自然，陳望重變成落伍而被上級所批評了。

故事展開。方順風之所以超額是完全不願農民死活壓榨農民而來的。陳望重則切實地瞭解農民情況，覺得黨的統購政策並不是包括農民的口糧，而「代表戶的產量並沒有那麼高，比如謝海清豐產互助組原評的七百五十斤，經過我的實地調查，最高不到六百二十斤」。總之是他因為正確地瞭解農民實況，所以不願不顧農民死活去徵收。

可是上級怎麼樣，陳望重對作者說：「……目前我們區上有這樣一種偏向，凡下級幹部的思想與領導的意圖不相一致，或對問題有獨立的見解，便被批評『思想落伍』『無組織』。這樣無形中形成了一種順風駛舵的思想方法。」

作者於是說到他隨方順風在學習工作方法，看他聲色俱厲的對謝海清說：「老謝，你是黨員，又是全省豐產組互助組組長，賣餘糧要帶頭啊！可不能推三擬四的。」可是謝海清則膽怯地說：「我知道，方同志，就是產量……」於是方順風就打斷了他的話截釘斷鐵訓他一頓，甚麼經不起考驗啦，好了傷疤忘了痛啦……罵得謝海清抬不起頭，只好咬著牙巴向他表示態度：「這樣吧，方同志，請你放心好了，我們互助組勒緊褲帶也要買夠上級配下來的數字。」

這樣方順風回來就向范明彙報說：「謝海清互助組經過動員後，全組組員熱情很高，紛紛表示一定提前完成國家統購任務。」作者覺得不對頭，就說：「這不是全體互助員的態度，是你強迫謝海清說的。」方順風當時就說：「組長代表了誰？當然是代表全體組員。至於說到強迫，那要有你怎麼樣在看問題。是的，我們應當堅持說服的政策，但是對那個別的頑固的份子，拒不把他糧食賣給國家，我們就應該硬性一點。」他說得在理極了，沒有一點漏洞。

這是上篇。下篇叫做〈上北京〉——續向黨反映。

（二）這是不久以後的事情。

作者碰巧在守電話，謝海清打來電話說：「我想問問還要我們農民吃飯不？鄉工作組方順風同志快把我們逼死了。……我們今年互助組平均產量不上六百斤，可是在秤產時方同志估著要六百四十斤，不然就過不到關。那時我們本不承認，他又哄我說：你們暫時裝裝樣，以後入會時少入點就行了。可是現在，少一個也不行！一天到晚帶著人逼死逼活的到各處去催，弄得全組男女老少哭哭啼啼就像吊喪一樣。」

「你咋不來區裡？」

「走不了呀，這幾天正是小春追肥。」謝海清嘆口氣說：「唉！咋個辦呀，成心逼人死。」

「有甚麼咋個辦？賣不夠就不賣！」

「能行？」

「咋不行？黨的政策只統購農民餘糧，不統購農民口糧，如果他再來逼你們，就這麼回答他。」

由接電話的作者作主，寬鬆了農民。

第二個電話，報告說是，太平鄉中農鄭光興吊頸自殺了。當時晉書記非常著慌，最後不許這個消息傳出去。

隔了幾天，謝海清的事情發作，作者受到檢討，但他覺得自己並沒有錯誤，他說：「我不能看黨的政策被歪曲，我不能讓太平鄉的事件在單石鄉重演！

於是李處長捶著桌子說：「喲，你在放屁！不要拉著黃牛硬說馬。告訴你，太平鄉中農鄭光興自殺是因為破壞糧食統購統銷。」

最後，作者被開除團籍。

十二月統購統銷工作結束，李區長報告勝利地完成了上級分記下來的任務，並全部入倉。於是一片掌聲。李區長又揮看手說：

「同志們！我們工作成績是主要的，缺點是次要的。再重覆一向：成績是主要的，缺點是次要的。同時，這缺點是前進中的缺點，也是不可避免的缺點。」

曉風的那兩篇，題目是〈向黨反應〉，第一篇的副標題「給團省委的一封信」。很顯然的，他想把農民的哀怨與痛苦向上級反映，而對於不顧農民死活的下級幹部有許多揭發與諷刺。這就犯了「寫真實」「暴露黑暗」的「現實主義」的錯誤，而被清算批判，當作右派反黨分子了。

劉賓雁的特寫：〈本報內部消息〉

劉賓雁的〈本報內部消息〉發表於一九五六年六月號的《人民文學》上，也是對於「官僚主義」的暴露。這篇特寫裡有三個主要的人物。一個是陳立棟——有二十年黨齡和長期工作經驗的新聞領導幹部，現任省黨報《光明日報》領導。他的優點是能夠堅決地執行黨的決議。對工作負責踏實，幹勁十足，從不感到疲乏，也從未發過怨言；可是性情急躁，作風粗暴，主觀片面，思想僵化，驕傲自滿，保守落後，趣味庸俗，獨斷獨行的官僚主義者。

一個是馬文元——他本來是一個大膽熱情活潑有朝氣的人，但解放後，在市委宣傳部當科長的時候，他才慢慢的變成喪失了政治熱情和生活興趣，學會了把一切生動活潑的事物和複雜尖銳的鬥爭變成抽象的概念和公式，把人們的喜怒哀樂都歸之於「階級立場」「人生觀」和「思想作風」這三條法則或規律，變成了一個冷淡疲懶痲木不仁的庸人。到了報館以後，在陳立棟的打擊壓制之下，變成更軟弱，更庸俗，更安於現狀。

一個是黃佳英——二十五歲的女孩子，勇敢堅決，坦白真誠，喜歡打抱不平，有獨立思考，熱情活潑，有辯才，有魄力，有創造性。

故事是寫陳立棟的官僚主義，束縛幹部們的創造性與積極性，與黃佳英的處處想革新的精神相對立。馬文元則懦弱地在陳立棟的權威守舊思想與黃佳英的革新思想間徘徊，但最後終於挺身而出，克服了優柔寡斷的懦弱，堅決地為黃佳英說話，擊退了那股逆流。

作者顯然是從現實生活中寫出陳立棟這種官僚主義的典型，重視請示報告，重視省委會的決定和省委書記的指示，而不能反映群眾真實的生括，滿足該報讀者的要求。自然因此也諷刺到黨的人事工作。

這當然是一篇註定要遭清算的作品。

這篇文章發表時，編者秦兆陽寫了一篇〈從特寫真實性談起〉的文章，又寫了一篇編者的話，向讀者鄭重推薦。這也就註定秦兆陽也遭受到清算的命運了。

另外一方面，中共也不承認對於鳴放的終止，經過了反右派、反修正主義的清算鬥爭與打擊，自然再也沒有人寫什麼了，除了是由觀光蘇聯或東歐回來的報導，以及對各種從蘇聯學習或考察回來的人的訪問。但是中共還在作「百家爭鳴，百花齊放」的號召。他們還是不承認有「收」。他們說：「那些開的不是『花』，而是『毒草』，所以我們要鋤掉它，我們現在仍是不斷要求多多地開『社會主義之花』『人民之花』」。他們說：「他們不是立足在人民內部為人民革命事業作打算，而是站在人民之外的敵人地位，向人民革命事業開槍動刀。他們的『放』，與我們百花齊放的『放』，他們的『鳴』與我們百家爭鳴的『鳴』，是有著敵我不能相容的分界線的。」

但是，如果不能有一點異己的思想與見地，那麼所謂百家爭鳴往往祇是一家的支店與分號，所謂百花齊放不過見一枝樹上開同樣的花而已。

《文藝月報》於一九五七年底在鼓勵人民「鳴」的文中說：

> 有這樣一些人，在反右派鬥爭以前，還寫文章，發議論，進行學術問題的研究探討，反右派戰爭大獲勝利以後，都反而閉口擱筆了。為的什麼呢？轟轟烈烈的反右派鬥爭，給我們上了勝讀十年書的一堂大課，在鬥爭已經勝利，我們受了生動的階級教育之後，對「百花齊放，百家爭鳴」的政策反而心情冷淡，不感興趣，似乎有點奇怪，但又彷彿不無原因似的。據說是有點兒一怕「言時無罪，言後有罪」，二怕「風從穴來，禍由文來」。這個怕，有無客觀根據，我為他遍找無著。

不管怎麼解說，不管再怎麼號召，誰也不敢再「鳴」再「放」，誰也不敢寫任何新鮮的作品。順口接屁，跟著黨方的口號叫叫，當然是最安全了。

中共的文藝領導自然也見到這一層，於是於一九五七年底，北京忽然刮起一陣風，號召作家們到工農兵群眾中去安家落戶。

關於作家應深入工農兵群眾中生活，這原是毛澤東〈在延安文藝座談會上的講話〉所說的。這裡面其實有許多政治的意義，第一、是勞動改造，據說可使小資產階級的意識改成無產階級的意識；第二、是向工農兵學習；第三、是體驗生活；第四、才能使文藝為政治服務，為工農兵服務；第五、才可成為靈魂的工程師。但是，我以為有一點是很值得提出的，即當時從大都市到延安去的那些作家——那些瞧不起老幹部黨員作家，並常與他們磨擦的那批作家——造成了延安許多混亂。毛澤東有意把他們分發到工農兵地方去，一是把他們分散，二是給他們一點懲罰的。

如今的問題也還是一樣。

鑒於鳴放中，這些作家們狂妄地對領導批評，為省得知識分子聚在一起搞小集團。為對這些人作一種懲罰，所以有這個發動。

然而，下鄉、進廠、下連隊，祇是一句話。每個人都響應號召，但是每個人待遇是不同的。有的帶著保姆、妻子，住在別墅裡，有的則要住到民房去；有的去幾個月，有的則要幾年；有的可以隨時來來去去，有的去了就必須終身就在那裡。

譬如趙樹理，他到太行山鄉下去落戶，住了幾個月就回了北京。到的時候農會開會歡迎，離別的時候開會歡送，住的吃的都與農民不同。譬如被清算以前的丁玲，於一九五五年會到太湖去落戶。根據清算丁玲時的揭發，當時的情形是這樣的：「他們（丁玲與她丈夫陳明）住在一所舒適的小洋樓裡。除了他們自帶的警衛的人員外，還有無錫市特為他們指派的警衛人員。每天還有人從療養院為他們送飯。」至於到太湖去體驗漁民生活，則是：「一天，陳明給漁業合作社打了個電話，隨即派來一條洗得乾乾淨淨的小船，在明淨的船艙裡，還鋪了涼蓆，並且還特地為他掛了蚊帳。但陳明仍怕有什麼傳染病，他特別自備食物；嫌白天太熱，黃昏時才出發。湖光山色中，住了一夜。第二天清晨便體驗生活完畢，回到了小洋房。」這樣的下鄉，這樣的體驗生活，正是一般特權作家的面目。可是請看丁玲在〈到群眾中去落戶〉一文中是怎麼麼寫的：

……我們不要做一個隨風飄蕩的小船，在這個碼頭上停一天，在那個港灣過一夜。我們要在那裡發現新大陸，要開闢，要建設，要在那裡把根子扎下去……

丁玲之所以可以如此特殊，當然是黨與政府所准許的。在清算時期揭露出來，也就成為她的罪狀。但事實上，這倒也清楚地勾劃出共產黨人的言行的距離。

大陸的的作家，如果是服從領導而為黨所信任的，都是特殊階級，他們一字不寫，也有薪水可領。稿費版稅，那是額外收入。如劉紹棠這樣青年作家，出了兩本書就買了房子，銀行有了不少存款。要寫作，還可以申請到青島、到北戴河或者到頤和園去。每年可以到國內外遊歷，蘇聯、東歐、南美、四川、雲南……隨便什麼地方。這些費用自然都是國家的。所以，當他們清算作家時，他們要說：「到底黨在什麼地方不照顧你，什麼地方虧待過你，你要這樣忘恩負義，這樣仇恨黨的領導。」就是這個意思。

當黨號召作家下鄉、下廠、下連隊時，最先響應的當然是特殊的人員，那些人員等於是避暑或遊春，何樂而不為。於是各地都發動起來，人家會說，像某某某這些名作家大作家都下鄉下廠去了，你為甚麼還不願下呢？《文藝月報》上說：「據說這次作家下鄉下廠的熱潮中，也還有人在猶豫彷徨，思慮著種種的困難。甚麼愛人、家庭，甚麼農村生活的艱苦等等……。」可見作家也正如官吏，有上級、中級、下級，同是下鄉，待遇完全是不同的。

毛澤東的〈延安文藝座談會上的講話〉是十五年前的文獻了，那麼為什麼解放以來，竟沒有人生活在工農兵的群眾中呢？一九五七年十二月號《文藝月報》上有文章說：「且不說長期地生活在工農兵群眾中，就是經常和勞動人民保持接觸的人，也是極其少數的。而絕大多數的作家，是長期地無條件地全身心地脫離了工農兵群眾，脫離火熱的鬥爭生活。」

不但如此，原來生活在群眾中的青年作家，剛剛寫了一兩篇像樣的作品，「就被調到了作家協會的機關裡來當專業作家，或者到報刊裡來當編輯。一棟正在發育成長的幼苗，被粗暴地隔離了它原來肥沃的土壤，移植到了溫室裡，縱使它能夠勉強開出一朵花來，也僅僅是一點蒼白的敗花而已……」在上海，「從前年起，幾乎上海所有這幾年發現的幾個比較好的工人作者，都被報刊編輯部調出來了。」

這就是作家脫離勞動群眾生活的現象。

據說因此就產生不出好的文藝作品。所以，「這次全國作家的大動員，在文藝界是有劃時代意義的，將來是要載入史冊的。」

而這次動員，並不是去「走馬看花」，而是將自己鍛鍊成勞動人民中一份子，生活在最基層工農兵中。過去，「有的人去過朝鮮或者農村，很短時間就搜集了一大包的材料，滿載而歸，於是他們關門寫作。這些材料他們可以寫上三年還寫不完，而他們在生活中的時間，卻是很短的。這樣就怪不得他寫來的作品，常常遭到了失敗。」

對於作家長期地下鄉、下廠、下連隊落戶，與工農兵坐在一起，從這些意見上看，我們發覺：第一、原來解放以來，所謂作家參加火熱的鬥爭都是假的；第二，而本來在工農兵群眾中生活的人，因為寫了幾篇這樣的作品，也馬上脫離了群眾。

這裡隨即也可以發生了幾個問題：

一、如果這些作家下鄉、下廠、下連隊去生活，真正是參加工農兵的勞動，而賴這勞動的待遇去生活，那麼我敢說像茅盾、老舍、巴金……等作家，不過一個月一定不能支持而死了；下一輩年青一點的恐怕也只能活到三個月而已。

二、如果真是與工農兵生活在一起，完全沒有任何特殊的待遇，那麼所謂「作家」也就不是「作家」。誰都知道這些工農兵的生活，在中共領導之下，一天勞動十二到十四小時，怎麼還能有精力與工夫去寫作？

因此，這長期落戶，生活在工農兵一起的號召，事實上一定是：

一、對有一些作家是一種懲罰，即不要他們再是作家，而要他終身去服勞役了。

二、對有些作家則仍是有一切特殊的待遇，去搜集一點材料，過一個短短時間，就回來關門寫作了。

所以這下鄉、下廠、下連隊的運動，可以說完全是反右派以後，對於作家更廣泛的一種選擇。

大躍進後大陸的文壇風雲

大躍進

大陸的作家，自從鳴放運動一變而為反右派運動，大家氣喪意沮，再沒有寫作的情趣。於是於一九五八年二月中共號召生產大躍進之時，也號召了文藝界當時作家協會書記處通過了〈文學工作大躍進三十二條〉提交全國的作家、評論家、翻譯家、文學編輯進行廣泛的討論。各地開座談會，人人定出指標。這裡是茅盾的話：

……在這時際，且不說全國人民都在眼睜睜地等看我們從定出指標到生產成品，我們的作家自己也應當把那一股幹勁具體化起來，就是說，指標如果訂下來了，就應當踏踏實實來安排生產程序，如果還沒有訂下來，就應當妥妥實實，精打細算來訂個人計劃。我們要有三、五年的長期計劃，也要有一年甚至半年的短期計劃。長期計劃包括生活、讀書、寫作。短期計劃包括隨時響應號召、趕任務，我想我們不應當不喜歡趕任務。從大的方面說，五年、十年趕上什麼什麼，就是趕任務；你反對這個大規模的趕任務麼？如果不反對，也就沒有理由不喜歡隨時隨地小小的趕任務。因為這些小小的隨時隨地趕任務，是大規模趕任務的組成部分。

三、五年的長期計劃，各人都有，這裡不想多說。半年或一年的短期計劃，也有不少人訂過，大概是：半年或一年之內寫多少篇的東西。我想這不夠具體。不具體，常常不能很好地兌現，特別是兼職的業餘作家。我想，對於比較忙的業餘作家，可以這樣佈置他的短期計劃：一、「走馬看花」或「下馬看花」三次或四次，每次要寫一篇「看花記」，體裁不拘，但必須不是流水賬，而是內容和形式都不會叫人打瞌睡；二、必須讀幾本書，經常讀一二種刊物，隨時寫讀後記；三、臨時趕任務。（我再說一句，這是肯定會有，而且肯定要趕的；光說我們的對外文化交流，就有不少任務非趕不可的。）……

茅盾的號召大躍進，對於中共作家來說，工作可以說是並不大苛求，作家中冰心，曹禺、馮至，艾蕪……等對於大躍進的響應，所定的指標可以說低得可憐。我所說低得可憐的意思，是指這一群朋友在解放以前就遠比這個躍進為努力。這可見作家們實在是寫不出甚麼了，所以要作協的會長茅盾同志來號召，對於作家們正像是中學裡老師給學生的暑假作業一樣。如「走馬看花」或「下馬看花」實際上不正是一些「參觀記」「旅行記」一類東西，主題不外是社會主義建設中，工人農民在黨領導下不顧死活而又興高采烈的在躍進。所謂「讀後記」則不過是讀書報導了。

中國在過去並沒有職業作家。「五四」運動以後，才有職業作家產生；因為地大交通建設不夠，人民的教育水準低，書報發行的機構不健全，職業作家生活都相當辛苦，而且必須多寫東西，並且要寫多種的東西——如詩人有時要編教科書，小說家有時要寫政治的論文——才能夠生活。因此如果一個作家要維持他的寫作職業，他就需要很高的寫作熱情而又願很清苦的生活才行。

但是現在的作家是不同了。他們除了犯了錯誤要遭清算打擊以外，他們完全是在特權階級的階層裡。據茅盾說，作家身上有了幾種妖氣：一、闊氣。二、嬌氣。三、官氣。四、暮氣。他說：「例如，一提到寫作，就覺得非到一個山明水秀的風景區城，住在豪華的作家之『家』，便會阻礙了文思。」

這可以知道，山明水秀的風景之區，是有豪華的作者之「家」供作家去寫作的。而這「作家」當然見愛黨而又為黨所愛的作家。

官氣不必說，如丁玲的下鄉，帶來警衛人員外，還由當地派來兩個警衛員等等，就可以想見。由茅盾，我們也可以知道所謂作家們的下鄉、下廠、下部隊是怎麼一個面目了。

作為一個作家，如果想保持這個「特權」，就要不出錯，不要偏差，那麼最好不要寫作。一定要寫，則還是寫些「參觀記」「旅行記」「訪問記」一類「走馬看花」「下馬看花」的文章同一些「讀幾本書，經常讀幾種刊物的『讀後記』」，其次就是一些響應黨的號召的「任務」文章。——如清算人的時候，幫凶；歌頌蘇聯的時候，幫閒。這些都是可以保證不會出錯的文章，因為是有人說可以模倣的。此外，最多則是寫些對於古典作品的研究與考證。這就是有錯，承認「自己政治學習不夠」也就可以過關，還不會出大事的。

茅盾所講，或者正是指點作家們交卷之法。這也所以那些有點成就，有點才華的老作家們再也寫不出甚麼東西了。所寫的也僅是為力爭上游，維持這個「作家」的特權而已。

但是既然是做了作家後，有這許多特權，對於寫作有點才華的年青人，自然成了很大的誘惑，但是希望成為作家這就必須先有作品被中宣部與作協賞識才行。我想這也正是一切報刊的稿源了。

一個有才華的青年，從業餘寫作，成為專業作家，劉紹棠便是個例子。劉紹棠因為自滿驕傲，不會適應政治，所以被清算了。倘若他知道怎麼樣學那群老作家去維護「特權」，他也就不再寫什麼創作，而從作家去做文化官，祇寫點應景的幫閒幫凶文章，這自然也就安全了。

當一群新起的作家又學會維護特權而不寫什麼作品時，自然又有另一批年青的業餘作家出來。如此後浪推前浪，「作家」越來越多多，「作品」越來越少。那麼唯一淘汰與排遣之法，也祇是傾軋清算鬥爭的一條出路了。

反右派的鬥爭，洗刷了一批對黨不忠而驕傲自滿的作家，其中還包括新進的年青的作家如劉紹棠，流沙河等。經過了這一個運動，作家們自然更不敢寫甚麼了。最妥當的辦法，是追蹤與發掘右派見解的議論而檢討了。

其次是寫點對於古典作品，文藝遺產方面研究性的文章。

為阻止作家與學者們躲到古書堆去，逃避政治。於是有陳伯達的「厚今薄古，邊幹邊學」的口號出來。

厚今薄古

厚今薄古是一個學術界的問題。特別是史學界的風氣，為逃避錯誤，對於近代史不敢發言。《人民日報》說：「有的人甚至錯誤地認為現代史不是歷史而是政治。」西北大學歷史系教授作檢討時就承認：「怕犯錯誤。有的教師講民族史，辛亥革命以後就不敢講，怕抵觸民族政策，錯誤地認為講古代史講錯了也聯繫不到政治立場。」

在文藝上，許多人也都躲避到校勘古代作品，考勘版本的工作上去。而也有一些人，從古代作品裡，詮註了他的文學觀，而這可說是借古人的作品發洩了他門胸中的塊磊。如《古詩十九首探索》中，作者把「人生寄一世，奄忽若飆塵」，「人生忽如寄，壽無金石固」一類詩句，認為是「人生共有的悲哀」，因而論及《古詩十九首》「反映了人類共同的情感，也就是不同階級階層和不同時代的人們在類似環境中所能體會到的，而且是可以引起共鳴的東西。」

事實上，即使研究古代作品，在文藝作品上，一到詮解，也是很容易犯錯誤的。俞平伯《紅樓夢研究》就是一個例子。還有一個被批判了的許傑，他作魯迅的研究，說魯迅的作品因為在民初，在思想意義上，不過是「反封建」。現在我們在社會主義建設時代，這個階段過去，所以我們從他作品上應該學習的並不是「思想」而是豐富的藝術意義與寫作手法。這就被認為是想恢復資產階級的文學觀，而曲解事實，想把藝術放到政治上面。因而遭到了打擊與清算。

厚今薄古的運動，一方面固然要文藝工作者接近生活，另一方面則是對於讀者的呼籲。大陸上的文藝作品讀者，似乎越來越厚古薄今了。據人民出版社、作家出版社去年（一九五七）統計「共用紙一七三〇〇〇令。其中七七〇〇〇令用作印古典文學書籍。計占百分之四十五。印現在作品的不過占百分之十七。」這是很精確的書市場的統計材料。在某大學中文系中，四十位同學，入學以來，共讀了三千三百三十八本書，其中古典作品占百分之六十六點三，一九四二年前近代作品百分之十七，現代創作百分之四點三，其他占百分之十二點四。這是讀書界的情形，同市場的情形一樣，是反映「厚古薄今」的情勢。

「厚今薄古」的呼籲，正是要群眾不要躲避在古代與過去的作品中。

但是這厚今薄古的運動，並沒有使人敢於注意現今，人們祇是從響應「薄古厚今」的口號，視為一條安全的甬道，這就是用共產黨的觀點去批判古人的業績。

這類文章：第一、不違背厚今薄古的原則；第二、以如此悠長的中國歷史，自然有用之不盡取之不竭的材料；第三、不會出甚麼大錯誤。最大錯誤不過是理解不深，分析不夠，決不會有甚麼反革命一類的大罪。第四、大家既然熟於共產黨教條上所用的名詞，祇要把這些名詞堆在古人的業蹟上，就可以成為一篇四平八穩的文章。

因為有這許多方便，所以大家都寫那類東西。其最為人所熟識的，則為古典作品與歷史人物之重新估價，《唐詩三百首》之重新估價與重編；接著，大家就在唐宋的詩人詞客上做文章，一日一個提出來，用是否有「人民立場」有「現實主義」精神一類的公式按放在古人的頭上。論證既然陳舊，見解尤其淺薄，成為一種完全公式化與概念化的八股文，所以並沒有引起很多人的注意。

在重新把歷史人物評價之中，曹操的問題也就被提了出來。因為曹操是一個人人都知道的人物，而歷史上評價又有各種不同，於是引起了廣泛的討論，這就變成了一個有趣的問題了。現在我想把曹操的討論作一個檢討，看所謂把人物估價可以牽涉到些甚麼。

曹操問題

曹操這一個人物，論者本來可有許多不同的看法。西晉時，陸機就說過：「曹氏雖功濟諸華，虐亦深矣，其民怨矣。」陳壽在《三國志魏志武帝紀》的評語，一方面雖承認曹操為一個超世之傑，非常之人，另一方面也說他「矯情任算」。大概關於曹操的判斷，不外從其才能方面來看，或從其品德方面來看；從才能方面者，譽常多於毀，從其品德方面，則毀多於譽。

《資治通鑑》裡，司馬光對曹操的評價是很高的，他說：

王知人善察，難眩以偽，識拔奇才，不拘微賤；隨能任使，皆獲其用。與敵對陣，意思安閒，如不欲戰然，及至決機乘勝，氣勢盈溢。勛勞宜賞，不吝千金，無功望施，分毫不與。用法峻急，有犯必戮，或對之流涕，然終無所赦。雅性節儉，不好華麗。故能芟刈群雄，幾平海內。

但在這樣的善評中，我們也看不出它對曹操的缺點如「虐亦深矣，其民怨矣」與「矯情任算」有甚麼否定。「虐亦深矣，其民怨矣，」是說曹操的凶暴殘酷，「矯情任算」是說曹操的虛偽奸詐。

這是純以曹操的為人來說。至於他在歷史上的功罪，看法自然更可以有各種的不同。說他當時統一北中國是功，可是打擊了當時農民革命的黃巾軍就是罪；說他興辦屯田，於恢復生產有功，但屯田制實際上是一種用軍事手段，強制束縛軍民在土地上，進行官六私四或對半分的高利剝削的制度，也就是一種罪。這種功罪的評價，可說正是矛盾的。如果三國時沒有這個曹操，中國以後的歷史是否還是一樣，我們是無法，也無能去估計的。

但是站在馬克思恩格斯的唯物史觀來說，歷史的發展是生產力與生產關係的矛盾統一，質量互變的必然過程，人物的作用本不足重視，因為人物也是經濟所決定的歷史的產物。

曹操問題之所以成為一個問題，實際上已經是遠離馬恩唯物史觀的立場了。

曹操問題的討論，始於新編京劇的《赤壁之戰》與郭沫若的歷史劇《蔡文姬》對於曹操的「翻案」。這裡所謂「翻案」是專指中國舞台上的曹操來說的。中國舞台上的曹操一直與史論裡曹操不同。論者以為這是羅貫中的《三國演義》的影響，其實這也不可靠，因為遠在北宋時，據蘇東坡的《志林》所載：

> 塗巷小兒薄劣，為其家所厭苦，輒與錢令聚坐聽說古話。至說三國事，聞劉玄德敗，輒蹙眉，有出涕者，聞曹操敗，輒喜暢快。

可見當時民間的說話，已把曹操說成一個反面的人物了。所以《三國演義》倒反是根據民間的說話、唱書一類的見解來寫的。

郭沫若於寫《蔡文姬》後，寫了一篇：〈談蔡文姬的《胡笳十八拍》〉，接著《光明日報》有翦伯贊〈應該為曹操恢復名譽〉，副題為〈從赤壁之戰說到曹操〉的響應。以後陸續參加討論的有許多文章。一直到三月底，郭沫若又寫了〈替曹操翻案〉一文發表在《人民日報》上。在這篇文章裡郭沫若把曹操說得像一個完人。他把曹操一切的罪惡，都作了冠冕堂皇的解釋，甚至對於他的打敗仗一類的史實，也說成是他預先料到或自願的一樣。這就引起了很多對他不同意的文章，一時變得很熱鬧。

其所以引人入勝超過於其他的為古人翻案的八股文章，因其正面的或反面的論曹操的人，有意無意的字句間都把曹操象徵毛澤東。有的對於曹操的殘酷、凶暴、虛偽、欺詐的性格有小小的諷刺，有的對於曹操的罪愆有象徵性的原諒，還有的則簡直像是為暴民請命，希望當局多多想到人民的疾苦了。

把曹操與毛澤東相比，可能有些相像的地方。但是否還有其他的專制的帝皇更比曹操像毛澤東的，也很難說。可是毛澤東曾經寫了一首詠北戴河的詞，詞中顯然是以曹操同自己在比擬的。他的原詞如下：

> 大雨落幽燕，白浪滔天，秦皇島外打魚船，一片汪洋都不見，知向誰邊？往事越千年，魏武揮鞭，東臨碣石有遺篇，蕭瑟秋風今又是，換了人間。

郭沫若為曹操翻案，是否為毛澤這首〈浪淘沙〉而對他奉迎，還是這祇是偶然的暗合，我們可以不必管他，但是，郭沫若對於毛澤東的統治，是並沒有看作與以前專制帝皇有什麼不同，這則是很明顯的。毛澤東在另外一首〈沁園春〉裡，曾經寫過這樣的句子：

> 山河如此多嬌，引無數英雄盡折腰。惜秦皇漢武，略輸文彩，唐宗宋祖，稍遜風騷；一代天驕，成吉思汗，祇識彎弓射大雕。俱往矣，數風流人物，還看今朝。

郭沫若自然很清楚地了解毛澤東一直是以帝皇自居，所以郭沫若說，我們不但是要為曹操翻案，而且還要為秦始皇與殷紂王翻案呢。

毛曹功罪

關於曹操的功罪，同毛澤東相比，有許多有趣的對照，現在把它列舉在下面：

一、「得天下」與「統一中國」

東漢後期，豪強地主，據地稱霸，人民流離失所，災疫橫行，民不聊生，當時農民紛紛揭竿而起，各自稱王稱帝。如建康元年（一四四）九江馬勉自稱皇帝，永嘉元年（一四五）歷陽華孟自稱皇帝，建和元年（一四七）陳留李堅自稱皇帝，建和二年（一四八）長平陳景自稱皇帝子，和平元年（一五〇）扶風裴優自稱皇帝，永興二年（一五四）蜀郡李伯稱太初皇帝，延熹八年（一六五）渤海蓋登稱太上皇帝，延熹九年（一六六）沛國戴異與廣陵人龍尚等稱太上皇，熹平元年（一七二）會稽許生稱陽明皇帝，中平五年（一八八）蓋州馬相稱天子，初平四年，（一九三）下邳闕宣自稱天下。最大的是張角兄弟為首的黃巾運動，當時也自稱黃天，預言：「蒼天已死，黃天當立」。黃巾運動，一時氣勢甚盛。

曹操就是由於鎮壓黃巾運動而崛起的一個英雄。他於公元一八四年，追隨皇甫嵩、朱雋鎮壓潁川黃巾軍。一九一年，受袁紹之命擊破黑山軍白繞於濮陽。一九二年擊破青州黃巾軍於濟北。當時「受降卒三十餘萬，男女百餘萬口，收具精銳者，號為青州兵。」這支青州兵就是曹操以後統一北中國武力的基礎。同時那些被裹脅的農民「男女百餘萬口」也即為曹操實行屯田制的資本。史稱：「及破黃巾，定許，得賊資集，當興立屯田。」屯田制是曹操軍糧的來源，而青州兵是曹操武力的基礎，這二者都是靠掠取黃巾而來的。

曹操依靠這黃巾軍的基礎，才得獨立的發展，敗袁術，斬呂布，破劉備，取徐州，擊破袁紹於官渡，取袁譚、袁尚，平定三郡烏桓。這支青州兵在曹操領導之下，南北征戰二十餘年，終於掃滅群雄，統一了北中國，使社會安定下來，發展了農業的生產。

毛澤東的革命所依靠的也正是農民，他的軍隊基礎起初也即是一些為生活所迫挺而走險的農民。這些革命的農民也曾幾度被國民黨軍除所剿，未曾成功。直到抗戰時期，毛澤東乃用土地革命之法，把糧食完全控制在手，裹脅所有的農村壯丁建立軍隊。這成了他以後統一中國的基礎。

二、屯田制

曹操的屯田制，實際上是一種土地「黨」有的制度。當時因天下紛亂，人民流離失所，土田荒蕪很多，曹操的屯田制就是把這些土地，交給軍隊來耕種，同時還吸收流離失所的農民，使其成為農奴化而為其生產。這與毛澤東的土地革命是很相同的。

在實行屯田制與擴大土地「黨」有的過程中，很自然的曹操需要「鋤強豪，抑兼併」；這也就是毛澤東清算地主的用意。驅除了地主的剝削，恢復了社會的秩序，是曹操得民心之處，然其以後使農民成為毫無自由的農奴，對農民的剝削，殊不亞於以前的地主，這也正是毛澤東的政策所經歷的過程。

曹操於建立屯田制後，曾使這屯田的辦法不斷的擴充，史載：「新募民開屯田，民不樂，多逃亡。」這寥寥數語，也足見當時曹操如何強迫人民作他的農奴的情形。後來因逃亡太多，於生產有損，乃接受袁渙的建議，採取「樂之者乃取，不欲者勿強」的辦法，結果乃緩和了當時的嚴重的情形。

批評曹操屯田制的話，可以用復旦大學教授譚其驤的話作為例子，他一方面誠然認屯田制是使農業有所發展，另一方面則說：

但所謂屯田制，實際上是一種用軍事手段，強制束縛軍民在土地上進行官六私四或對半分高利剝削的制度，並且不論是佃兵（軍）或屯田客（民），由於他們的勞動生產得受政府設置的農官的直接管轄，身份因而降落，走上了奴農化的道路。所以初開屯田時，「民不樂，多逃亡」，後來曹操聽了袁渙的建議，才改用「樂之者乃取，不樂者勿強」的辦法（袁渙傳）。這乃指民屯而猶不自言。至於在軍之士，為了不堪受奴役，時有逃亡。曹操為了防止逃亡，立法至殺其妻子，而「患不息」，甚至想「更重其刑，」賴高柔諫而止。這就是曹操對付人民的態度。所以在他統一了黃河流域後不多幾年後，就不斷地爆發了以河間田銀蘇伯（建安十六年），南陽侯音（建安二十三年），陸渾孫狼（建安二十四年）等為首的多次農民起義。陸機以「虐亦深矣。其民怨矣。」二語指責曹氏的統治，洵非虛言。（一九五九年四月十一日《光明日報》）

這一段話，如果用來批評毛澤東的土地政策，幾乎只要改一二個人地名就可以了。反對這評語，為曹操辯護的是怎麼說呢？我現在且引戎笙的話：

屯田客（兵）被曹操編制在荒山上進行生產，變成了國家農奴，不能隨便離開土地，確實是失了一部分自由。但失去了這種自由的同時，也失去了「裸行草食」的自由，也失去了吃人與被人吃的自由，不能像過去一樣，可以在茫茫的大地上自由地走來走去。……作為封建社會前期的三國時代，作為「天下飢荒，人民相食，」的喪亂時代，我方應當考慮一下：究竟自由重要還是吃飯重要？從社會經濟發展的要求來看，把流民編置在荒地上進行生產，這並不是一件壞事，更不是一種罪行。

這種立論，為曹操辯護，又是多麼像為毛澤東在辯護呢？

三、殺人問題

曹操殺人之之多，歷史上有很詳盡的記載。郭沫若為辯護而說，這些記載，應當重新考慮，在戰爭中甚至還有「圍而後降者不赦」的規定。他舉了一個例子，是說曹操與陶謙的戰爭的。他引《魏志陶謙傳》的話：

初平四年（一九三年），太祖征謙，攻拔十餘城。至彭城大戰。謙兵敗走，死有數萬，水為之不流。

郭沫若說：

兩軍交戰是不能不死人的。這裡所說「死者萬數」是陶謙的兵。這裡有可能是戰死的，也有可能是敗走中被水淹死或者自相踐踏而死的，不一定是曹操所殺。但是這項史實落在〈曹瞞傳〉中變了樣：

「自京師遭董卓之亂，人民流移東出，多依彭城間。遇太祖至，坑殺男女數萬於泗水，水為不流。陶謙帥其眾軍武原，太祖不得進，引軍從泗南攻取慮，睢陵，夏丘諸縣，皆屠之，雞犬亦盡，墟邑無復行人。」

郭沫若舉了這個例，認為〈曹瞞傳〉是孫吳方面人寫的，所以要把它說成殺人魔。他又引了范曄所作的《後漢書》裡〈陶謙傳〉：

初平四年，曹操擊謙，破彭城傅陽，謙退保郯，操攻之不能克，乃還。過拔取慮、睢陵、夏丘，皆屠之。凡殺男女數十萬人，雞犬無餘，泗水為之不流。自是五縣城保無復行迹。初三輔遭李傕亂，百姓流移依謙者皆殲。

郭沫若於是說，這就是不高興曹操的人引用了〈曹瞞傳〉而將其誇大的。郭沫若這種說法，正如對毛澤東在土改時殺人數百萬之說，稱為是帝國主義的造謠，或說他是不滿意毛澤東者引用了帝國主義的話而誇大之一樣了。與郭沫若相反的說法，我這裡再引用譚其驤的。他說：

郭老列舉了關於此事的三種不同的記載：他認為曹操坑殺男女數萬的說法，〈曹瞞傳〉是吳人做的，明顯地含有對敵宣傳作用在裡面；《後漢書》裡〈陶謙傳〉把殺人數字誇大成數十萬，更是典型的曲筆；因而祇有《魏志》〈陶謙傳〉可信。而《魏志》所載謙兵敗走，死者萬數，「這裡有可能是戰死的，也有可能是敗走中被水淹死或者自相踐踏而死的，不一定是曹操所殺。」

照這樣一解釋，似乎曹操根本沒有殺甚麼人。但曹兵兩次攻徐州，初平四年彭城一戰，據《吳書》所載，也是多殺人民；興平元年攻略琅、東海諸縣，據《魏志本紀》所載也是「所過多所殘殺」。就算《吳書》出於吳人不可信，難道《魏志》也不可信？同樣是《魏志》，難道〈陶謙傳〉可信，〈本紀〉就不可信？至於究竟殺多少人，我看〈曹瞞傳〉《後漢書》也不見得是憑空扯謊，「萬數」本來也可以解作數萬。《後漢書》中的數十萬，那是包括攻屠彭城、傅陽等五縣而言，不專指彭城之戰一役。

這個說法，正像是指穿在所謂帝國主義者造謠外，大陸人民中也都知道毛澤東是「多所殘殺」的。

四、平定烏桓

烏桓是鮮卑的一支，二者都是半遊牧性的種族，在漢末時興盛起來的。他們的社會性質，據史實還是奴隸制的初期。他們在漢末常擾亂中國的北疆，鮮卑人占領北匈奴的舊地，烏桓人占領南匈奴的舊地。當時的北匈奴已經西遷，南匈奴已經內附。所以，中國歷史上殷周以來北方的強敵，在漢末已經是鮮卑與烏桓。

曹操把三郡烏桓平定，據郭沫若說，是反侵略的戰爭，是得人民支持的。他提出一個證據，說這戰爭是得到一位住在山海關附近山上的保境安民的開明地主全力支持。這位地主叫田疇。袁紹在權時曾屢次請田疇下山，他都拒絕。曹操行軍過境，適遇大雨，河水泛濫，道路不通，乃遣人請田疇，田疇就下山獻策，由他的「山民」作嚮導，北越長城，經熱河，襲烏桓後路。「塹山湮谷五百里」，一直到了柳城（遼寧朝陽縣南）使敵人措手不及，終於獲得了空前的勝利，消泯了邊患，救回被奴役的漢民。

平定烏桓的結果，郭沫若說是烏桓的其他部落的侯王大人們對曹操心悅誠服，服從他的指揮。烏桓的騎兵，在曹操麾下成為了「天下名騎」。郭沫若於是說，在種族之間發生戰爭，能夠收這樣的效果，是很不容易的事。

郭沫若用一個豪強地主田疇的支持曹操征烏桓的證據，認為是得人民支持，這在以地主為敵人的共產黨看來可是很可笑的論證。這且不說，這裡值得注意的是郭沫若宣揚曹操征烏桓正是西藏事變的爆發期中，毛澤東已經用軍隊遠征西藏了。

現在我們且看反對者的意見。下面是四月二十一日《人民日報》上楊柄的〈曹操應當被肯定嗎？〉一文中的話：

> 曹操同氏、烏桓等種族和部落之間的戰爭是一類情況比較複雜的戰爭，應當分別幾種不同的情況。曹操屠殺、劫掠、強徙外族的戰爭是非正義的戰爭。外族統治者捲入曹操等漢統治者的非正義戰爭中者，無論站在哪一方面均為非正義性質。曹操對侵入邊境的外族軍隊的戰爭，帶有反侵略的意義。但是這裡面情況更具複雜，還要作更具體的分析。譬如曹操同三郡烏桓的戰爭，郭沫若同志認為，曹操打了烏桓，而烏桓人民服從他，說曹操是民族英雄，應給「高度評價」。這種論斷不能使人同意，因為：

第一、曹操對三郡烏桓的戰爭在時間上既不是烏桓侵略邊疆之際，在目的上也不是為了反抗異族侵略。

第二、曹操進行對烏桓和袁紹的戰爭是在二〇〇五年春到二〇〇七年秋，這兩年多一點的時間繼續進行，在他四十餘年政治生涯和三十餘年軍事生涯中只占一個很小部分。

第三、烏桓的犯邊對整個中華民族生存發生了根本的威脅沒有？沒有。既然沒有，那麼曹操征服烏桓也就沒有挽救民族生存的重大意義。並且，我們還進一步認為：

第四、當時漢族人民的深重災難，主要地不是來自外部，而是來自內部；當時基本問題不是外族人殺漢族人問題，而是漢族人自己殺自己的問題——漢族的封建統治者殺本族人民的問題。當時使得漢族有絕種之險的，不是外族的犯邊，而是漢族封建統治者對人民的屠殺。這裡面最重要的責任者便是曹操。從這個意義上說，曹操正是民族的罪人，怎麼會是應給「最高評價」的「民族英雄」呢？

上面一些反對意見，不正針對中共鎮壓西藏問題的意見麼？或甚至包括了中共過去對韓戰的批評？尤其是「第四」，正像是對目前屠殺人民的政策的一種暗示性的抗議了。

曹操的評價

曹操這個人物，在歷史上的評價有好有壞，已如上述。但就最好的方面看，對曹操的文才武略雖百般推崇，對其品德上忌刻殘酷，亦有微貶；就其最壞的看，對曹操之虛詐凶殘雖盡量刻劃，而對其文才武略，亦有褒揚。足見其中仍有一點客觀標準。不過一般說來，在宋以前，曹操並不完全是奸臣賊子的一個典型。

在唐代，偉大詩人杜甫，在〈贈將軍曹霸〉的詩中，就這樣寫過：

將軍魏武之子孫，於今為庶為清門，英雄割據雖已矣，文采風流今尚存。

足見當時說一個人是曹操的子孫是恭維的話。唐以後，大概因為民間說書、唱書一類藝術，用三國故事作題材的越來越多，把曹操這個人物，慢慢地說成一個奸臣與一個賊子。從上面所引蘇東坡的筆記也可以見到。羅貫中的《三國演義》，更是根據民間傳說確實地塑造了一個奸臣賊子的典型。搬上了舞台，就變成了抹著白粉的奸詐無能的人物了。

曹操之名譽之所以壞起來，大陸的論者都認為是漢朝正統論的關係。舉汪昆侖的〈歷史上的曹操和舞台上的曹操〉文中的話為例，他說：

宋朝的統治越來越糟，燕雲十六州一直沒有收復，北方外族威脅越來越大，大概輿論的變化就從民間先開始。蘇東坡筆記裡說，街道上的孩子們聽說書，聽到曹操打敗就高興，聽到劉備打敗就傷心。足見「看三國，掉眼淚為古人擔憂」這句話由來久矣。曹操現在逐漸變成人們寄託憎恨的對象了。元朝統治了漢族，關漢卿筆下的關羽是那麼一個大義凜然的英雄形象，魯肅就很不成樣子。人們的思想情感是把姓劉的代表漢朝，把漢朝代表了漢族的中國，於是過去八百年來的曹家正統移交給劉家了。此後傑出的歷史小說《三國演義》

根據千萬史實又集中民間傳說，進一步明顯地劃定敵我界限，強調了大漢正統，更以藝術加工加重了人們愛憎的情感，它不但有一定的歷史根據，而且有群眾基礎。

這種漢朝正統的理由實際上是很難成立，因為我們正史的系統裡始終是以陳壽的《三國志》為宗，羅貫中的《三國演義》並不能取《三國志》而代之。我覺得曹操在民間藝術之塑型中之所以慢慢地形成完全反派的角色，有二個因素是很重要的。

第一、那是根據中國傳統上民間道德的判斷。曹操、孫權、劉備都是搶漢朝天下的人，為什麼獨獨說曹操是篡漢呢？這因為曹操以漢丞相的姿態出現，是做過漢朝的大官的。中國對於改朝易代，亂世打天下的人都可被視作英雄與偉人，唯有做過前朝大官的人來篡國，則總是為人所輕視的。這與其說是被視為對君不忠，不如說是被視作對友不義。在這方面，作為曹操性格來說的話，與另外一個有名的故事故在一起來看，一就非常明顯了。這就是曹操殺呂伯奢一家的故事。呂伯奢是曹操的朋友，曹操逃避董卓的範圍，經過呂伯奢家去拜訪呂伯奢，呂伯奢不在家，他的五個兒子，殺鵝宰鴨的招待曹操，曹操以為要謀害他，就把他們全家殺死，連夜逃走。路上適呂伯奢回來，他也索性把他也殺了。這就是說，民間對於道德上的判斷是特別重在曹操的背友棄舊上面。

我覺得中國民間流行的道德標準，其來源是幫會。幫會這個組織是痛苦無依沒有保障的人民互助互衛的產物，所以它在亂世特別盛行。因為這個組織是民間的，所以總帶著一種神祕色彩的迷信。中國歷來的農民革命，其組織都是幫會性的，這因為在散漫的農村，要形成一個力量，必須有這樣組織。漢末的黃巾起事，意義上是農民的革命，可是組織上也是神祕的幫會性的。張角的領導黃巾，就是在「太平道」旗幟下的。「太平道」和張魯所領導的「五斗米道」同一淵源，在當時一被稱為「黃老道」「以善道救化天下」（見《後漢書皇甫嵩傳》）張角所宣稱：「蒼天已死，黃天當立，歲在甲子，天下大吉。」就帶著迷信的神祕口號。這種幫會的意味，甚至在太平天國的革命運動也觸處可見。基督教的天父之教義，在洪秀全一群人頭腦上也僅是幫會的「祖師爺」一樣的意義罷了。

這種幫會的道德標準最最重要的是「義」。《三國演義》中劉、關、張桃園結義正是這種幫會式的結合。對於關羽的頌揚，如華容道之義釋曹操，如過五關斬六將，古城會一類的描寫，都是看重「義」字。《三國演義》這本通俗小說之所以如此為大眾所欣賞，而其中故事能成為舞台上百演不厭之平劇，其合於傳統上民間的道德標準之要求是一個主要的原因。曹操之成為反派角色，就因為他做過漢朝的大官而再謀奪天下。這就是不義。

第二、中國的通俗小說與戲劇之最大弱點，就是人物的平面性與典型化，不是壞人就是好人，壞人一定一無可取，好人一定十全十美。中國過去對小說很不重視，因此寫小說的大多數不如寫歷史的人具有才能藝術。因此，正史中的人物往往是立體的有個性的，一到小說裡，人物就成了平面的好人與壞人。所以曹操在正史中是一個真實的人，有優點有缺點，一到小說裡與平劇裡就變成圖案化的壞人了。

這次大陸上提出了曹操問題，參加討論的文章有百來篇，有的是個人的意見，有的是集團的意見，如河北北京範學院古典文學教研組，南開大學歷史系，安徽省哲學社會科學學會等都發表了他們共同討論的結果。對於歷史人物的評價，本來可以有不同的意見與判斷。在自由民主的學術界中，因為可由不同觀點與原則來處理材料與分析史實，其意見的不同是必然的，可是在中共治下，大家祇許由一個觀點根據一個原則來處理材料與分析史實，竟也可以產生這樣完全相反的結論，這也可見歷史判斷之不易。但是在自由民主世界中，我們願意而且歡迎各種不同的見解，而使其並存共榮的供人選取。在共產黨治下的世界中，則必須求一個「矛盾的統一」，而其統一的方法，則是由黨的上級來評定。評定以後，真理祇有一個，以後一切歷史的編訂，都將根據這個評定的真理。除非將來又有翻案的需要，也許會重新討論，重新評定，否則就不許有第二個意見存在的。蘇聯生物學界李森科事件不也就是這樣的一齣把戲麼？現在討論尚未結束，黨也尚未作最後評定。我們很可以看出郭沫若、翦伯贊的為曹操翻案是秉承，至少是逢迎黨的意志的；但很難猜度這些寫反對文章的人中，是否真有存心諷喻毛澤東的用意的人，或者想由這些諷喻使毛澤東稍稍想到人民的疾苦。不過有一點我敢很確定地在這裡保證，在那些反對文章中，措詞特別激烈，看起來像非常明顯的在諷喻毛澤東者，一定是黨中的人故意寫的。其目的是一種誘敵露面之計，使心中有不滿毛澤東政策的人投入陷阱，自動暴露，以便清算。這就是說，一個新的文字獄是正正在醞釀了。

這當然祇是一種看法，還有一種看法，乃是說這兩派不同的意見，正是代表黨內擁毛派與非毛派的兩種態度。

如果黨內真有兩種態度，我們也不能說那一種的勝利，就是毛澤東或是非毛澤東的勝利。因為在最高當局的團結或諒解的前提下，犧牲一群下級與外圍的文化人，在共產黨是很普通的事情。

其次，中共在反右派以後，始終沒有拆除「百花齊放，百家爭鳴」的口號，他們不斷的在鼓勵幹部與幹部間，文人與文人間的爭論，而不予判斷。這也就是說，任其矛盾共存而不使其統一。這一方面可說是要這些幹部與文人多暴露自己，另一方面也正可使幹部與幹部，文人與文人間互相控制著，使人人感到要更多的依靠上級。並且意識到自己的地位不是永遠穩固，而隨時可以被清算與打倒的。這見於去年到今年的一些案件，如對於巴金、老舍作品上的思想與意識的批評，如討論詩歌上不同見解的張光年、田間等（《文藝報》）與何其芳、卞之琳（文學研究所、《文學評論》、《文學知識》）的對立。在這些對立中，上級雖沒有作決定性的行動，但是始終顯著無上的威力凌駕著，而且一直掌握著真正群眾的意志，是隨時可以發揮而毀滅任任何人的。

在曹操問題上，我們也可以看到，兩方面的說法都可以被認為正確，也都可以被認為錯誤，就在黨中央的高興而已。

群眾創作

當「厚今薄古」的運動流於用現今的意見作「翻案」文章，曹操問題是一個突出的例子。一般人之喜愛以前的作品，這在古書的銷路上可以看出。為要群眾薄古厚今，另一方面，那就是提倡群眾創作。這與其說是希望從群眾中產生作家，不如說是使群眾多注意現代的作品。在那些下鄉、下廠、下部隊的作家，要他們做些「搜集群眾創作」的工作，也許是適逢其會，但其用意則不祇如此。

什麼是群眾創作呢？群眾又有些甚麼創作？這裡我引《人民文學》裡的幾個人所說的話：

在生產和技術革命上破除迷信的勞動人民，難道在文學創作上甘心做好先生的奴隸……文學是從勞動裡產生的，不是從文藝形式裡產生的。……心裡怎麼想，嘴就怎麼唱，嘴裡怎麼說，手就怎麼寫。講得激動人心，就已經完成創作任務了。

只有人人都是詩人的時候，我們就會出現無數的施耐庵和曹雪芹了。

據一位搜集群眾創作的作家說：

最近在河南搜集群眾創作，省裡一位位同志說：「現在下去搜集作品，不是論篇計算，而是論斤稱。」群眾創作的繁榮氣象的確令人興奮。但到了農村以後，使我感觸最深的，還是勞動群眾對待創作的態度。他們編出作品，說過、唱過、演過，起了鼓舞教育群眾的作用，便又匆忙投入新的生產任務和政治任務，也意識不到要把作品記錄保存下來，因為他們不久又會創作出大量新的作品，的確能「論斤稱」的。這正說明勞動群眾從事創作，是一心為政治，為生產，為社會主義事業服務的。他們不圖名，不圖利，毫無目的和自私之心，也許正因為這一點，他們才能創作出那麼多驚天動地的豪邁的詩篇來的吧！

這一段話正像是遠古文學史上談古詩歌的起源一樣。當文藝作品已經枯竭之秋，求助於群眾也許是一個辦法，下面我隨手舉些群眾創作的例子。

一、朵朵紅來朵朵香（劉能遠）

共產黨恩情長又長，
要唱不知唱那樁，
好比鮮花千萬朵，
朵朵紅來朵朵香。

二、鋤棉（于福斌）

田野上，月如紗，
披星戴月鋤棉花，
要使秋來豐產地，
萬頃黃金吐雪花。

三、同日月比賽（周尚林）

競爭一整天，
太陽已困倦，
它再撐不著，

躲在山後邊，
羞著一張臉，
染紅半邊天，
再看工地上，
紅旗在招展，
鋤頭閃白光，
呵荷入雲端，
月亮小哥哥，
站在小山尖。
民工真勇敢，
又向它挑戰。

上面是幾首民歌，下面是工人黃聲孝的快板：

搭跳板

隊伍一到碼頭上，
脫衣捲褲都在忙，
搭好跳板問好路，

絆腳絆手要收光。

莫亂抽

正頭棉花莫亂抽，
不在莊地翻筋斗，
糊上黑迹變了色，
運到地頭不好售。

馬上雨到

各位同志快攏來，
快把油布都揭開，
馬上就有大雨到，
不讓麥子延了災，
我們幫助駁子搞，
團結互助也應該，
人多動手蓋得快，
來！來！來！都站攏來。

我想舉這幾篇例子已經夠了。所謂群眾文藝，也許可以說是原始的文藝，離現在所謂文學距離是很遠的。中共的提倡，不過是要提倡群眾對「主席」與「黨」的敬愛與對勞動的愛好而已。作為宣傳，也許是對的；作為文藝，則是很可笑的。中共要加上「群眾」兩字，也許也是這個意義。本來文藝就是文藝，有什麼群眾不群眾，難道作家就不是群眾了麼？與群眾對立的名字應該是「黨」或「黨員」。中共倒沒有提倡黨與黨員的文藝，如果提倡一下，作為群眾的標準，倒是很好的，可是黨則是在領導與監視的地位。

一九五八年七月三十一日到八月六日，河北省省委宣傳部召開全省文藝理論工作會議。周揚同志曾到會報告，對發展社會主義文學藝術和展開文藝理論批評工作方針任務，作了重要指示。他很明顯地說明黨委應該對文藝作絕對的控制與領導。他說：

> 經過整風以後，我們在理論戰線上的各個方面，都出現了活潑的新氣象。毛澤東同志說，黨委的工作，工、農、商、學、兵都要抓，思想工作應放在第一位，不是工、農、商、學、兵、思。而是：思、工、農、晨、商、學、兵。思想，政治是掛帥。政治是掛帥，在組織上說，就是黨委領導。

又說：

> 要抓思想，就必須注意文藝。不要把文藝和文藝理論看得很神祕。文藝的特點，是通過感

性的形象反映整個生活，全面表現人和人的關係，人的性格，思想和情感。我們各級黨委書記，天天在處理人與人的關係，工人同農民關係，群眾同幹部的關係，工人農民怎樣想的，他們怎樣生活和勞動的，我們的黨委書記和做黨的工作的同志都熟熟悉得很，文藝反映的好不好，他們最有權威評判。

周揚這段語，如果同提倡群眾創作結合起來理解的話，那麼鼓勵群眾歌唱與發言，正如在文藝界、思想界鼓勵鳴放一樣，要使心底有怨恨不滿的工人農民，吐露出來，而給他們以整肅的。我們知道《詩經》是我們最古的民歌集，那裡面就有許多對苛政與暴賦有許多諷刺與怨聲。如今中共發表一些對黨的歌頌的群眾文藝，不用說是經過許多改竄的，而真正群眾的聲音，人民是聽不到的，因為第一個聽到的當然是「黨的的基層工作的同志」，而那些口有怨聲的群眾就已經被整肅掉了。

亞非作家會議

一九五九年，亞非作家會議在蘇聯主持下，在塔什干（Tashkent）開了第一次會議。參加的有三十九個國家，到了二百個代表。據參加會議的印度代表報告，這會議完全離開了文化的意義，被蘇聯完全利用而作政治冷戰的宣傳了。

開會地點在塔什干，蘇聯為當然主人，並自任為大會的書記。這是一件很大的事件，蘇聯的目的是號召亞非作家，團結亞非的知識分子，要求民族獨立，反對殖民地主義。自然也有文化交流與保衛世界和平的口號。中國當然是扮演了很重要的角色。因為正當台灣海峽炮戰之時，所以中國借此就盡量作反美的宣傳。這當然是共產黨作家真正的任務，也正是產生幫凶幫閒一類報導作品的機會。

配合著蘇聯的企圖，茅盾在「亞非作家會議」開幕時發表這樣的話：

亞非人民早在二千年前就已經有來有往，並行了文化交流。這種文化交流曾經豐富了各民族的民族文化的內容，這是歷史下所證明了的。……然而近百年來，這種平等兩利的文化交流被外來的勢力所阻擾了，這外來勢力就是西方的殖民主義。

殖民主義還帶來文化侵略。

……但是，殖民主義的力量不是不可抵抗的，殖民主義的末日早就到了。今天是亞非人民覺醒的世紀，亞非人民已經站起來了！民族獨立的革命浪潮席捲了亞洲、非洲、拉丁美洲。把絞索套在自己脖子上的美國帝國主義被世界人民絞死的日子也不遠了。

茅盾的話乃是正式向中國人民說明亞非作家會議主要是向亞非人民宣傳反殖民主義的。但是茅盾似乎對於塔什干的背景毫無知識。塔什干是烏斯培吉斯坦（Uzbekistan）的都城。當蘇聯侵略烏斯培克（Uzbeks）、塔茲黑克（Tadzhiks）、土耳其（Turkmenia）、及寇其氏（Kifghiz）之時，塔什干正是反抗蘇聯統治的中心。蘇聯用殘暴的手段壓制所謂泛回主義、泛土耳其主義，世界主義以及資產階級的國家主義也是在塔什干發動的。這些名稱都是蘇聯加於中亞細亞那些民族主義對照的反抗者的名稱。也就是經過塔什干，莫斯科廢除那些地區所流行的阿拉伯的文字。

中亞細亞的許多詩人與作者，在烏斯培吉斯坦（Uzbekistan）被蘇聯虐殺與囚禁的不知有多少。離塔什干不遠的佛加納河（Fergana）流域，曾經產生過詩人朱爾冰（Chulpan）他寫過許多反抗蘇聯統治的詩，有幾句詩是這樣的：

你遭遇到甚麼了，啊，美麗的佛加納
為何你的花卉都枯萎了？
花園被蹂躪，鳥兒不再歌唱。
過去歡樂的日子，是否還會回來？

朱爾冰於一九三七年被蘇聯所殺。

茅盾也應當曉得，代表蘇聯參加亞非作家會議有幾位值得注意的人物：

一、小說家堪巴巴頁夫（Berdy Kerbabayev）代表土耳克買尼斯坦。他在一九三〇年前，是參加反蘇的土耳克買主義的地下組織，被捕後，經過了自我批評坦白悔過，保證以後擁護蘇聯，才獲得生存的。

二、阿善貝占（Azerbaijan）代表詩人美克蒂優遜（Mekht Husein）兩年前，因為說阿善貝占的詩人不能視作俄國文豪們的學生，而大受打擊。

三、還有一個吐乏（Tuva）的標準「漢奸」叫作石爾助克都卡（Salchak Toka），他代表吐乏出席。吐乏在一九四四年前是中亞細亞一個小獨立國。一九四四年，蘇聯將它併吞。

這位石爾助克都卡出過不少力量。他現任吐乏的共產黨第一書記。

在這樣的地區作家會議，要反殖民主義，這還有甚麼光彩？蘇聯要選那個地方作為亞非作家會議的地點，也許要亞非作家代表都對蘇聯效忠。可是茅盾說到反西方殖民主義的話，難道他是要作中國的石爾助克都卡嗎？

標準作品

共產黨一切都不難了解，在文藝理論上，也很簡單，它不過是宣傳的一部分。但是如果一個國家還要文化的話，文藝總還是要的。可是中共的文藝政策，則使所有的作家都無法再從事創作，原因是中國的作家實在遠比蘇聯的作家還要沒有自由。唯一的出路是少寫東西——多擔任政治任務，如出席亞非作家會議而為其宣傳等。

現在的情形，中國的作家與藝術家，實在都可以把作品當作公文，像其他官吏一樣，由上級審核，或者由黨政一紙命令指定寫甚麼、畫甚麼，配合政治任務而發表之，也無須再署上個人的名字，這樣豈不簡單？

提倡群眾創作，除了要群眾吐露思想情緒，以便黨的鑑別處置，或殺或囚以外，大概就為以點綴點綴文壇寂寞。

所謂社會主義的現實主義在理論上是很容易了解的。據中共解釋，是革命的現實主義與革命浪漫主義的結合，可是表現在作品上，很容易偏差為教條主義或修正主義的。在解放九年來的無數作品中，被認為代表作的，恐怕衹有毛澤東的幾首詩詞了。

我謹在這裡抄兩首，算作社會主義的現實主義創作的的樣品。但可惜的是如果不說明是毛澤東所作，恐怕也將被批判為修正立主義、個人主義甚或是反革命的作品的。

浣溪沙

長夜難明赤縣天，百年魔怪舞蹁躚，人民五億不團圓。
一唱雄雞天下白，萬方樂奏有于闐，詩人興會更無前。

郭沫若註詮：「上一闋只有二十一個字，卻概括了一部中國近百年史。」但倘若解作這是共產黨統治的歷史，則又是如何呢？

這六句詩，把前三句算作過去的日子，後三句算作解放後的日子，固然可看作光明的歌頌；但也可以解釋，前三句指的正是共產黨統治的日子，後三句則是將來的預言，這不就變成「反革命」了嗎？

念奴嬌（昆侖）

橫空出世，莽昆侖，閱盡人間春色。飛起玉龍三百萬，攪得周天寒徹。夏日消溶，江河橫溢，人或為魚鱉。千秋功罪，誰人曾與評說？

如今我謂昆侖，不要這高，不要這多雪。安得倚天抽寶劍，把波裁為三截。一截遺歐，一截贈美，一截還東國。太平世界，環球同此涼熱。

像這樣的被譽為革命的浪漫主義與革命的現實主義有機結合成為「社會主義的現實主義」結晶的詞，不要說是不夠藝術標準的，在政治標準上講也是強烈的個人主義，與工農毫沒有關係的。如果出於章伯鈞或胡風手筆，則昆侖可以解釋是「共產黨」的象徵。那當然是反「黨」之作了。記得反右派運動之時，有一個叫陳歌辛的寫了一支歌，說梅花被雪越壓越香，就受到批評，說作者以梅花自居，而雪則是指「黨」。以此類推，說這裡的昆侖是指「黨」，不也是沒有甚麼牽強嗎？

所以，作為社會主義現實主義模範之作，雖然在《文藝報》上發表時，還標明「向毛主席的詩詞學習」，恐怕事實上倒也不是人人可以學習的。這大概最可以說明所謂「政治第一」的標準，即有了政治地位，藝術的地位也自然建立。這也無怪大陸上的作者都無意再寫甚麼，而努力於向黨靠緊，爭權鬥人，以爭取得政治地位為首圖了。如果我們把毛詩、毛詞作為標準作品，則祇是這個唯一的標準作家可寫。別人能寫、可寫的恐怕僅能圍繞這個標準寫些幫凶、幫忙、幫閒的文學罷了。

關於毛、劉文藝思想與政策的問題

凡是讀過一些馬克思、恩格斯的著作的人，都知道馬克思、恩格斯對於文藝並沒有當作武器的主張。馬克思是一個很喜歡古典文學的人。他只覺得藝術文學這一類精神文明正如物質文明一樣，在資產階級社會中，只有資產階級可以有這類享受，無產階級是永遠沒有能力去享受這些文明的，無產階級革命就是要摧毀這不平等的世界，而把這些享受交到無產階級手裡。

到了列寧，才有文學為誰服務的說法。他在〈黨的組織和黨的文學〉一文中說：

> 這將是自由的文學，因為它將不是替飽食終日的貴婦人服務，不是替百無聊賴和胖得發愁的「幾萬上等人」服務，而是為千千萬萬勞動人民服務。這些勞動人民是國家的精華；國家的力量；國家的未來……

作為服務，文學藝術的本身應該有兩種意義：一種是欣賞的享受，一種是教育與宣傳。作為欣賞的享受，那麼這正同物質的享受一樣，資產階級所能享受的，無產階級也應當享受。如果社會變化了，不能認為可享受的東西，也就很自然的會淘汰。無產階級革命，正是要爭取資產階級所享的一切。文藝作品供無產階級享受，也正如電視機、冷氣機供無產階級享受一樣，是對無產階級服務。

不過，進一步列寧就說到文藝的內容了。他說：「這將是自由的文藝，它要用社會主義無產階級的經驗和活生生的工作去豐富人類的革命思想的最高成就，它要創造過去經驗與現在的經驗之間經常相互作用。」

這「內容」的問題，意思就是指教育與宣傳的意義。

把文學藝術當作對人民大眾教育與宣傳的武器，這乃是從革命行動中產生的政策。因為在革命的鬥爭之中；共產黨是不惜任何犧牲而求達到目的的，所以他只要可充宣傳與教育人民之用的東西，而並不需要文學與藝術。但當革命已經成功，政權已在穩定，如果還是要文學藝術的話，在所謂教育與宣傳以外，很自然的有欣賞享受的要求。這也就是文學之所以為文學與藝術之所以為藝術。

要承認文學與藝術的價值；就必要承認它並不是同標語或口號一樣的簡單的東西。所以列寧在那篇文章上又說：

> 無可爭論的，文學事業不允許機械的劃一，少數服從多數。無可爭論的，在這種事業裡，無條件地必須保證個人的創造性，個人所愛好的廣大領域……思想和幻想，形式和內容的廣大領域。

列寧這篇文章常為中共大陸的文藝家與理論家所引用，但從來不引用這最後一段。被作為經典的毛澤東文藝思想是那篇延安整風時期的〈在延安文藝座談會上的講話〉，實際是針對當時的現實環境而發，可以說是完全把藝術作為教育與宣傳武器的一種政策性的理論。

我們從許多方面可以了解毛澤東並不是理想主義者；他並沒有一個系統的理論。他的理論只是一種為他策略自圓其說的掩護。他的言論之前後矛盾，他的行為與言論之矛盾，從許多例證中都可見到。

毛澤東這一套文藝理論，我們用他自己的詩作來對證，就可以知道那完全是牛頭不對馬嘴的。人們如果用毛澤東的文藝理論來批判或清算他的詩作，毛氏的理論家是無法為他辯護的。

蘇聯革命成功後，對於文藝作家雖有各種要求與鼓勵，但較諸中國，尺度是極寬的。譬如瑪耶闊夫斯基對於官僚政治的諷刺，列寧就譽為正確。許多小說中對於軍政黨人員（只要不是最高階層的人物）不好的方面的描寫，也都是被容忍的。中國許多學習模倣蘇聯這些作品的作家，後來都被批判與清算，說他們把黨的幹部們醜化。此外、特別是他們對於古典作品與作家的尊重，如莫斯科的藝術劇院，始終紀念著契訶夫，而且不斷的上演他的《海鷗》等戲。至於傳統的歌劇、芭蕾舞，一直在公演。即使在史達林治下，這些傳統的舞台劇目並沒有廢棄，而且也會有莎士比亞悲劇的演出。

當中共統制了中國以後，文學理論家、文藝家所想的文壇的面目是蘇聯的情形。他們對於毛澤東的〈在延安文藝座談會上的講話〉，覺得只是游擊時代的策略，而不是執政以後的要求。而毛澤東在當時也並沒有一個確定方針的指示。

在一九五〇年中共慶祝國慶的演劇中，許多舊的劇目都在毛澤東面前上演，據說其中還有俞珊演的《貴妃醉酒》，毛澤東並沒有不贊成的意見。他在和柳亞子的詞中有：

一唱雄雞天下白，
萬方奏樂有于闐，
詩人興會更無前。

可以說滿面是得意的神色。

這可見毛澤東對於藝術文學，除了作為政治上武器以外，沒有什麼明確的一定的主張與方針。至於劉少奇，他在文藝思想上從來沒有發表過什麼有系統的文章與理論。我們所見到的，只是在政治報告中零碎的提到一點，也都是毛澤東說過的話，談不到有什麼不同的見解。所以在文化大革命以前，一般人總以為在這方面毛劉的意見大致是相同的。

但是我們知道，文藝上的領導，所謂黨中央就是劉少奇，傳達劉少奇的意旨，與執行劉少奇的政策的是中宣部，其中最重要的則是周揚。

而在許多事情發生時，我們也發現劉少奇在指令文藝上政策時，或者因為事屬瑣碎，是並不曾先向毛澤東請示的。

譬如《武訓傳》的事件。《武訓傳》是一部解放前就攝製了一半的電影，解放後把它完成了。意識上不正確是一件事，但當時意識不正確而有娛樂性的戲，到處在演，多有這部戲，實在無足為奇。在電影公司經濟上講，把拍成一半的戲作廢當然是可惜的事。而毛澤東竟然注意及此，在《人民日報》上寫了一篇社論，這就引起一個大風波。對於電影公司政策種種，若事先請教毛澤東一下，就很自然的不會發生風波。雖說這種事情實在太小，但毛澤東似乎常常對這種小事想干涉一下的。在文化大革命以後，劉少奇的名字被稱為「中國的赫魯曉夫」。當時直接被清算的則是周揚、林默涵、邵荃麟等，而明白地指出：這些人都是得到劉少奇支持，而且一切的政令與號召都是得到劉少奇的指示的。

我們從這些揭發與批判中，才知道毛澤東與劉少奇在文藝政策上有許多歧見，但這些歧見，也只是因奪權鬥爭，變成了嚴重的罪名。

一、劉少奇認為在戰爭結束全國統一後，文藝團體應該可以從政治方面獨立出來。

他於一九五一年給周揚的指示，認為文工團要整編，人員要大大削減，建立正式的劇團。文工團團員很年輕，大部分應給他們轉業，或者上學，學工業，學科學，學藝術，不要這樣混下去了。（這「混」字很應該注意。）

一九五二年，中國青年文工團出國表演，劉少奇主張不要用文工團名字，後來改名為「中國歌舞團」。

文工團原是戰爭時一種宣傳的組織，劉少奇要把它整編與獨立成為藝術團體。另外，他在關於整頓全國劇團的指示中說：「今後國營劇團應改變其以往文工團綜合性宣傳隊的性質，成為專業化的劇團，並逐漸建立劇場藝術。」

毛澤東當時並沒有明白反對這種措置，或者他當時已認為文工團是延安時代的組織，沒有改組的必要。要改組也要先向他請示才對。

二、劉少奇認為應用物質生活來鼓勵文藝工作人員。他主張對作家要供給旅行費，創作津貼（一九五三年對中國作家協會的指示）。他認為劇團根本不必登記，譚富英，梁少燕都可成班子，別人為何不能成班子混飯吃？大家有飯吃天下太平。天津禁演一演了些舊劇，使人少吃飯，不吃飯，人家不滿意，有問題還要我們解決，這是幹了蠢事。

劉少奇於一九五六年在文化部黨組向他匯報工作時，作指示說：「民間職業劇團慢一點改為國營。要用物質利益去督促他們勞動，要勞動者從自己物質生活上去關心自己的勞動結果，這是社會主義客觀法則，對國營劇團也要提這個問題，搞得好的生活就好。」又說：「……其次是對待演員，好演員工資要高些，吃得要好些，差一點的，工資可以低些。」

這是經濟主義的立場。毛澤東的人民公社失敗後，劉少奇也是用經濟主義的三自一包把他糾正的。這也受到了批判。

三、全民文藝是劉少奇派的提倡。劉少奇說：「現在國內階級敵人已經基本消滅了，地主階級已被消滅了，資產階級也基本消滅了，反革命也基本消滅了。我們說國內的主要階級和階級矛盾已經基本結束了，那就是說，敵我的矛盾已基本解決了。」

以後周揚於一九五九年在文藝會演大會的幹部座談會上就提出「全民的文化」，說：「全國人民都是服務的對象，這一點同在延安文藝座談會時不同，比那時廣泛了。」又說：「任何階級的藝術絕不是給本階級看的，它是給所有階級看的。」以後於一九六二年，大陸又出現了兩篇提倡全民文藝的文章：〈為最廣大的人民群眾服務〉，〈文藝隊伍的團結，鍛鍊和提高〉，也就是根據周揚的理論寫的。

毛澤東在大鳴大放前夕，也曾講到過全國沒有敵我的矛盾的話。但對這全民文藝的提倡，他又用「文藝只有階級的文藝」的舊話來攻擊了。

四、舊的傳統文藝，都可以保留。劉少奇幾乎主張什麼戲都可以演。他在一九四九年四月對天津文藝工作者的講話說：「宣傳封建，不怕。幾千年了，我們不是勝利了？和尚尼姑都不禁了，還禁戲！舊的東西總會死亡的，怕什麼！《四郎探母》可以演。禁了，大家又不知道這些漢奸戲了。」一九四九年夏衍去上海工作，向劉少奇請示，如何對待舊戲劇時，劉說：「怕什麼，過去上海演了那麼多壞戲，共產黨不是也得了天下麼？」

一九五六年三月八日文化部黨組向劉匯報時，他又說：

> 反映人民生活不能勉強。芭蕾舞，外國歌劇不一定能反映，即或能反映，也只有幾個戲……觀眾口味不同……。看了戲，能得到休息，使人高興就很好。看《天鵝湖》Swan Lake，《巴黎聖母院》Notre Dame de Paris可以提高興致，藝術水平也很高，也有教育作用。京劇藝術水平很高，不能輕視，不能亂改。

五、作家成為專業的想法。一九五六年三月五日，劉少奇關於發展創作問題對周揚、劉白羽的指示，劉說：「擔負實際工作的同志，我們發現其中確實是有創作天才的（因為文學藝術和其他工作不同，需要特殊的天才）就可以調出來。……」又說：「我們的作家，如果要成為專業的作家，應該具有豐富的知識……要讓那些有天才的人專業化，讓他們學習歷史，學習文學，給他們條件，為使他們成為一個大作家打好基礎。」又說：「……文藝家一家下鄉去（體驗生活）如果有困難，可以開轎車去，作家可以在車上做飯睡覺。」

上面這五點，可說是劉少奇重要的態度。這態度很清楚的說明他是想把文學藝術，從宣傳的政工的工具發展成為獨立文化的一支，把作家與藝術家培養成專門人材的正常想法。

毛澤東在全國統一後，一直沒有正面的發表過他的文藝思想與文藝政策。但是反面的批判別人時，他的信徒們總是搬出他在一九四二年五月發表的〈在延安文藝座談會上的講話〉作為經典。從這游擊時代對文藝界整風時期中的說法，我們就可以看出毛澤東是只想把文藝作為一種武器來宣傳已的教條與政令，把作家完全當作一種政工的部隊而已。

根據地所發動的對於文藝的批判運動，我們可以發現：

一、他以前雖然說對於古典文學藝術要批判地接受，可是這批判的尺度則是越來越狹窄，最後成為完全否定。

二、對於京劇一類的舊戲，因為都是歷史上的故事，那些道德觀都是與共產黨的道德觀不相合的，所以越限制越嚴，加之以有人「借古諷今」的利用，所以最後也只好完全否定。

三、對於作家，他要他們長期地與工農兵結合，一方面又要工農兵直接變成作家，結果只是徹底否定了作家的存在。如前幾年的鼓勵群眾寫詩，結果一下子出現了幾萬個詩人，不到幾個月就再也不提了。

四、對於古典文學說是封建的，對於西洋文學說是帝國主義的。本來還有蘇聯的文學可以欣賞，現在則說是修正主義的，因此只好否定了文學。（如對於《靜靜的頓河》作者蕭洛霍夫Mikhail Aleksandrovich Sholokhov本來當他是了不得的作家，後來又把他貶成一文不值。）

所以，照大陸現在的情形，是一切文學藝術除了對毛澤東歌頌以外，再不能成為文學藝術，這只要大家聽聽大陸所廣播的現代京戲與各種戲劇的唱詞就可以知道。如果這是毛澤東所想要的，那麼毛澤東是根本否定了文學，也否定了藝術。

因此，照我的看法，在延安時代，當毛澤東發表〈在延安文藝座談會上的講話〉時，劉少奇與毛澤東對文藝政策的態度可說是完全一致的。

在大陸解放後，劉少奇主持文藝政策，他開始想發展文化事業，許多措置，毛澤東似乎也都是默認的。以後大概因為劉少奇獨斷獨行，事前沒有向他請示，所以有意氣之爭，而且，由於許多新的號召，顯出與毛澤東以前的講話無法並存，所以會疑心故意對他侮慢，他就以舊的尺度出而干涉。再後來，在三面紅旗失敗以後，就出現了「借古諷今」的作品，有意的對他規勸與諷刺，兩個人的文藝政策上的意見就越來越不同。劉少奇的文藝政策上的主張與措施，自然都變成了修正主義的罪案。

最後，我們似應該談談江青，因為她在這次戲劇問題上是代表執行反傳統戲的人物。到底她對毛澤東的戲劇主張，有過什麼樣的影響，實是很值得我們研究的問題。至於她的個人又何以一直沒有在戲劇工作有什麼活動，而忽然以領導者姿態出現了呢？

江青是一個從小就愛好戲劇的人，她在一九三〇年就在濟南山東實驗劇院學習戲劇，沒有什麼出色，後來演電影也沒有大成就。在她成了毛澤東夫人後，想來對於戲劇興趣仍始終未減。但是戲劇界裡有夏衍、田漢等有歷史淵源的人，所以她迄未在領導上占一席地。後來大概有意搞現代京戲，受到種種阻撓。周揚一派人士，對她大概只是敷衍敷衍。文化部黨組宣稱：「京戲藝術水平很高，不能輕視，不能亂改，表現現代題材，應該以話劇為主。」一九六一年又指示：「可以多編一點新歷史劇，也可以改編一些傳統劇目，甚至像《梅龍鎮》、《二進宮》、《四郎探母》，也可以改改內容，把技術留下來……」這就是後來被批判的所謂「分工論」與「三並舉」，想來也正是對江青意見的「折中」話。一九六三年出現過一些《雷鋒》《霓虹燈下的哨兵》等現代話劇，大概江青有提倡之功。到九月，她策劃一九六四年「全國京劇現代戲觀摩大會」。她又對那次觀摩大會演出人員的座談會中講話，她說：「在共產黨領導的社會主義祖國舞台上占主要地位的不是工農兵，不是這些歷史真正的創造者，不是這些真正的主人翁，那是不能想像的事。……」可是周揚一批人則說：「這次會演主要目的乃是解決藝術問題。」當時劉少奇支持周揚一批人說：「新民主主義時代的音樂、小說、詩歌、戲劇，在藝術水平上講，不如封建時代好，所以演戲就演帝王將相，才子佳人。有些文化界的人反對現代的東西沒有別的理由，就是說藝術水平不行。」這可以見到他們一批人有點杯葛江青。江青在北京文化部與宣傳部被杯葛，她到了上海得到了柯慶施的支持。一九六二年毛澤東對舞台上的大演鬼戲，帝王將相，才子佳人的情形提出批評。當時好像不能得到戲劇界同志的支持。如田漢說：「神也好，鬼也好，戲劇上都是允許的。」周揚說：「這代表一種反抗精神，主張演鬼戲不一定是資產階級思想。」以後江青通過上海組織，發表了批判「有鬼無害」的文章，對周揚一批人抨擊。

這也可見周揚及當時戲劇界人士與江青的意見確實是不一致的。但在毛澤東發現《海瑞罷官》《謝瑤環》一類戲對他影射與諷刺以後，就覺得這些新編歷史劇中是可以藏暗箭的；所以支持了江青的意見，到一九六三年江青才真正大力提倡起革命現代戲，就對舊戲作徹底的剷除了。

這對正題沒有什麼關係，不過想到了提出來，聊供有興趣的人參考而已。

談修正主義

修正主義這個名詞，好像僅是中共對蘇聯的一個專用名稱。如果要吹毛求疵的分析起來，這個名稱顯然是不通的。修正這個詞，應當根據不正而來，因為有「不正」，所以把它修「正」。現在中共這樣反對「修正」主義，應當以「正」自居，赫魯曉夫那一套是「邪門」才對，或者應該被稱為「修邪」主義才是。

而這個被稱為「修正主義」的主義，並不是對於馬克思主義的修正，而是對於史達林的修正。因為馬克思主義在列寧手裡，早已有了一番修正，譬如他的新經濟政策。據蘇共中央的解釋，這修正是實踐上的進步。列寧那一套，在史達林手裡又有一番修正，譬如從國際主義修正到國家社會主義。這修正也是實踐上的進步。到了毛澤東手裡，由農村發展革命，也是一種修正。這種修正，據說是毛澤東的天才把列寧史達林主義在中國的特殊環境的一個創作。因此這些「修正」，在他們也許不叫做修正，而叫做發展或發揚。獨獨對於赫魯曉夫之批判史達林，從獨裁到所謂集體領導，被中共反對，加一個「修正主義」的帽子。這個「修正主義」的帽子，在初用的時候，似乎並沒有像現在這樣的含義。以後赫魯曉夫一點不肯遷就中共，甚至做出「撤退蘇聯專家」這樣的惡作劇，中共才把「修正主義」說成了「反革命」、「反動」、「與美帝勾結」的另一種「資產階級的獨裁」了。

我們局外人，無從知道他們裡面的糾葛，但從我們所能看到的一些資料來論斷，我覺得，如果赫魯曉夫在批判史達林以前同中共有一個商量，或即使預先有一個簡單的通知，那情形就會完全不同。我不知道蘇聯那時對東歐國家是否有過照會；對中共，因為沒有預先知照，弄得中共一時不知所措，實在狼狽得很。毛澤東的一邊倒政策，原想「從一而終」，史達林這個「偶像」是沒有一點瘢疤的。中共的革命歷史，是史達林的歷史——當時被清算整肅的都列於托洛斯基派，這是反革命，是漢奸，也即是反動派。毛澤東的革命地位與理論都是緊接著史達林而來，即所謂馬恩列史毛的系統。現在史達林被清算，毛澤東變成有「皮之不存，毛將焉附」之苦痛。如果蘇聯一定要改變成取消史達林的地位，那麼至少也要早一年半載來通知毛澤東，最好當然由毛澤東寫文章否定史達林，把自己接到列寧的根上去，否則也該有點餘地，來使他設法對中共的幹部與人民有一個交代。赫魯曉夫沒有這樣做，可能是看不起中共，可能是怕先同中共商量了，如中共不贊同則反而為難。這有可能是他無從了解這個「史達林」的偶像在中國竟比在蘇聯還難推翻。這也因為在蘇俄領導階層中，有不少對史達林有反感的人，所以一個人提議，大家都感到他說出了心底久久想說的話，很容易就推翻了這個已死了的偶像。在中國，因為史達林的偶像是抱著毛澤東坐在寶座上的，要打倒這個死偶像，很容易就會動搖了活偶像。因此毛澤東必須保衛這個死偶像。

史達林的權威倒了以後，蘇聯的獨夫政權變成了集體領導。這集體領導也許可稱為真正的黨的專政。鑒於馬倫可夫、赫魯曉夫甚至朱可夫的不經戕殺而平安下台，足見黨的制度與傳統是建立起來了。

赫魯曉夫在推倒這個偶像以後，也許也有意對毛澤東思想的權威作惡意的搖撼。譬如對毛記的人民公社，他竟預言似的來宣揚，說是根據蘇聯的經驗，這是註定要失敗的。像這樣的意見，我覺得如果是善意的，就該寫一封私信來勸告，不應該公開作輕視性的評論。以後各種小為難很多，一直到突然撤走全部蘇聯的專家，據說一時癱瘓了中國百分之四十的工業，則已經到了拆台的地步。

赫魯曉夫的拆台行為，究竟是對中共，還是對毛澤東，我們雖無法確定的來推論。但是從現在揭穿的所謂修正主義一派，如彭真、鄧小平的看法，則他們也遠在人民公社失敗以前，已經同意赫魯曉夫的預言。同意赫魯曉夫，自然也就是反對毛澤東。修正主義之成為一種主義，大概就是這樣叫定的。這樣看來，赫魯曉夫之拆台正是專對毛澤東的。這倒好像反對自己家庭裡的家長專制的年輕人，也一定反對別人的專制家庭一樣，在心理上也是一種發洩。

那麼到底所謂修正主義的主張有些什麼特點呢？因為「修正主義」是毛派自認為是「原裝」老牌加於異己者的一個招牌，所以並沒有人自認為修正主義，而寫了一篇修正主義宣言，或修正主義原理一類的書。赫魯曉夫推倒史達林，只說他是個人崇拜的獨裁統治者，是違背馬列主義精神的緣故。他並沒有說他想修正史達林，他也並不想建立修正主義的理論。因此蘇聯思想界並沒有創立修正主義的學說，而且也似乎並沒有人在標榜「修正主義」。有之，則自這裡的《展望》半月刊始。而《展望》的修正主義並不是一種學說，而是一些主張，這些主張是否是赫魯曉夫或劉少奇的主張，自然也還是問題。因此我們也就歸納這些主張來看看，究竟修正主義，是「修正」到什麼樣一種程度。

（一）和平共存：共產主義與資本主義和平共存。這是鑒於在原子武器的毀滅性威脅之下，大家覺悟到戰爭的禍害將超於人類所能承受的程度，所以大家只有和平共存，各自努力建設，作兩種制度——資本主義與共產主義——的比較競賽。

（二）階級統一：和平共存是對外的，也可說是國際間的態度，階級統一則是對內的態度，即承認革命到現在，對地主階級與資產階級該鬥爭的已經鬥爭了，該清算的已經清算了，該改造的已經改造了。現在政權鞏固，政令統一，同是人民，應不分階級，和平努力於社會主義建設。

（三）經濟主義：用經濟上分配辦法，使農工努力於生產，也即是不用或少用政治上的號召來鞭策農工，而用報酬的辦法鼓勵農工。而工廠必需作營利的打算，因此出品不僅是量的比賽，而要有質的較量。

（四）自留地與自由市場：農民有少量自留田與家畜的飼養，其產品可銷於自由市場。這也都經濟主義在農村的一種實施。

（五）「紅」「專」二元論：修正主義認為學術的、科學的（尤其是自然科學的）人才不一定要「紅」，使其「專」於所業，可有較大成就。

如果我所了解不錯，修正主義的主要修正也僅是如此。

而仔細想來，這幾點修正，其實也正是列寧在十月革命後在蘇聯的修正。他同德國媾和是和平共存；他的一國社會主義是階級統一；他的新經濟政策是經濟主義；而他對專門人材從來不對他們作「紅」的要求，如對巴甫洛夫與米邱林等，只是供給他研究上的各種需要，而使他們安心研究，使這些科學家以為新社會的確是進步了。但這自然只限於自然科學，社會科學與文藝始終是用另一種態度處理的。

反對列寧當時這些修正的是所謂「左派」，在某些方面托洛斯基正是同情左派，他的不斷革命論與不相信一個國家可以單獨成為社會主義，是一度與列寧有距離，而以後也成為史達林所攻擊的理由。

所以在蘇聯革命的歷史上看，大陸的「修正」，也正等於列寧的修正。在列寧措施新經濟政策以前，蘇聯曾經大飢荒，如果以此為借鑒，人民公社這個玩意真不是該草率施行的。而毛澤東的這種冒險急進主義在某一點上倒是托洛斯基的同志。

毛澤東在獨夫專政上承繼了史達林，而反對修正則是沒有了解與重視列寧的經驗。

列寧的時代，是第一次用馬克思的理想在蘇聯實現。在當時蘇聯的混亂局面中，列寧是必須行「修正」理想以適應現實。在他的修正政策實施之時，許多理想主義者都反對他，這使他後來逐漸的走到獨裁的道路，而在他沒有走到的時候，他已經死了。以後史達林更積極的把黨的專政移到獨夫的獨裁。在他獨裁形成的過程之中，把所有政敵都加以反革命通敵賣國一類罪名，而自己定於一尊的「正確」。但是他還沒有要全世界學習「史達林的思想」或大家手握史達林的語錄。他只是宣稱自己「正確」地「實踐」了列寧的理想。

史達林這一套，在建立蘇聯的「國家」上，他可說是盡了他的歷史的任務。他在第二次大戰前幾年的確是通過共產國際，能統制了全世界的共產黨的。但到了第二次世界大戰以後，情形就不如前了，狄托的「脫離」給他第一個打擊，以後他的領導權威就日趨衰微。他死了以後，赫魯曉夫對他的清算，也正是反映整個的共產主義運動的一個新趨勢。

這個新趨勢，是一個劃時代的趨勢。如果允許我造一個新名詞的話，那可說是「共產主義的文藝復興」，是重新回到古典的共產主義的精神上去的一種運動。

文藝復興原是工商業興起後，與封建社會的一個分界線。因此我覺得很可以稱史達林的時代為封建主義的共產主義，而現在的國際共產主義是「資本主義的共產主義」。

相信共產主義的歷史觀的人，以為歷史一定是「封建社會——資本主義社會——共產主義社會」這樣發展著的，對於我這種名詞，自然會覺得是不倫不類的。所以我覺得當所謂「共產主義」在落後的俄國與中國「成功」以後，歷史的發展似乎早已告訴我們另有一個程序。而共產主義在落後的俄國與中國試行，就注定了它要成為封建的共產主義。這個封建的共產主義也勢必走上獨夫的專政。毛澤東之迷戀於獨夫的專政，自然要頑固的迷戀著封建共產主義。

但是蘇聯的經濟情形已經有了進步。史達林一死，封建的共產主義也無法存在；現在的蘇聯已經走入了另一階段，這個階段將是「資本主義的共產主義」。這正如文藝復興後的社會變化一樣，現在雖然還是萌芽時期，但是農民在自由市場裡營利，來鼓勵他在自留地生產，這已是赫魯曉夫下台後，一件使農業蘇醒的政策。這種「修正」，也正是追隨列寧的新經濟政策的一種「演進」，這「演進」可能也正是共產主義的發展。現在毛澤東頑固地迷戀看封建共產主義，可說是一種開倒車的夢想。他想超越史達林作更獨裁的封建統治，現在已經證明必將歸於失敗。即使在他的生存期內，勉強的維持面子上的表面穩定，他只要有一朝歸天，代之而起的一定是中國的「赫魯曉夫」，這將是無可懷疑的事實。

但是要說共產主義的演進，會從限制的自由市場擴大成為「自由主義」，則顯然是不可能的。因為一擴大為「自由主義」，共產主義也就要消滅。自由經濟制度是一切文化自由的根源，如果沒有自由經濟，思想自由文化自由是決不能徹底實現的。

自從史達林被清算後，知識分子曾夢想蘇聯在文化上、思想上有點自由的光照，但自從作家辛耶夫斯基（Sinyavsky）被判七年徒刑，丹尼爾（Daniel）被判五年徒刑後，所有一點自由的可能都喪失了。

在東歐，經濟自由與思想自由的限制較鬆，其中尤以捷克知識分子享受較多的自由，一度西歐國家都以為捷克將出現較出色的作家與藝術家。

捷克的作家協會於今年六月二十七日在布拉格開會，會中有詩人巴法爾柯獲特（Paval Kohout）宣讀蘇聯作家索忍尼辛（Alexander Solzhenitsyn）的公開信，該信是在今年五月裡蘇聯作家協會開會時在會場裡散發的。信中對蘇聯檢查制度認為是一種無法容忍的迫害，是中世紀黑暗的復活。捷克作家在會場中對捷共有激烈的抗議，當場與捷共正統的理論家正面衝突。那一次會議的詳情迄未公佈，大概就是這次會議引起捷共總統統憤怒。他曾在七月初的演說中對作家們提出警告，七月十五日名作家占克貝耐斯就被捕了，被判為五年徒刑。他就是為蘇聯拘禁兩個作家，而提出抗議的人。捷克的控制加緊，其他東歐更早已如此。譬如波蘭在史達林被清算後，也曾一度有點自由，但以後隨即一步一步加緊了控制。東德更是不必說了。

文化思想言論的自由可以說是一切自由的標幟。這些國家都是「修正主義」國家中最「修正」的，可是他們自由程度只是如此，這也可見對所謂「修正主義」是無法抱什麼大希望的。

我覺得知識分子總是很可憐的。譬如中國在大鳴大放之時，很多人以為中共給我們言論自由了，這也正如在史達林被否定以後，蘇聯以及東歐國家的知識分子以為可以有自由一樣。這只是一種可憐的幻覺，因為真正問題是在基本的教條上，當某種思想定於一尊的時候，它一定是排外而獨裁專橫的。稍離正統的思想與言論是一定會遭受迫害的。

共產主義這一套思想，經過了封建的獨夫專政，現在才進展到一黨專政。將來如果進展到多「派」政治，哪怕是共產黨的兩派，能和平共存而作選舉競爭，如英國的兩黨一樣，那也許能有較多的自由。這樣說法，也許是一種對中共毛、劉兩派，能不動用紅衛兵貼大字報，而變成兩個政黨和平共存的幻想了。如中共真的這樣做，這將是大陸人民之福，也是中共之福，但事實上倘若兩派可以和平共存，彼此為人民的選票而不斷「修正」，則由多「派」政治爭取而發展為多「黨」政治，如此演進，逐漸的也許可進步為不妨礙文化與文藝的發展。

這也許是一種笑話，但正是我對「修正主義」的一種期望，也可以說是一種幻想。而這種幻想，即使有實現可能，恐怕也要在我子女或甚至是孫子的一輩了吧。

一九六七，十一，十四。

附記：

就在本文發表後，偶翻《生活畫報》所載五十年後之俄國，談到國營工廠以營利為目的，認為並不違背馬克思主義，稱為「市場社會主義」，覺得我所說的「資本主義的共產主義」倒不是完全杜撰的名稱了。

關於文化的革命交流與復興

在中共統治中國七年後，一九五六年五月，號召「百花齊放，百家爭鳴」的運動。如果這個運動能夠堅持下去，我想，雖然中共的統治不一定仍可存在，而「文化革命」也許就成功了。

「革命」兩個字，至少是一種對壓制的力量反抗的意義。所謂「破舊立新」當然是對的。如果中共的革命是真的破舊立新，那麼「破」的應該是「黨義文化」，立的應該是「人民文化」，可是，中共破了共產黨的「黨義文化」，卻要立「毛思想的文化」，這就不是革命而是「反革命」了。

自然，所謂黨義文化、毛思想文化都是可笑的說法。因為文化決不是屬於一個人，也決不是屬於一個黨。文化是一個民族在歷史中累積創造而形成的成果。這等於一個大江，乃是涓滴細流匯集而成。我們自然可以列舉我們歷史一大哲學家、大思想家、大藝術家對於中國文化的貢獻，但我們無法忽略中國人民在勞動中所流的一點一滴的血汗。我自然可說杜甫、李白對中國文化的偉大貢獻，但無從否認民間的一支歌，田疇間的一個小調，不是對中國文化的一種貢獻。我想孔子是懂得這個道理的，否則他就不會去編輯《詩經》。要是沒有《詩經》裡的那些民歌，是不是還能產生李白、杜甫一類的詩人，則是很有問題的。

文化既然是全民的血汗與智慧的結晶，因此要文化燦爛蓬勃的發展，勢必發展全民之智慧與熱情。但要發揮全民之智慧與熱情，則必須使人民有安定的生活與自由的活動。所謂生活安定，其實即是生存的自由與經濟的自由，而自由活動也即是選擇的自由，思想的自由與言論的自由。

自中共統制大陸後，一切都須服從政治，而政治則限於共黨的教條，人民不跟口號走即無法生活，何來生存的自由？全國只許有一種言論，只許有一種思想，一切即都要聽黨的分配，響應黨的號召。稍一不慎，即遭清算鬥爭，加以反動的帽子，而置於死地。人民何來選擇的自由、思想的自由與言論的自由？當全國的人民都變成馬戲班裡的動物，不跟它表演就沒有飯吃，還有誰能創造文化？

中華民族在世界上有五千年的歷史，有廣大的土地與人民，所創造的文化就是中國文化，這文化在世界文化中是凸出的一種文化，這已經值得每個中國人自信與自負。說是中國文化，現在衰微，不能與西方文化比，這沒有甚麼可恥，也沒有甚麼理由就因此產生自卑感。每種文化部有衰微的時期，也都有興盛的時期。這正如社會中的人，有健康的時日，有生病的時日。我們要的是謙虛而誠實承認自己的衰微，找出衰微的原因而痛改前非發奮自強。不承認自己的衰微，正如一個人不承認自己的生病，諱疾忌醫，或強作健康，打腫臉充胖子，那才真是趨於滅亡的迷徑。

幾十年來，在中國文化與西洋文化接觸之中，中國知識階級不是產生一種自卑感，就是產生一種自大狂。心理上不是酸葡萄型，就是兒童解嘲型，其次就是老子解嘲型。

酸葡萄型是別人有葡萄，你沒有，你就說葡萄是酸的。譬如美國汽車多，中國沒有，你就說美國因為汽車多，一年死多少人，汽車多有甚麼好處？

兒童解嘲型是你有的，我早就有過，或者是你有的，我也有，我有的比你有的還要大，還要好。譬如人家發明物理學上某種定理，你就說這種定理我們墨子早就說過。人家說民主，你就說幾千年前孔子學說中早就有過了，甚至說，他說的更要透徹。

老子解嘲型是你比我有錢，對的，可是老子不要錢，我如想要錢，早就比你富有了。你發明火箭，老子不想發明，老子如要發明，一定要發明比你更大更強的。

這種言論，我們在許多書刊，甚至是許多學者的文章中都可以看到。這種心理在心理學上叫做ego保衛機能。說穿了雖是可笑，但可以保衛他心理上一種平衡。反躬自省，我們在日常生活上，也正是人人都有的。譬如你的孩子想要一個玩具，你沒有能力買給他，你就說這玩具會夾痛手的，所以不要它。可是你心裡也許不很安。又譬如你聽你的孩子同別的有錢的孩子鬥嘴，一個說：「你看我的衣服多新，多好看。」你的孩子說：「這又有甚甚麼新奇，我在家裡有比你更漂亮的。」你聽著，明知你自己孩子在吹牛，可是覺得自己無法供應孩子，很感痛心。這種自覺的不安與痛心，也正是我讀了這種文章時的感覺覺。

這種口吻以外，則是總想在中國文化中找一、二特點同西洋文化去對比。如中國文化是道德的文化，西洋文化祇是知識的文化。中國文化是人的文化，西洋文化是物的文化。這表面像是在為中國文化爭面子，實際上我覺得反是小看中國文化了。

我覺得文化是整個的，文化所代表的是真、是美、是善。所謂中國文化是道德的文化，好像中國文化是沒有「真」，與「美」了。其實「善」是並不能離真、美而獨立的。「真」是「是非」的分別，沒有「是非」的分別，何來道德。好的德行，都能引起美感。文學上所表現的純真的孝，至情的愛，所以能永垂不朽，就因為它創立了一種美感。往往道德的標準隨時代改變了，而美感還是存在的。如《琵琶記》中的孝，雖並不合現在的道德標準，而仍能喚起我們的美感，就是好例子。

許多中國朋友，因為要誇言中國在道德上之成就，所以故意要詆譭西洋道德之衰微。我們平心而論，西洋道德如果低於我們，他們的社會秩序怎麼會比我們好？到過西方的人都可反躬自省，人家的國民公德一般說來是高過我們的；工作的效率也是高於我們；對路人的尊敬與禮貌，也是優於我們；而貪污納賄也無論如何是比我們少。那麼我們有甚麼理由說人家道德衰微？有人愛指社會新聞中一、二事件，如阿飛鬧事一類的事件來看輕美國，其實這類事件在中國難道少麼？即以阿飛鬧事一類事情來說，美國的阿飛鬧事，往往是挺身而為，自行承擔；中國的阿飛則往往拉出有勢力的父親、叔伯或親戚來保庇。

中國文化與西洋文化交流，雖然我們現在會更多的受西洋影響，但他們受我們的影響也是必然的。因為文化是由交流而擴大而豐富的，但是文化的交流與影響是很難衡量的東西。我們無法知道西洋的印象派繪畫受過多少中國畫的影響，但西洋印象派的繪畫，如沒有受到中國畫的影響，不會有這樣的成果則是一定的。如果印象派繪畫的成果不是如此，則以後繪畫的發展是否如此，也大有疑問的。我們無法衡量佛學對於宋明理學的影響有多大，但如果沒有佛教的影響，宋明理學決不是現在的面目也是必然的。如果沒有這樣的宋明理學，中國思想界以後的發展是怎麼樣，也是無從知道的事情。中國傳統的道德觀，很可能與西洋某種思想結合而產生一種新的倫理標準；也很可能影響一個藝術家，同他某種意念結合產生一種新的偉大的作品。但一般講來，中國傳統的道德觀不會影響西歐——或美國——的社會生活，倒是他們現在的道德觀要影響我們的社會生活，則是可以確定的事。

去年在台灣，在某次宴會中，碰見一個達官談到他的女兒在美國嫁了一個美國孩子，說那個美國孩子子完全被中國文化所感化。並說前些時，那個美國孩子來到台灣，適逢老祖母壽辰。那位美國女婿照樣同他女兒一起行跪拜禮祝壽，可見中國道德之優越。這位達官非常得意地對客侃侃而談，我自然敬陪靜聽。我想，一個美國孩子到中國，受盡達官招待，隨俗跪拜一次，這怎麼談得到對中國道德有甚麼感服？要證明這個美國孩子是否接受中國傳統道德或被感化，是並不難的。只要這位達官窮了，帶著夫人，不帶一分外匯到美國，在那女婿家住上三個月，就見分曉。那時候證明的，恐怕不是女婿接受了中國傳統的道德，而是女兒接受了西方的道德了。

談到中國文化，我們自然忘不了孔子。孔子是中國古代的大思想家、大教育家，這當然是無可懷疑的，但是中國文化要是只有一個孔子，自然也正是小看了中國文化。

大家都知道中國學術思想最蓬勃燦爛的時期是周代戰國諸子時期，那時候真是百花齊放，百家爭鳴。我們一接觸那時候的思想界，真覺得有氣象萬千之感。到秦始皇焚書坑儒，把治國的功利放在第一，思想學術馬上就萎縮起來。到了漢朝，漢武帝重用董仲舒，罷黜百家以後，中國人思想一直沒有超出儒家。長長的時期，學術思想界一直沒有出過創新的人物。一直到隋唐，有佛教思想輸入，才賦給儒家思想以新的血液，開創了宋明理學的蓬勃氣象。這可見人民失去了思想自由後，文化馬上就衰微。六朝隋唐所以可以有佛教思想的自由，就因為當時有許多統治者是信佛的。由於信佛的自由，才有佛教的思想；有佛教的思想，才使中國思想有創新的局面。但是幸虧當時統治者在思想學術上雖是儒家一尊，在藝術、文學上還並不要「政治掛帥」，所以我們在文學上倒一直是蓬蓬勃勃。到了唐朝，詩人輩出，一時光芒萬丈。宋朝詩詞並茂，且各有蹊徑。元朝因是異族統治，對漢人自由限制極多，所以與民間文學結合形成蓬勃的戲曲。到了明代，科舉束縛了士人的思想與學術，也使文學如戲劇、小說、散曲從民間生長而繁盛。晚明文學，有公安、竟陵直抒性靈之論，也是在自由的空隙中舒展之花朵，惜仍遭當時保守勢力之壓抑。中國文化，歷史悠久，蓬勃燦爛，氣象萬千，當然不見在短短篇幅中輕易道盡，但有幾點則是很明顯的事實。

一、即是思想越自由之時，文化越燦爛，等到某種思想定於一尊，罷黜他種思想之時，文化就開始衰萎。

二、當學術思想被壓抑統制之時，中國文化的創造性就在文學、藝術上蓬勃起來。

三、文化新血的最大來源是兩種，一種是由與外來的文化接觸，一種是從民間自然湧起。

所謂中國五四以來的新文化，也正是與西方文化交流的一種產物。儘管有許多人主張全盤西化，但在中國社會中，它永遠是與中國傳統文化相結合的。共產黨到了中國，似乎也毫無馬克思所謂無產階級革命這種氣派，本質上變成農民起義像李闖，太平天國一類的造反而已。

中國自漢武帝一尊孔子以後，不但中國文化在學術思想方面衰萎，即孔子之學說也被曲解宰割得失去本來面目。孔子所教我們的有六藝，可是到了後來只剩四書，再到後來只剩禮教。我小的時候，大人們所介紹給我的孔子的印象是板看著孔，整天要人叫孝悌忠信口號的老頭子。讀五四運動時代的文藝作品，那些年輕的反抗社會的作家，幾乎都把孔子當作只知道叫人「三從四德」或者「非禮勿視，非禮勿聽」的道學先生。其實這都是統治者一代一代曲解下來的孔子形象，孔子的真正面目反而不常為人所認識了。

把中國文化縮小成孔子，把孔子學說縮小成禮教；這也正像把社會主義縮小成共產主義，把共產主義縮小成毛澤東思想一樣。這也正是一種束縛中國文化的發展的桎梏。

去年台灣又響起文化復興運動的號召，許多文人、學士、教員、記者，紛紛響應，其愛戴中國文化保衛中國文化之赤忱自然是可敬可佩的。當時有人把所謂文化復興運動看作歐洲歷史上的文藝復興。雖然情勢不同，其希望文化有自由活躍心則一。文藝復興是一種對宗教統治反抗的自由主義，它的復古態度，可說是對古希臘的百花齊放的燦爛的景象的一種嚮往。台灣的文藝復興運動，是對中共的統制文化的一種對抗，其所謂「復」興，其中「復古」的幅度，似應當直追諸子時代的百花齊放的蓬勃與燦爛。中國文化之所以是如此光芒四射包羅萬象的文化，那正是諸子百家，異花奇葩，紛列集陳所表現的。

中國文化對於人的關係是孔子的倫理觀；對於天與大自然的關係是老子的自然觀；對於社會的統治有法家的勢與術觀。這三者舉其中之一而言，並不見得有甚麼了不得，而放在一起，顯見其宏偉廣闊，況且還有其他的百家雜說。

中國自漢以還，雖是崇儒，但統治者處處借重法家的勢與術。而人民在尊儒的傳統中，則始終接受老莊之自然觀。

老莊的自然觀，是使人與宇宙在「道」中溝通，視生死無別，萬物齊一。這是中國人，尤其是知識階級的灑脫、曠達的一面。這一面正是代表對平等、自由的愛好，視富貴如敝屣，看權勢如草芥，淡泊自足，悠閒自得。他們與清風明月為友，不以貧窮為羞，不以懶惰為恥的獨來獨往的一種人。我以為中國大部份的文學作品與繪畫，以及庭園等建築藝術都是以這種自然觀為泉源；如果沒有這種自然觀，中國的文學、藝術其不知貧乏到甚麼地步了。

在與世界文化接觸之中，最明顯的是繪畫。它在表現上所占之另一種境界，正是老莊思想溝通的領域。而因為老莊思想導人於淡泊自足，悠閒自得，因此也與平民比較接近。這使許多文人能時時從民間文學中汲取更廣的泉源。

我們已經進入原子時代，因為交通速度的增加，世界也早已縮小。文化交流日益繁多迅速，這是自然的趨勢。但文化交流，並不是物產交流，或是貿易進出口物產交流，貿易進出是以多易稀，以有易無，清清楚楚可以開別清單。文化交流則如聲音色澤，是混合交錯，或如植物花木的接種，其中微妙複雜，無從預料。一句詩、一幅畫、一句哲人的思致，往往可啟發他國另一個詩人或哲人之靈感；而另一詩人的創作，也可能引起另一個國家之文風；而此文風也可能喚起一個民族的覺醒。所以我們無須坦憂我們貧乏，也無須自誇「道德」可為彼邦之用。我們的文化，是諸子百家，光芒萬丈的文化，正如一顆太陽，我們無從分析它或挑剔它，它的熱、它的光照到那裡，碰到的都有感、有反應是必然的。

我覺得，說中國文化是精神的，西洋文化是物質的；中國文化是人的，西洋文化是物的；或者說中國文化是道德的，西洋是知識的；這些都是沒有意義的穿鑿附會之談。因為任何民族文化都有它的精神方面與物質方面，也都有人與物，道德與知識的成果。其中只有型的差異，沒有質的分別。至於高低參差是發展上必有的現象，中國在諸子時代文化高於西方，現在人家高於我們，這在整個人類歷史上算得了甚麼？以人類文化來講，中國文化至少是凸出的，不同於西方的文化。這「不同」已是有足夠理由存在，而不必自卑。這正如在一個花園中，我們貢獻了另一種花木。如果人類文化缺少中國文化，這將減少多少色彩與光輝？

中國文化就是中國文化，是整個的不可分割的東西。它有五千年的歷史，是前後千百億的人民血汗的結晶，它曾經興旺，也曾經衰微，但仍是存在，而且將繼續存在。如果我們自愛、謙虛、努力，隨時可以興旺，這也是必然的。而我們現在也清楚地知道其衰微的原因，這原因就是缺乏陽光與雨水。

這陽光事是「民主」，而雨水就是「科學」。這在五四運動事就發現，而現在有許多人又重新提出來了。不過五四運動當時雖然提出了，可是並不了解「民主」與「科學」的意義，現在這兩個名詞已經為下一代的學者清楚地的了解。

民主是承認個人的尊嚴、愛好公平與追求公平的精神；科學是尊重客觀的真理、愛好真理與追求真理的精神。

民主的精神是要表現在個人的覺醒，每個人充分自由發揮他的能力，作自己所愛好的努力，而政府對於他的人權有絕對的保障。並不是限於民國初年一般知識階級所以為有一個「議會政府」的形式就是民主的認識了。科學精神是尊重客觀的真理，追求客觀的真理，懷疑任何權威，以及一切沒有證據的神話、傳說、宣傳的語言；並不是限於清末時，一般知識階級以為「洋炮洋槍」就是科學了。

這兩種精神是現代的精神。其實這二者也不是平行的東西，科學精神也正是由民主精神培養出來的精神。

我們還清楚地了解與民主精神不能分割的是自由主義。沒有個人的自由主義就沒有民主。中共在大陸也有一個人民代表大會，但每個代表都沒有自由，所以就談不到民主。

從中國文化發展上，我們上面已經談到過的，可以看出是當人民有自由發揮他的思想的時候，才是中國文化最燦爛的時代。而當人民在思想、學術上沒有充分自由的時代，他們就在文學、藝術上尋找表現的自由。因此那時代雖然思想、學術比較衰微，而文學、藝術則較為燦爛。當廟堂文學定於一尊，不允許真正藝術產生的時代，中國自有不慕富貴，不求聞達的文人與藝術家，與民間藝術結合而開出另一種燦爛的花朵。

這可以見到自由就是文化的陽光，沒有自由的角落，文化一定無法生長。而同時，我們還可以看到，在中國歷史上，雖然大部份的時代都是自一種「定於一尊」的思想駕臨一切，而因為還有不去干涉的角落，人民仍能在那裡，雖然有時候只是陰僻的角落，找到自由的陽光，而開出奇花異葩來的。

只有現在，在中共的統制下，它的所謂「定於一尊」的思想威臨了所有的地域，任何文化的角落再也找不出自由的陽光，以致所有文化上的花卉一時部被壓殺了。有人從大陸出來，說大陸上農民一度有保留一點點自留地的自由，這自留地馬上就成為農村裡最茂盛與蓬勃的田疇；人民公社的田地與它一比，就顯得非常萎頹寒傖。以後中共不許人民有自留地，農村裡就再無燦爛繁盛凸出的角落了。這完全可說是象徵了「文化」的世界。當中共的統例淹沒了一切創作的自由時，註詮古籍的工作表現出很大的成就，等到註詮古籍的自由都被剝奪了，那就再也找不出任何的表現了。

我深信中國人民是富於創造性的。只要政府多給以「自由」的陽光，我們的文化就很快的會燦爛繁盛起來的。

一九六七，七，十四。

自由主義與諧和論

一、個人主義與自我主義

中國自五四運動以來，西風東漸，先來中國的是「民主」與「科學」。為什麼這種「民主」與「科學」的思想在中國沒有站穩陣地，一到「馬克思主義」一類的社會思想輸入中國，沒有幾年，都被它所吸引了呢？

這原因很多，中國也有不少的人談到這個問題，可是多數都缺少切實的反省。一般都祇說是共產黨詭詐戰略的成功，而忽略我們知識份子本身的弱點。我現在則是想說我自己的想法。

我想第一是：中國初期作新文化運動的，對「自由」「民主」「科學」之類的真正認識不夠。他們介紹的也只是一點皮毛，對於自由民主的價值也並沒有真正信仰。

第二是：那些先進的民主國家的帝國主義面目，使人無法相信民主的理想的真正意義。

第三是：落後的中國，人民對於民族自由的要求遠超於個人自由。

第四：當中國從西方，特別是日本介紹了一點民主自由一類的思想時，西方正是自由主義的思想衰微之時，而日本一方面是軍閥主義思想的勃興，另方面，日本知識階級正對共產主義起了奇怪的興趣。這些反民主自由的思潮湧到中國，摧毀了還沒有生根的民主思想。

關於第一點，初期的新文化運動者，他們對於「自由」的了解，初步祇是一種從禮教解放出來的自由。他們甚至沒有見到言論的自由，更沒有想到或者懂得所謂經濟的自由是自由的根本條件。他們對於「民主」的了解也祇限於西方傳來的議會政治的一個形式。他們對於「科學」的認識，也祇限於造兵艦槍砲與機器。第二點所謂先進的民主國家，那時候給我們影響最大的是英國與日本。他們在國內都有進步的議會政治，原是我們該學的東西，可是他們到中國來，則完全以帝國主義的面孔來駕凌我們頭上。他們並不同所謂殖民地國家的人講民主，使我們起了很大的反感。

原來真正的民主是與「個人主義」的學說結合了才能完善。所謂個人主義是把每一個人當作「人」，當作獨立的人的一種態度。海葉克（F. A. Hayek）說：「個人主義相信，在一定範圍內，個人應該有權追求自己所認為有價值與所喜歡的東西，而不是追求別人認為有價值或喜歡的東西。個人應該抱什麼目的與信念，他自己應該有最後的決定權，他應該儘可能根據自己的見解去行動。這是個人主義的一個基本信念。」

英國、日本、法國，在國內把「人」當作個人主義中的一個人，可是並不把「殖民地」「半殖民地」國家內的「人」當作「個人」看待，並不尊敬他們的「個人信念」。這也就是說，不把殖民地及半殖民地的人當作人。

就因為這兩點關係，使中國人想到，沒有民族的自由，如何能有個人的自由；要有個人的自由，就先要民族的自由。為要求民族的自由，自然就有國家主義、共產主義等一類集體主義的思想興起來了。

至於第四點，是正當五四運動後不久，蘇聯的革命成功了，日本知識界風行著馬克思主義的學說，而中國的知識份子，馬上就為蘇聯的理想與反帝的呼聲所吸引。很快的從日文翻譯了大量的馬列主義學說。這時候在西方，自由主義的思潮也正在低潮。我們中國以後就再也聽不見真正自由民主的呼聲，偶爾有少數的人提倡，但衹是被認為西洋資產階級代言人的意見了。

由於上述的原因，中國知識階級幾乎沒有接觸過真正的民主思想。更沒有了解過所謂個人主義概念。又因為中國傳統上也從來沒有這個東西，有的是家族主義。家族主義是以家族為單位的一種思想，它是不承認個人的尊嚴與權利的。自從中國新文化運動以來，半世紀到如今，中國的知識階級幾乎沒有人寫過一部關於個人主義與民主思想的書，這也可見中國知識階級的可憐了。

當代的自由主義思潮，最明顯的旗幟是聯合國的普遍人權宣言。它於第二條上說：「人人皆得享受本宣言所載的一切權利與自由，不分任何差別，例如種族、膚色、性別、語言、宗教、政治與其他意見、國籍與家世、財產、出生與其他身份。……」

儘管地球上許多地區並沒有真正實行這個宣言裡所列出的人權，但是全世界沒有人敢正面的否認這個宣言。

承認一切人的基本人權，不分一切的差別，人人都有不可侵犯的人權。你必須尊敬我的人權，我必須尊敬你的人權；人權也可說代表了人的尊嚴。這「尊嚴」，就是由「人」而來。這個「人」的概念，是直接從生物學來的，不限於種族、國籍、家世……等的差別。衹要是人，人就是獨立的單位。這也就是我的個人主義所說的「人」的單位。衹要是一個人，不管他是多麼笨，不管他是多麼弱，他都有與最聰明的人，最強的人一樣的，有他的人權。因此，作為一個「人」，就不必再有任何解釋，就有十足理由去反對侵犯他的人權的權威與政府。

我們追溯民主的形式，在希臘時代已經有過。但那時的民主只限於「公民」，公民以外是奴隸，奴隸並沒有享受公民的權利。我們上面談到英、法、日本的民主政治；但英國對印度，法國對越南，日本對韓國，都視作殖民地。殖民地的人民是沒有「民主」政治的合法地位的。所以這些「自由民主」，是「公民的或國家的民主自由」。美國是「自由民主」的一個國家，但是對於黑人則歧視。很長一個時期，黑人沒有享受民主自由，所以民主自由也還祇是「白人」的民主自由。

因此我們可以說民主自由的思想雖是古已有之，但與「個人主義」的學說一致，則是第二次大戰以後的事情。在聯合國的普遍人權宣言以後，英國讓印度與馬來亞以及其他殖民地獨立或自治，美國取消了白人黑人分校的法令，這都是在這條路上進步的發展。

這可說是民主自由與個人主義思想的結合，成為新的自由民主主義。現在不主張自由民主則已，主張民主自由，就必須承認個人主義。

中國人不了解個人主義（individualism）以為個人主義是只講個人利益的自私自利主義。在我們五四以來的整個新文化運動中，可說是沒有一個人闡發過個人主義的意義。一提到個人主義都是認為與楊朱的「拔一毛而利天下，不為也。」一樣的主義。其實真正的個人主義決不是自私自利，自我中心的自我主義。自我主義是egoism。自我主義的極端者為「自大主義」（egotism）。再一步，那就是自我中心者（egocentric）。這種自我中心者往往以自我為世界的中心；再趨極端則就變成自私狂（egomaniac）。自我主義與個人主義所以完全是兩件事。

個人主義可說是平凡的主義，自我主義往往是英雄主義。這兩者是恰恰相反東西。個人主義承認自己是一個普通平凡的人，英雄主義則以為自己是高於別人的人。個人主義覺得人人平等，人人可有意見，人人的意見都應該尊敬；英雄主義則常會覺得自己的意見是高於別人的，覺得人人應該服從他的意見，該接受他的領導，因此個人主義是真正老百姓主義，是一種合乎常識的，一種健康的思想。如果說主義是一種要成為領導人的一種信仰，那麼它根本就不是個人主義。

那麼究竟什麼是個人主義呢？個人主義者到底有點什麼信念呢？

二、人的三個限度

因為個人主義是一個到處都可看到的名詞。它在西洋，在中國也早有很多人談到過。自然，在意義上用得很混淆。許多個人主義者，由宗教信仰出發，看到人人平等，認識到「我」是一個人，與人人都有一個「我」；也有從社會學觀點出發，看到人的社會裡，就應當以人的個體為單位。這些都是可敬可愛的看法。可是我在這裡想說的則是另一角度的一種看法，是我自己的一種信念，也可說是一種覺悟，也可說是一種經過長期的思索而形成的一種哲學的見解。如我的理論對個人主義的哲學有什麼貢獻，那當然見我莫大的欣慰，否則也足以提供作為人家的參考。

我的個人主義的出發點就是我是人，是一個平凡的人，因而想到我們大家都是一個「人」，人就有人的需要，人也就有人的限度。

人的第一個限度可說是生物的限度。人既是生物的一種，他一定有生老病死。人人都有生老病死，儘管有人長壽，有人短命，但人的壽命一定有一個極限，說一百歲也好，一百三十歲也好，最後還是要死亡的。在這一點講，人人是平等的；帝皇與乞丐的結局是一樣的。

第二個限度是生理的限度。人既是動物的一種，他的身體是一個生存的機體。這機體是一個很複雜的機構。一個人生下來，在慢慢長大生活中有各種消耗，我們幾乎沒有法子說一個成年人是能有「絕對的健康」的。所謂絕對的健康，是說一個人在嚴密的醫學檢驗下，任何器官都沒有一絲病態或失常。

我們也不得不承認，一個人，只要他的器官有點失常，就可以影響到神經，就可以影響到別的機能。譬如齒痛，它就會影響我們的寫字與走路。無論眼多一粒沙子，喉嚨裡多了一塊魚骨，我們就可能會無心看書或談話。這是人人都經驗過的事實。至若其他輕微的潛隱的疾病，無形之中影響我們行為的，自然是隨時隨地都會有，祇是我們未曾意識到就是。

這個複雜完整的機體，也不是經常在同一個狀態中生存的。它可因睡眠不按時，飲食不按量，起居無規律，工作過度，娛樂無節，隨時可有暫時的失常。

此外，人儘管有智愚、強弱、勇怯之分，但人總是人，他決不是超人。譬如人雖可以鍛鍊成大力士，但仍有他的限度，他總不能夠與象與虎相比的。

這就是人的生理的限度。人必須承認這個限度，在這人人共有的限度上講，它也是絕對平等的。

第三個限度則是心理的限度。所謂心理的限度就是每個人都有他心理上變化──他的感情、記憶、想像，都會因他的生活習慣、背景以及生理上的變化而變化。而照現代心理學家的研究，一個人心理的絕對健康比生理的絕對健康還要不可能。而每個下意識的衝動往往會影響我們行為，這是大家都不得不承認的事情。自然，人的心理有他生理的根據，人的基本動機是要保衛個體生存（食慾）與種族的延續（性慾），而許多崇高的活動往往是一種昇華，許多冠冕堂皇的話也往往不過是一種解嘲（rationalisation），因此一個人的行為，就有他心理的限度。雖有有伸縮，但有它不可超越的極限。

由瞭解這三個限度，生物的、生理的與心理的限度，來認識我們自己與人，再來看我們的社會，我在這裡稱之為個人主義的觀點。

站在個人主義的觀點，我們就很容易了解，社會不過是為一個一個人便於生存的集合，所以社會必須是為這一個一個的個人的幸福而存在，一切社會的設施與制度必須以一個一個的個人的幸福為原則。

所謂幸福，也是一個很混淆的名詞，幾乎可以說每一個人會有不同的解釋，也是每個人隨時隨地都可有不同的想法。

因為每個人看法不同，想法不同，幸福的要求不同，所以最基本的幸福也就可說是「選擇的自由」。如沒有選擇的自由，如把我認為是幸福的給你，也許反而是你認為最不幸福的事情，所以選擇的自由是幸福的基礎。我們不妨說「自由」就是幸福之門。

談到自由，這也正是個用得很混亂的名詞，用在各種學科上的幾乎各有涵義，學者曾經統計過，說自由這個名詞至少有兩百種以上的定義。它在政治學、經濟學、社會學、遺傳學、心理學、倫理學以及法學上，都牽涉這個名詞，而其內容往往是名同實異，而各種學問上的不同學派，也用成了不同的涵義。在哲學上推究，自由往往要推究到意志自由問題。人如像「決定論」的哲學家所說，一切的選擇，不過是因果律的連鎖的一環，因此也就談不到其他的自由。而意志自由的問題，也就會牽涉到許多宇宙觀與形而上學一類的問題。

我這裡並不想對自由的意義作這樣哲理的推討。因為這裡所要說的應該在常識以內，人人可感到的一種東西。

我在上面談到「自由」為幸福之門。因為從個人主義的觀點來說，自由是幸福的先決條件。但這個「自由」，前面也已經有三個必須的假定。第一是生物觀點上的「存在」——即是「活著」，第二是生理觀點上的「健康」，第三心理觀點上的「正常」。一個人，如果不存在——或者說是死了，自然談不到自由不自由與幸福不幸福：一個人如果不健康——或者說是病了，也就無自由去追求幸福，唯一應追求的是健康，這時候健康是唯一的幸福；一個人如果不正常，或者說是瘋了，也就不知道什麼是自由，什麼是幸福，唯一應追求的是正常，這時候正常就幸福。

那麼什麼是存在，是健康，是正常呢？

存在就是「活著」，活著就是「生」的自由。人之所以為人，就是活著，失去「人」的存在，就是死亡；死亡就是失去「生」的自由。健康是生理的自由。失去了健康的人，不能正常的走動，不能正常的吃喝，那就是失去了「生」的自由。正常則是心理的自由。不正常的人，他的心理充滿了恐怕、憂慮、不安、混亂，也就是失去了心理的自由。

因此，作為人，一方面我們有生物的、生理的、心理的限度，另一方面，即是我們要有生物的自由、生理的自由與心理的自由。

上面說過，世界上的人很難有「絕對的健康」的，但相對的健康是存在的，這相對的健康的標準，可以用「不想到」三個字來說明。所謂不想到，如腿傷臂腫，人就時時「意識到」或「想到」腿與臂，如頭痛或齒痛，人就時時「想到」頭或齒。所以「想到」就是不健康的徵象。但是如果有人患齒疾，醫生把它拔去了。拔去以後，他就可以「不想到」，這可說是恢復了健康。但這只是相對的健康，因為你缺了一顆牙齒。嚴格地說，你並不能算健康，所以不能說是「絕對的健康」。第二層相對的意義，則是在疾病潛伏期間，我們可能還沒有去「想到」它，雖是還未失去健康，但已經在威脅健康。

這「不想到」，一方面是生理上的，另一方面也就是心理的。因為心理上一不正常的人，也正是時時「想到」不必要想到的，或莫須有的事情——如幻想自己生理上的病痛，猜疑別人對他的迫害，害怕別人這樣那樣的陰謀等的胡思亂想。

這種「不想到」的原則，也可說是「自由」。這「自由」也就是我們所說的「自由自在」的自由。一個健康的人，他可「自由自在」的活著，一個不健康的人，他就失去這個「自由自在」。自然，這所謂自由自在還是有限度的，就是他必須有正常的起居飲食。一個人如果每天睡眠不足或勞作過度，也就會天去了這裡所說的「自由自在」。限度人人不同，有人可舉兩百磅、有人只能六十磅，這是自由的限度；有人一口氣可步行一百里，有人只能走四十里，也是自由的限度。但在自己的限度內自由自在的活著，這就是健康。

自由作為「自由自在」的意義來解釋，正是一個人人可體驗到的常識上的意義。

說到這裡，我想提供一個我個人對於自然與社會的看法，如果可以稱之為學說的話，我將名之為「諧和說」。

諧和說在詮釋自由意義上，是所謂「自由」就是諧和。一個人的健康，正一個人整個機體的諧和。一個人心理上的正常，也正是心理機構與神經系統的諧和。一個人的神經系統、血液循環、消化機構種種有和諧的運行，就是健康。人體機構因其完整與複雜，其各器官與機能之配合，如神經的傳達，呼吸、循環、消化、分泌等的各種機能，以及四肢的動作，無一不是要求諧和。消化力強而吸收力弱的人一定是不健康的，某種內分泌特別多的人，也馬上會出現病象，肌肉發達而內臟衰弱的人也不是健康。諧和不一定是「完整」，有時候竟是互補互助。某種器官不發達的人，往往另一器官特別發達，某方面很笨的人，一方面可能很聰敏，但就整個的機體來說，有諧和才可能有一種「不想到的」境界，這也就是所謂「相對的健康」，也就是一種可以有「自由自在」的自由。我們還可以發現，當人體機構失去了諧和而出現病象之時，人體中就有天然機能來謀取諧和，如疲倦時的瞌睡，勞力時的出汗，以及許多內分泌的調節。而謀取諧和正是人的本能，也可以說這是人的追求自由的基本形式。

從這個體驗來看萬物，我們也馬上可以發現大自然的一切也是無不趨於諧和。大如天體的運行，小如山川、花木、禽獸昆蟲的機能與形狀，都可以發覺是一種諧和的存在。如果偶然失去諧和，那就會是災害、戰鬥、掙扎與死亡，而這災害戰鬥掙扎與死亡，也可說是一種謀取諧和的一種愚蠢的可憐的手段，也即是追求自由的一種愚蠢的可憐的手段。

人類的要求諧和，在身替機構上既有先天的本能，在後天學習上，也總是向一方面努力，這因為「人」是一個追求「自由」的動物。人不但謀取自身的諧和，還極力謀取與外界諧和，因為多獲一種諧和可以多一種自由，而多獲一種由也就多有一種諧和。

對外界來說，野蠻人必須先謀與外界諧和才能夠生存，嬰孩也必是與父母取得諧和才能生存。所有鬥爭、殺戮都是因為謀取諧和而失敗後的事情，而鬥爭、殺戮也祇是與整個的環境謀取諧和的一種手段。這在人身上也常有這一類事情如牙齒壞了，我們要拔掉它，一條腿爛了，我們要鋸掉它，也正是謀取全身更大的諧和的一種手段，也可說是一種沒有辦法中的一種謀求諧和的辦法。我們從這個觀點看，就可以想到，一切的知識與技能，也都是為追求自然界及社會與自己心靈謀取諧和生存而存在。我們還可以看到，人類的謀處諧和，也是追求自由；而一切的鬥爭、暴力、戰爭也正是謀取自由與追求諧和的手段，不過這是原始的愚蠢的手段。在人類知識發展史看來，則是知識越發達，我們越少用暴力、鬥爭、戰爭來謀求諧和。社會越進步，我們就越是善於用我們智慧來彼此謀取諧和。這也可以證明，人類所要的是自由，而在不知道如何謀取自由時，則借用於暴力。這實際上是由於無知，或是由於變態。我們看到野蠻人為爭奪小小的獵獲物而動武，或者小孩子為爭奪一個汽球而打架，或者沒有器識的人為爭奪小小權益而漫罵，我們往往貢獻他們較好的辦法來謀取諧和，使彼此都可以和平共存。這就是說明了，人類的知識就是為求更美滿與更廣大的諧和而發展的。

在人之謀取與外界諧和的過程中，我們可以舉出許多實例來說明。譬如游泳的知識與技能，就是謀如何與水取得諧和而發展，因為獲得了諧和，所以會游泳的人就能在水裡可以「自由」活動。又如一個人到國外，首先要學習語言，這也就是為謀與環境取得諧和，俾自己以獲得較廣較深的自由。在學問上，我們也正可以發現，任何科學都不外乎與所研究的對象，取得更深更廣的諧和，俾我們的思想有更廣更深的自由。在藝術文學的創作上，如果用心理學昇華的說來解說，創作者竟是為求自己的心理與生理的諧和了。

因為獲得諧和也就獲得了自由，因此社會上人與人的交往，一切制度與生活，都是在謀取人與人的諧和相處，而使每個人有更大的自由。

人祇有在與人諧和相處，人才有更大的自由，還在我們日常生活上是很容易經驗到的。譬如我們在參加一個陌生的宴會，人人都是打著領結，衣著整齊，而你自己獨是隨隨便便，你馬上會覺得一種不安與不自由，這就因為你與大家不諧和。但如果宴會中的人都是你的老朋友，你又會不太覺得「不自由」，還是因你與這些人之間，早已有了更大的諧和，所以你對於外表上同他們有點不諧和可以忘去。如果你預先知道那個宴會大家都穿整齊的衣著，那麼你自然會穿著整齊的衣著去參加的。但假如那個宴會規定要穿禮服，而你因為沒有禮服而不能參加，於是你遷怒於主人有這種規定，你咒罵甚至呵責這種規定為虛偽的做作，或是資產階級的醜態。那麼這也正是所謂「鬥爭」的開始。

當一個人無法與環境諧和之時，他第一步就是逃避，有時甚至產生酸葡萄式的自慰——這在心理分析學中，稱之為ego（自我）的保衛機動。如不會游泳的人，當許多朋友在游泳時，因為無法與大家取得諧和，他會說根本不喜歡游泳，或者說游泳是野蠻的行為。不會跳舞的，當許多朋友在跳舞的時候，因為他無法與大家取得諧和，他會說跳舞太肉麻，他不喜歡，或者甚至說有傷風化，應當禁止。

到了所謂武斷地說了應當禁止的話，這就已經到了對敵與仇恨的態度。所以一個青年如果對於環境長時期不能取得諧和，到處受到阻礙，感到痛苦不安之時，他往往先成「孤僻」，再進一步就是仇恨，這是很容易走到用暴力、報復或革命的途徑。所以走到這一條路的青年，在心理分析上講，多多少少是不健全的。

要與環境取得諧和，一方面固然要賴自己努力與學習。但是另一方面，社會上也正該給青年們一點指導與協助。因為有時社會上正是有許多限制與阻力。譬如因為貧窮，或者家庭中父母或別人對他的歧視，而使他失學……等。

其實仇恨的態度，目的也是在謀取諧和，是他想創造一種可使自己與環境諧和的環境，或者說他想改造環境或強制環境來與他取得諧和吧了。

三、樹林思想與鳥籠思想

人的自由，雖是可以靠努力而能與各種環境謀取諧和、擴大諧和，但是這有限度的。除了上面所說生物的、生理的、心理的三種限度外，另外還有兩種本身以外的限度，這就是文化的限度與社會的限度。

文化的限度是人類祖先累積下來的，譬如因為現在輪船、火車、飛機的發達，我們的旅行就此我們祖父時代有更大的自由；因為現在電報、電話、電視的發達，我們與外界的交接也比我們祖父時代有更大的自由。因為醫學的進步，我們更易獲得生理的、心理的自由。社會的限度則是我們所屬的家庭，所進的學校，所處的環境與經濟地位等的各種限度。

人往往因社會地位的不平等，經濟地位的差異，機會的不均等，雖拚命努力與社會無法取得諧和，這就可以變成孤僻、憤激而仇恨，這一種心理，也可說是變態的開始。當社會黑暗、政治腐敗、公道不存、道德淪亡之秋，人除了逃避外，往往就只能用鬥爭手段去追求諧和，這就是以「我」為主的一個觀點，以我為主的觀點，是剛剛與以「個人」為主的觀點相反的。這種以「我」為主的觀點，正是隨地隨時意識到一個「我」，意識到「我」與別人「對立」著，意識到「別人」對「我」的輕視與威脅。這正如失去健康的人時時想到肉體有病的部份一樣，齒痛的人無法忘去「齒」疾，腿傷的人無法不想到「腿」患，嚴格的說，也正是一種不健康與不正常的徵象。

由於這種「我」的意識，明哲之士，看到人類社會如此不諧和，就想謀解說與改造之法。解脫是逃避這不諧和的世界，追求精神上靈魂上的諧和，這是出世的，道家、佛家可以說是這一類的代表。改造則是想把這不諧和的社會改造成諧和，於是就設想了一套改造社會的理論與計劃，儒家、法家可以說是這類的代表。

這可說都是與「個人」的觀點不相同的，因為這類態度，再強烈則就成為「自我主義」，這就是想憑意志與力來超越眾生，或憑熱情空想來發展自我。無論見諸行動，或見諸思想，或表現為文藝，都成自我主義的典型。這些人往是暴政亂世變節社會的產物，其本人精神也不很正常的，有不少大英雄、大思想家、大藝術家是這類人。他們對人類有很大的貢獻，但影響所及，也往往就成為戰爭、殺戮革命流血的動力！

自然，「我」的認識，原是動物已具有的本能，但因為由於「人」的進化，由於人因為集居而發展為家庭為社會，「我」的意識在父母兄弟鄰人友好……等無數無數次謀取諧和的學習中，慢慢地就建立了「個人」的認識，每個「我」都知道人人都有一個「我」，每個我由於與人謀取諧和而獲得更大的自由，所以就養成了「個人」的意識。可是當社會排斥他，我自己無法與社會謀取諧和之時，經過多次的挫折阻礙、打擊，他的「我」的意識又與人對立起來，他想用意志與力來突破那個社會的限度。如果一旦成功，他成了英雄，他想控制世人，來改造世界。這就是說，當他的自我已經征服小社會的限度以後，他就會想突破更廣大的社會的限度，因此這些成功的英雄，其野心往往沒有止境，他們基本上有一種變態的心理，以征服別人謀取諧和，也就是強制別人來與已謀取諧和。古今中外，窮兵黷武而不能自制的心理都是這樣。因為他們的野心沒有止境，往往以為自己的權勢，自己的意志也可以越超文化的限度，社會的限度，甚至生理的，心理的以及生物的限度了。

所以自我主義可以說是變態社會中的一種不正常心理，是由我出發的觀點一種極端的態度。許多由我出發的思想，雖不是每種都趨於極端而成為變態，但他們都想憑自己的智慧、修煉、努力，從人生廣博的知識中想出一個永久的改造社會的全盤理論與計劃。以為根據他的計劃，社會就會諧和，人人都會幸福，其用意與動機也許是好的，但是在個人主義的立場，則是無法相信他們計劃有完善的可能。

這因為個人主義者的觀點是常識的、平凡的，是老老實實的承認生物的、生理的、心理的限度。我們認為這些由「我」出發的思想，其出發點都是求自我超社會的限度，而一切規定的重造社會的藍圖與計劃都是謀取超越文化的限度，一個在他存在的文化階段中想建立一個適用於千年的計劃，或應用於萬年的公式，在常識上不但超越了文化的限度，而且已經超越了心理的限度了。

這些由「我」出發的思想，總以為自己能超眾絕俗，不是近乎仙佛，視芸芸眾生待「我」去超度，即是自認聖賢，視熙熙攘攘之販夫走卒都有待「我」去編排改造。到了極端，他就自信見教主或先知，以為他就可以把人民排列成美好的社會，認為工農貧民及青年學生都該待其領導而為其奔走。

這些，不管其理論如何高超，學說如何動人，在個人主義看來，總是無法接受的。

個人主義的信念中，是我與人總是相同的，因為人人都有一個我。個人主自然也承認人有「智」、「愚」之別，但「我」不一定就是最「智」；而智於某一方面者，必愚於另一方面。世上無全智全能的人。其次智愚之別，等於人在身體有「高」「矮」之分，面部有「長」「短」之差，於人之為人，並無分別。與人相處，謀取諧和，有比我愚者，也必有比我智者。合作、互助、互補，互導，才是趨於諧和之道。

個人主義者，站在生理的與心理的立場，相信上智的人隨時隨地可因疾病衰老而變成下愚的人，因此個人主義者覺得祇能按事按理的接受一種意見或思想，無法永遠不變的服從一個權威。

個人主義者覺得聖賢英雄謀改造世界而產生的一整套計劃思想都是有價值的，但僅能給人參考，無法作為規律來接受的。這種改造社會改造世界的計劃思想，我要稱它們為「藍圖思想」。這種思想的形式是從他的自我出發，想出一種藍圖，正如建築工程的藍圖一樣，要別人都成為他藍圖中的一柱一磚，一門一窗。這種藍圖思想的目的，原也是想使人類與其後裔幸福，但其結果永遠是不會兌現的，而即使實現了，人類的後裔也決不會幸福的。

中國舊社會中，我的祖父一輩，總是對兒孫有一種藍圖思想。他要兒子就麼業，娶什麼樣的太太，孫子讀什麼書，學哪一種學科，將來過什麼樣的生活，甚至家裡的房子怎麼分配，哪一個兒子住哪一間，哪一間房作什麼用，都有一個清晰的藍圖。這些藍圖原是非常細緻的照顧到兒孫的幸福，可是到兒孫時代，很少有依照這個藍圖生活，而照這個藍圖生活的，也永遠是一種痛苦的悲劇。

藍圖思想也可以說是「鳥籠思想」。鳥籠思想是照自己的設想，根據藍圖造一個自以為完美無比的鳥籠，叫鳥兒住在裡面。如果鳥兒不喜歡住在裡面而要往飛，那個辛辛苦苦設計鳥籠的人，就很容易說這隻不聽話的鳥兒為「叛逆」「反革命」了。

個人主義者則覺得人人都有個性與尊嚴。以鳥兒來做比喻，為想到鳥兒幸福，或即使要多接近鳥兒，則應該多種樹木，讓鳥兒自由來去。有些鳥兒愛某一種樹，有些鳥見愛另一種樹。那麼愛哪一種鳥兒，就該種哪一種樹。因此可說是「樹林思想」。

鳥籠思想與樹林思想的分別，是前者相信世界可以根據理論與計劃改造成十全十美。後者則相信，人祇能點綴世界充實世界，世界可因人的貢獻而豐富，但世界決不會十全十美。個人到了世上，他對於世界或多或少的貢獻都是點綴。想根據藍圖改造世界，要使世界十全十美的，都是禍害多於福利。

鳥籠思想者是想照像所信仰的藍圖去改造世界，並把人類排在他的藍圖中一定的地位，以為這樣可使他們幸福，可使社會進步的一種想法，正如把鳥兒安頓在籠中一樣。而樹林思想者，則想在世界上貢獻些什麼，去增進社會的諧和與人類的自由，等於在山上多種一些樹林。這是兩種對峙的想法。鳥籠思想者一定會憎惡樹林思想，因為他們不接受鳥籠思想的藍圖。但是樹林思想的人，覺鳥籠思想者也正是樹木的一種，即使是鳥籠，也可充樹林的點綴，只要他不強迫別人去接受。

這種樹林思想，我認為是個人主義對於文化教育的一個基本信念。它的態度正是認為在文化思想上我們人類祇能使其豐富，但不能使其完美。豐富就是使我們的後裔可有更多的選擇，也即是可有更多的自由。想用一種學說、一個主義，一種教條統治世界的，都是屬於鳥籠思想的。這種思想基本上是束縛自由的，即使在某一個短期內可以使社會安定，但可以想到它在動搖崩潰時，一定有很大的衝突與可怕的爭鬥。因為鳥籠思想往往同時會有好幾套，它們彼此總是無可能並存與和平相處的。因此個人主義者認為除了為維護自由，在某種特殊形下有必要作短時期的施用，而用後即預備放棄者外，任何藍圖思想都是無法接受的。

因此，我們很清楚的可以說，樹林思想是一種崇尚自由的思想，而自由是一種自然的要求。一個正常的常識中的人，只要用手捫住嘴鼻到四十秒鐘而釋放的時候，就可以體驗到什麼是「自由」——所謂呼吸的自由。這也可以推想到所謂緊張、恐怖、憂慮都是一種不自由。一個人如果整天憂慮生活，或整天一怕有人跟蹤，或整天拔劍弩張的準備與人衝突或鬥爭，也就是不自由。如果一個社會長期使人陷於憂慮、恐怖、緊張，這社會裡的人就很容易用仇恨鬥爭的態度來尋求自由。這即是所謂鋌而走險的情況，是人的自我意識抬頭之時；雖然，在基本上講，他的鋌而走險也正是追求自由。在樹林中生活的鳥兒，因風因雨，自然不一定絕對的自由，但這是人類的基本的限度——生物的，生理的與心理的，以及文化的與社會的限度。鳥籠思想者往往由此而宣傳鳥籠裡生活的自由，說裡面沒有風吹雨打之類的話，這雖然很容易誘騙無知的人，但個人主義者則清楚地知道，這一定是不可能的。

人的自由是有限度的，上面已經談到過，但生物的、生理的、心理的限度大半是天生的，文化的限度也是固定的，祇有社會的限度是人定的。譬如我的身材矮小，這是我個人生理的限度；譬如我的智力低，這是我心理的限度。如果我因此而不得意，我很容易忘忽這些天然的限度，而統統怪到社會的限度上去。這時候不平之氣與仇恨之心就會油然而生。譬如許多中年婦人，因為突然衰老的關係，她就怪丈夫不爭氣，不會賺錢，使她必須每天操作，所以就老得這樣快。這是把自然的、生物的、生理的限度，諉到社會的與經濟的限度上去了。

自由是人生的基本要求。幸福的基本是自由，健康的本質也是自由，而人之所以集居成為社會，就是為求更大的自由。譬如一個人不能做的事，兩個人就可做，兩個人不能做的事，四個人就可以做，這就是使個人在與人諧和互助得到了更大的自由。因此，人性所要求的是與人合作與互助，並不是鬥爭。因為鬥爭的本身是限制自由與縮小自由。鬥爭本身原是一種求自由的手段，是由求諧和不得，而起的一種愚蠢的或變態的手段，不是目的。

不過，人雖是自由的追求者，要不斷的擴大自由，但在有了基本的「選擇自由」以後，在自由的擴大上，各人往往並不相同。因為擴大自由是多方面的事情，人因興趣與愛好關係，各人的方向很自然的就不相同的。

所謂人的自由要求不斷的擴展，也可以說是求進步，如一個體育家他一天可走兩百里，因為鍛煉進步為三百里，這是自由的擴大。一個會游泳的人比不游泳的人多有水中的自由。懂得駕駛飛機的人比不會駕駛飛機的人多有空中自由。懂得地理的人，比不懂地理的人也多有自由。任何一切技藝與學問知識，可說都是為使人在某一方面多有些自由。文學藝術也正是使人在情感與想在表現上可有更大的自由。在人與人交往接觸中，多有朋友的人也當然比多仇敵的人有更大的自由。

在多方面可擴展的自由，人因為他個人的生理的、心理的、文化的、社會的限度的不同，因而產生了不同的興趣，這就形成了人總是就其「性之所近」去謀自由的擴展。如體育家，因為生理上某種優越，他就力謀運動方面的進步，也即在這方面擴展他的自由限度；但對於心靈的自由，茫無所知，並不謀發展。如一個詩人，他就偏於想象擴展，生活不注意，身體很衰弱，這就是發展的偏頗。一個人因為發展的偏頗，也往往會忘去人的限度，而遭遇到打擊。如一個拳王在年齡長大後，還以為自己年輕而遭受失敗；如一個詩人往往因忽略身體的保養而夭折。在複雜的社會中人與人利益不一致，人與人的意見與思想也不一樣，原是當然的事；而人的自由擴展，又各有所偏，因此人的活動的自由之受阻與遭遇打擊，是隨時隨地可有之事。這些阻礙與打擊往往使人走向仇恨、敵視與鬥爭，因而意識到自我，以為只有用暴力推倒這些阻礙與敵人才能獲得自由。雖然其出發點原也是為追求自由，但形成了妨礙別人的自由；雖然其動機也是為求諧和，但造成了破壞諧和，所以這是變態的不正常的形態。

四、個人主義與集體主義

上面粗略地敘述我個人的信念，也即是一種平凡的個人主義的信念，以這個信念來看共產主義，自然馬上會認為它是一種鳥籠思想。個人主義是無法接收任何鳥籠思想的。

自從共產主義成為人類的威脅以來，有許多反共的思想與理論出現，但多都是另一套鳥籠思想。許多從共產主義陣營出來的人，投到納粹主義的陣營去，因為這些被「製造」過的人，已經是不很正常，很容易相信另外一個鬥爭的集體主義。

人在世界上，能有許多朋友，自然比有許多敵人的較為自由。但當他看不見友，祇看見敵人的時候，他相信祇有打倒敵人才可以使自己多一份自由時，就要用暴力了。

永遠以為四周是敵人，他的心理上絕對是不正常的。中共怕人民把他當作敵人，永遠以「一分二」之的方法，告訴人民甚麼是他的敵人，要每個人保持一個革命的姿態，不但對父母兄弟朋友，都要警惕，對自己的意識與背景傳統都要提防，這就是要把每一個人的人格意識都「一分為二」，以致每個人部陷入於變態的狀態中了。

馬克思主義的哲學基礎本來是脆弱的。但現在中國共產黨政權下的共產主義，用馬克思主義的理論去考驗，已經足可以使它破產了。歷史的發展，如果是否定的否定，共產黨統治也到了被否定的時候了。這點，中共比我們還清楚。

在中國，無產階級專政的理論已變成一個笑話。誰都知道這一群統治階級都不是無產階級。

如以所謂現在中國的工農兵階層來說，他們的對立面又是甚麼人呢？以「一分二」的矛盾論來分析，統治階級不正是奴役他們剝削他們的敵人麼？

當每個人都以鬥爭的姿態來提防敵人與尋找敵人時，最愚笨的人也知道阻礙他自由者是誰的。

獨裁的政權的崩潰，往往是並不能和平演變的。他的獨裁是因為人民不滿而加強，又因獨裁加強使人民對它的不滿加劇，如此互為因果。最後可能會引起爆炸，那也就必須遭遇流血的不幸了。

中國從來沒有個人主義與自由主義的思想。五四運動後，剛剛從西洋輸入這類思想，馬上被集體主義的思想淹沒了。我從人的觀點，建立個人主義信念，看到它是與自由主義是不能分割的東西。在歐洲，人的認識一直是混合著種族的偏見的。可是自由主義，則是很早就有的東西。

那種很早就有的自由主義思想，是隨工商業的發達進展而崛起的。就在文藝復興後，從意大利一些商業城市發芽，蔓延到西北，經過德國的西南部到荷蘭等低地國家，而到了英國。

這種思想，在歐陸，因為戰爭與當時政治的壓力，來得充分發展。可是到英國則生了根，接著就生長繁殖起來，產生了許多學者思想家，開出燦爛花朵，建立了完整的學說與理論體系。這個所謂自由主義的思想，不但奠定了英國的國家與社會的基礎，而且促進了科學上，經濟上的進步，醞釀成一種概括了整個人生文化的思潮。

到十八世紀初，這個有力的自由主義思潮，重新向歐陸與新大陸洶湧捲來，所到之處，隨即生根繁殖，沖毀了一切宗教的封建的規律，使整個的歐洲產生了簇新的姿態，人類的前途頓時呈現無比的光明，整個的西方社會都相信個人的努力能創造出任何不可能的奇蹟了。

這一段轟轟烈烈自由主義的歷史，初期始終是與個人主義思想結合著在發展的。這是由於基督教教義中，認定上帝所創造人類的個別平等，對於人有了新的認識。這思想可以洛克（John Locke, 1632-1704）的人性論為代表，與後來亞當斯密斯（Adam Smith, 1723-1790）的經濟學理論相結合成為自由主義思想的骨幹。

但後來由於英國工商業的發達，對外貿易推進與乎原料的爭取，慢慢變成借重國家力量以圖經濟的霸占，於是就成為比英國落後的國家的一種威脅，引起了別人的反感。這到了東方，就成為帝國主義，他們否定了落後地區的「人」的平等。但這是以後的事情。在十八世紀末，德國抵抗英國的這種無法競爭的勢力，就漸漸的產生出一種反自由主義的思想。

德國思想界，當時都接受英國自由主義思想，到康德（Immanuel Kant 1794-1804）而集大成。他闡發洛克的「人性論」，把個人的地位與尊嚴有更明確的詮釋。

康德以後，集體主義的思想就開始抬頭，費希德（Johann G. Ficht 1762-1814）的國家集體觀念，黑格爾（George W. E. Hegel 1770-1831）的絕對觀念，卡爾馬克思（Karl Marx 1818-1883）的唯物史觀與階級理論，個人主義思想就在這些集體主義的理論前衰退。當時德國思想界認為所謂自由經濟貿易理論，不過是為維護大不列顛帝國利益的謠言。集體主義思想一時就成了時髦的潮流。從那時起，帝國主義勃興起來，共產主義也叫囂起來，英國的思想界，也受了集體主義的影響，開始有人主張用計劃經濟一套社會主義思想來建立有力的政府，到動盪的世界來角逐。從那時起，只有美國，始終保持自由主義的的傳統。第一次世界大戰後，威爾遜的理想與列強爭執，正是理性與狂熱的衝突。威爾遜理想失敗，俄國革命後建立了極權政府。以後就是集體主義思想的全盛時期。整個世界，都以為人類的前途必須寄託在集體主義——共產主義，法西斯主義及溫和的社會主義——上面了。自由主義已公認為落伍的思想。

所謂集體主義的思想，就是主張把個人完全放在國家或其他絕對的權力與嚴密的組織之下，變成了整體的思想。他們在經濟上主張計劃經濟，在政治上和主張極權統治。

而這就是鳥籠思想。這種典型的思想，都是要人家來服從自己的意圖，要把人家安排在自己藍圖中的思想。因此不同的藍圖的思想固然會起衝突，而不願接受他們安排的人自然也要捍衛自己的自由。這就是第二次世界大戰的主因了。

第二次世界大戰以後，人類有了進一步的覺悟，那就是自由主義者與全面的個人主義思想的新的結合，承認了全世界人類的「個體」的平等，與共認人人都有不能侵犯的人權。這最大的表現就是聯合國的人權宣言，接著就有英國之放棄殖民地主義與美國之取消歧視黑人法令。

而與這個自由主義對立的，雖有不同的集體的計劃的各種社會主義等，但最確定而有力的則是共產主義。共產主義也可說是最徹底的極權主義。共產主義崇尚集體，徹底否認個人的自由尊嚴與人權的一種思想。

兩種思想的不同，是多方面的。自由主義在國際上主張和平共存，在經濟上主張自由經濟，在學術思想上主張百家共鳴，在文藝上主張百花齊放，在社會上主張重視「個人」的幸福，在教育上主張個性的發展。極權主義在國際上則主張冷戰熱鬥，認為兩種制度，最後必須一拚，也即是所謂「世界革命」；經濟上主張計劃經濟，一切由國家——政府——統制；在學術思上主張獨尊一家；在文藝上則主張為政治與政府的政令服務；在社會上則重視集體的力量；在教育上則主張組織的活動。

這兩種思想的對立，在這戰後二十年的時間中，有不少的演變。譬如蘇聯自史達林死後也開始在國際上主張平共存。南斯拉夫及其他東歐國家之漸趨放任。而在英國，有所民主社會主義的抬頭。

從所謂蘇聯等共產主義國家的演變，可知道他們經過三十年嘗試後，已經摸索到許多方的失敗，也知道用鬥爭、戰爭來求更大的自由是一件得不償失的事情，而和平原則是一種可使自己國家有更多更廣的自由的辦法。至於民主社會主義，原早已有過的學說，那是想調和集體主義與個人主義的一種思想。他們主要的希望是實行計劃經濟，而保留個人政治上的自由。他們一方面相信共產主義所畫桃色的遠景，一方面也坦憂獨裁政治的抬頭。

現在因為極權國家嘗試的例證較多，他們發現在全盤計劃經濟實現之中，防止獨裁還是一件最應該注意的事情。因此他們特別注意「人權」的清單。可是在個人主義看來，這還是抱火投水的辦法。我們不妨舉威爾斯（H. C. Wells）為例，他一方面主張大規模的中央集權的計劃經濟，另一方面又極力鼓吹人權的保障。他自己也知道這是很矛盾的事情。海葉克（E. A. Hayek）因此就批評他所建議的「人權宣言」可說是完全沒有意義的。譬如威爾斯說：「每一個人有權買賣任何法律上所允許買賣的東西，每一個人都有權買賣而不受不公平的法律的限制……但其所買賣的東西，在數量或其他種種，應合於社會公眾福利的要求。」海葉克就說，獨裁者對於貿易的限制，都是以其妨礙公共福利為藉口的。那麼，以「合於公共福利」的要求為條件，就已經自動取消了每個人「買賣」的自由了。

又譬如說，威爾斯一方面說「人人有選擇合法的職業的權利」，一方面又「他的要求可得到公開的考慮，決定接受或拒絕」。一個人求職必要受一個唯一的「中央」來考慮，那還有甚麼自由的選擇可說呢？海葉克對威爾斯的批評自然是非常正確的。只要稍稍知道極權國家之所自稱的「人民的自由」的情形，都會知道海葉克所說的都是合乎事實的。

把民主社會主義作為一種思想，自然應該讓大家來了解它。這正如我們要讓花園裡多一種花卉一樣，雖然在個人主義看來，這種社會主義，也僅是藍圖思想的另一種典型罷了。

五、我們要和平諧和的人間

自由主義，在西方是因商業的繁榮而起，所以它最初原是以經濟自由為骨幹的。到現在，大家也都已經知道，如果社會上的經濟被統制了，人類的生活也就被統制了。這其實是貝陸克（Hilaire Belloc）早就說過的話。個人主義者，因此覺得個人私產制度正是個人自由最大的保障，而人權的清單中，這是最不可忽略的一項。

中共在中國的統治，已經是走到了徹底的極權與集體主義，一切所表現的，大家如果不被宣傳所蒙蔽，都可以看到，它證明的正是人類的一個悲劇。

中國人民，對中共的革命，都抱過希望。中國人民，對中共流血的土改，甘心的接受了。中國人民，對中共一切的號召，都順從的響應了。中國人民所要的是和平安詳和諧——那怕是貧窮的——生活。但是中共把他們一分為二，要他們裂著牙齒，舉著拳頭，露著青筋，彼此互齧。在上層與下層組織中，在或大或小的機構中，在一切人倫關係中，甚至在個人的過去與現在中，都把它一分為二，要永遠彼此清算、坦白、批評。到了最後，中國人民必將不是陷於瘋狂，就是淪於癱瘓。但如果能有一點點機會反省與思索，有一點點機會能使人民與人民間「合二為一」，人民馬上會發現，他的真正的敵人正是這個既是大地主，又是大資本家，又是大軍閥的中國共產黨。

集體主義是要求人民對統治者與計劃者無限的信仰，個人主義則是不斷的對統治者與計劃者保持經常的懷疑。對於一個政權，最低限度的要求就是對於人權的保障。在這基本人權中，個人對於自己財產處置的自由與思想言論的自由可說是必不可少的項目。

自由主義在經濟上原是起於自由競爭，到自由競爭要依賴國家力量來保護，那就成國家主義與帝國主義。如果在國內的自由也要靠黑社會與暴力來保護，那也就是另一種所謂幫會，也是不屬於個人主義的東西。

國家間的和平共存與自由競爭，那雖是自由主義的初步意念，但並不是個人主義的終極理想。個人主義的終極理想是以「人」的個體為單位的世界大同。但國家消滅之前，那就先有國家與國家的諧和互助的階段。個人主義者了解，從國家間的和平共存到諧和互助間還有很長的時間。和平共存中有自由競爭，競爭是一種公正且合理的比較，兩者間還保持著對立的性質。諧和互助則是真正的合作。在公正合理的自由競爭中的國家，自然比彼此敵對時有更廣闊的自由。每一個國家的人民也不必在戰爭與敵愾的氣氛中過緊張與不安的生活。但到了諧和互助，那就會使國與國之間，使每一個國家的人民與另一國家的人民之間就有廣闊深切的自由。這並不是一種空想，有智慧的人類已經在努力進行。歐洲諸國的共同市場之成就，已經可證明，國家在諧和互助中可以有多大的發展了。

我的這些思想，也正是我從中國大陸出來以後痛定思痛的反省中獲得的。我於一九五〇年離開中國，可以說是道地的難民。我當時並沒有受到中共的清算鬥爭，我也還沒有到挨餓或受凍的境地。那時候，也正是中國一般知識階級相信中國已經開始走上光明平坦的大道之時，而我則已體念到「自由」的重要。那時候我發現的所缺少的自由，是懷疑的自由，言論的自由，以及尋找職業自由。我一向對於政治沒有濃厚的興趣，但那時候我開始知道政治對我的重要。

到了香港以後，我切實的閱讀各種書籍，反省我們中國的命運，一方面注意中共的發展，我慢慢發現到聯合國「人權」宣言的可貴。對許多像我這樣，對政治沒有興趣與修養的老百姓，所需要的而能把握的，也就是要統治者給我們一個所謂有效的「人權」清單了。

每一個英雄或偉人都會說一套冠冕堂皇的話來激發人民，也都會造一幅光明燦爛的遠景來誘騙群眾，而結果是人民奉獻了財產、勞力、自由與生命為他效命，最後是當他成了統治者，人民就被奴役了。這樣直到這個統治者腐爛崩潰時，又有另一個偉人出來……這就是長長的中國的歷史。

而在這長長的歷史中，中國的統治者竟從未對人民開一張清楚而仔細的可靠的人權清單。這也可見人類文化要經過多少苦難才可有一點真正的進步。

在這個可怕與可悲的時代中，中國的知識分子，始終是努力於求中國的自由安定與繁榮，但大都是被某種藍圖思想所吸引，他們把自己的青春、財產以及自由都為他們的信仰犧牲，但最後是現實的近景把他們一一出賣。中國的三十年代的作家們與文化界人士們，我可以說多數都認識的。他們對於革命的熱情，對於遠景天真的信任，對於教條的歌頌，一個一個的都在我的記憶中，現在他們一一都被清算了。我從他們被清算的罪名中，看到的並不是甚麼高超的想或深奧的理論的分歧，而祇是極其普通的一個社會新聞：

有一個人向朋友們借錢，打出許多期票，等到兌現的期限到了，無法對一這些朋友，於是用各種方法誣陷這些朋友，或把他們陷入牢獄，或把他們置之於死刑。從此他就一乾二淨，再也不必想到過去的諾言了。

賀而德鄰（F. Holderlin）說得好：「一個國家之所以變成人間地獄，正因人們想把它改造成天堂。」這些在人間地獄中被清算，被囚禁的人，正都是想根據共產主義的藍圖，來把中國改造成天堂的人們。

現在，我們仍可有思想自由的中國的知識階級，總該到真正覺悟的時期了。我們是凡人，我們不要天堂，我們要的是和平諧和的人間。我們不要任何遙遠的諾言，我們要一個馬上兌現的，清楚的，簡明的，有效的「人權」清單。

這自然也可讓全世界的人類來參考與思索。因為我們是親身經歷過這種完全照藍圖製造出來的社會的生活。而許多人，尤其是許多在亞洲與非洲的苦難中生活著的人們，還正是在夢想根據同樣的藍圖，要把他們的國家，甚至世界改造成天堂呢。

一九六六，十一，三十。香港。

徐訏文集・散文卷06　PG2260

場邊文學

——三邊文學之一

作　　者　徐　訏
責任編輯　陳慈蓉
圖文排版　周妤靜
封面設計　王嵩賀

出版策劃　釀出版
製作發行　秀威資訊科技股份有限公司
114 台北市內湖區瑞光路76巷65號1樓
電話：+886-2-2796-3638　傳真：+886-2-2796-1377
服務信箱：service@showwe.com.tw
http://www.showwe.com.tw
郵政劃撥　19563868　戶名：秀威資訊科技股份有限公司
展售門市　國家書店【松江門市】
104 台北市中山區松江路209號1樓
電話：+886-2-2518-0207　傳真：+886-2-2518-0778
網路訂購　秀威網路書店：https://store.showwe.tw
國家網路書店：https://www.govbooks.com.tw
法律顧問　毛國樑　律師
總 經 銷　聯合發行股份有限公司
231新北市新店區寶橋路235巷6弄6號4F
電話：+886-2-2917-8022　傳真：+886-2-2915-6275

出版日期　2019年9月　BOD一版
定　　價　380元

Printed in Taiwan

國家圖書館出版品預行編目

場邊文學：三邊文學之一 / 徐訏著. -- 一版. --
臺北市：釀出版, 2019.09
面； 公分. -- (徐訏文集. 散文卷；6)
BOD版
ISBN 978-986-445-343-6(平裝)

855 108010217

讀者回函卡

感謝您購買本書，為提升服務品質，請填妥以下資料，將讀者回函卡直接寄回或傳真本公司，收到您的寶貴意見後，我們會收藏記錄及檢討，謝謝！如您需要了解本公司最新出版書目、購書優惠或企劃活動，歡迎您上網查詢或下載相關資料：http:// www.showwe.com.tw

您購買的書名：______________________________

出生日期：________年________月________日

學歷：□高中（含）以下　□大專　□研究所（含）以上

職業：□製造業　□金融業　□資訊業　□軍警　□傳播業　□自由業

□服務業　□公務員　□教職　□學生　□家管　□其它_____

購書地點：□網路書店　□實體書店　□書展　□郵購　□贈閱　□其他

您從何得知本書的消息？

□網路書店　□實體書店　□網路搜尋　□電子報　□書訊　□雜誌

□傳播媒體　□親友推薦　□網站推薦　□部落格　□其他________

您對本書的評價：（請填代號　1.非常滿意　2.滿意　3.尚可　4.再改進）

封面設計____　版面編排____　內容____　文／譯筆____　價格____

讀完書後您覺得：

□很有收穫　□有收穫　□收穫不多　□沒收穫

對我們的建議：______________________________

____

____

____

請貼
郵票

11466
台北市內湖區瑞光路 76 巷 65 號 1 樓
秀威資訊科技股份有限公司 收
BOD 數位出版事業部

（請沿線對折寄回，謝謝！）

姓　　名：＿＿＿＿＿＿＿＿＿　年齡：＿＿＿＿　性別：□女　□男

郵遞區號：□□□□□

地　　址：＿＿＿＿＿＿＿＿＿＿＿＿＿＿＿＿＿＿＿＿＿＿＿＿＿

聯絡電話：(日)＿＿＿＿＿＿＿＿＿＿＿＿(夜)＿＿＿＿＿＿＿＿＿＿＿＿

E-mail：＿＿＿＿＿＿＿＿＿＿＿＿＿＿＿＿＿＿＿＿＿＿＿＿＿＿